Candide

VOLTAIRE

Candide
ou l'Optimisme

●

PRÉSENTATION
NOTES
DOSSIER
CHRONOLOGIE
BIBLIOGRAPHIE

par Jean Goldzink

GF Flammarion

© Éditions Flammarion, Paris, 2007.
ISBN : 978-2-0813-8266-4

« Si Dieu est, d'où vient le mal ? Si Dieu n'est
pas, d'où vient le bien ? »

Cité par LEIBNIZ, *Essais de théodicée*.

« Mon père, dois-je me procurer l'*Encyclopédie* ?
– Oui, mon fils, et vous vous assiérez dessus
pour lire *Candide*. »

Un lord anglais et son fils.

Il est parfois trop tôt pour lire *Candide*, parce qu'on
risque alors de passer à côté de son exceptionnelle densité
idéologique. À chaque fruit sa saison. Mais il n'est jamais
trop tard pour revenir goûter sa verve comique, rarement
égalée. Ce court récit, cette « coïonnerie » selon Voltaire
jouant à l'indignation (« pas ça, pas moi ! »), est de ces
quelques textes qui font du bien au corps et à l'esprit.
Comment ? En dilatant la rate devant les malheurs humains.
Tout État bien constitué devrait, malgré Platon, entretenir
et soigner à ses frais les poètes du rire. Au lieu de cela,
notre bonne et vertueuse République a transformé *Can-
dide* en *best-seller* de la littérature classique. Comment tra-
verser cette camisole de force affectueuse, comment
atteindre la vigueur, la verdeur du corps insolemment nu,
effrontément jeune ?

C'est l'enjeu, et sans doute le seul, de toute présentation
d'un texte devenu malgré lui l'emblème des Lumières et
du roi grimaçant des « philosophes » français. Mais qui
peut espérer y répondre, sachant que le moindre commen-
taire glace l'effet comique et congèle aussitôt son objet ?
Nous savons bien, à défaut de l'avouer et d'oser l'ensei-
gner, que le discours esthétique est incapable d'évaluer ni
même décrire le nerf d'un style, la force d'une forme, la

densité concrète d'un geste. C'est-à-dire, excusez du peu, l'énergie, ce cœur de l'art. D'où justement l'un des grands mérites secrets du récit voltairien : il ne se moque pas seulement de la sottise et de la cruauté de la vie, et de ceux qui les nient. Il permet aussi de faire rire sous cape des maîtres, des pédagogues qui, croyant savoir le fin mot des choses, le profèrent *ex cathedra* avec la gravité requise. Plus un texte est fort, et surtout fortement comique, et plus il se dérobe à la prise pédagogique, au discours magistral. Nul hasard si Aristote a pu raisonner mieux que personne sur la tragédie, et nous laisser orphelins à jamais du discours annoncé sur la comédie…

Mais rien ne sert d'accumuler les réticences liminaires, fussent-elles sincères. Le texte indomptable va venir, et il faut assumer l'affront humiliant des pauvres mots chargés de le précéder. Or on constate aussitôt que l'amoncellement des articles, des préfaces, des gloses, des éditions, sans compter deux grosses thèses françaises [1], loin d'affaiblir l'embarras d'un préfacier, le laisse seul au milieu des livres devant ce paradoxe : que dire quand tout semble dit, et que l'essentiel se refuse au dire ? Le plus simple est peut-être le plus honnête. Non pas faire le tour consciencieux des opinions entassées : au fond, divergent-elles vraiment ? Je ne le crois guère [2]. Plutôt tenter de regarder le chef-d'œuvre comme on ferait d'un être longuement aimé, qu'on voudrait revoir comme au premier matin, bien que sachant impossible la chose.

LE RETARD DU TSUNAMI

Les genèses, ce tourment délicieux de la critique, n'apprennent souvent pas grand-chose de décisif sur les textes. Il n'en va pas tout à fait ainsi pour *Candide* (1759), qui se place dans un triple sillage. On est en effet d'abord

1. J. Van den Heuvel, *Voltaire dans ses contes, de Micromégas à L'Ingénu*, Armand Colin, 1967 ; P. Cambou, *Le Traitement voltairien du conte*, Honoré Champion, 2000.

2. La critique de *Candide* ne semble guère conforter la thèse de la nécessaire *polysémie* des œuvres littéraires. On y chercherait en vain une discordance de poids dans l'interprétation du conte.

tenté, faute de documents [1], de rattacher sa conception à un événement qui frappa l'Europe intellectuelle de stupeur : le fameux tremblement de terre de Lisbonne, le 1er novembre 1755, qui nous vaut les actuels beaux quartiers XVIIIe de la ville (du mal sortirait donc toujours un bien ?). Il en résulta trente mille morts, un grand poème pathétique de M. de Voltaire [2], de multiples défenses à travers l'Europe de la Providence divine, dont celles de Rousseau, Kant et moult pasteurs ; et trois ans plus tard, la mise en train de *Candide*, cette interrogation trépidante sur le mal *physique*, *moral* et *métaphysique* [3]. Pourquoi une telle catastrophe naturelle émeut-elle autant Voltaire, et si peu Diderot [4] ? C'est qu'il médite depuis des années sur le mal. Mais pourquoi le mal le tourmente-t-il ? Parce que le mal oppose la plus forte objection à l'idée de Dieu, d'un Dieu créateur et conservateur du monde, principe de puissance, de bonté et de raison (Dieu évidemment philosophique, à ne pas confondre avec le Dieu incarné et triplement un du christianisme). Si Dieu ne peut empêcher le mal, sa puissance dégénère ; s'il ne le veut pas, qu'en est-il de sa bonté ? Dilemmes insolubles, que n'épuise pas leur vénérable vieillesse. À preuve l'un des derniers récits voltairiens, *Histoire de Jenni ou le Sage et l'Athée* (1775), qui remet sur le tapis ces épuisantes questions en leur incessant tourniquet [5].

Voltaire réagit donc à chaud par l'éloquence poétique haletante, trois ans plus tard par l'ironie, le sarcasme et la prose narrative. Pourquoi ce retour en force de la question du mal ? On peut imaginer avec quelque vraisemblance que la guerre européenne (guerre dite de Sept Ans, 1756-1763) a pris le relais du tremblement de terre, en menaçant de chasser le bonheur hors du beau château des Lumières, « à grands coups de pied dans le derrière » (chapitre I).

1. Peu avare de détails sur les pièces de théâtre, l'énorme Correspondance de Voltaire ne souffle mot de la genèse de *Candide*.
2. *Poème sur le désastre de Lisbonne, ou Examen de cet axiome :* « *tout est bien* », mars 1756. Voir Dossier, p. 148.
3. On classait généralement les maux sous ces trois rubriques principales.
4. Voir Dossier, p. 151.
5. Voir Dossier, p. 153.

C'est bien sur les désastres de la guerre que s'ouvre le périple de Candide à travers le monde (chapitre II). Les péripéties guerrières et diplomatiques, sa correspondance le prouve, mobilisent l'écrivain durant tout ce conflit. Mais cette mise en rapport de l'Histoire et de la littérature, si persuasive soit-elle, n'explique pas le radical changement de ton entre poème et récit. Comment en rendre compte dans une perspective génétique, qui s'efforcerait de dégager les conditions de production d'une œuvre telle que *Candide* ?

On peut alors faire entrer en ligne de compte, après Lisbonne et la guerre en Europe, un troisième facteur, plus paradoxal, mais décisif. Depuis 1755, en effet, au retour de la fâcheuse équipée de Berlin auprès de Frédéric II, acteur crucial de la guerre de Sept Ans – il y risque son trône et sa vie –, Voltaire a trouvé refuge en Suisse, aux… *Délices* : maison cossue et bonne à vivre, avec l'aide d'une immense fortune. Bonne aussi à faire enrager de dépit, dit-il, ses nombreux ennemis[1]. *Candide* est le fruit vénéneux d'un *retard*, mais aussi d'un *écart*. Le glorieux écrivain se sait riche, protégé, propriétaire, presque heureux mais non oisif, quand les rois s'entretuent par armées interposées (on ne mobilise pas encore les peuples) et que le monde saigne alentour. Il faut impérativement ce retard et cet écart – une distance où se loge l'ironique gaieté – pour que *Candide* s'écrive. Pour qu'on passe des interrogations pathétiques et poétiques au sarcasme implacable.

Mais il faut aussi un *oubli*, qu'on oublie parfois. L'immortel récit n'aurait pas pu advenir, semble-t-il, si Voltaire avait cru en 1758-1759 à l'existence d'un réel danger athée. L'accumulation des preuves du mal à laquelle le conte s'acharne, et qui semblent mettre en cause la bienveillance divine, et donc son existence, suppose nécessairement que l'écrivain n'a pas encore pris conscience de ce nouveau front ouvert dans son dos par les athées parisiens (Diderot, d'Holbach…). L'athée se confond encore pour lui avec la cocasse figure inoffensive d'un La Mettrie, rencontré à Berlin, et qui mourut sous ses yeux

1. Voir Voltaire, *Écrits autobiographiques*, éd. J. Goldzink, GF-Flammarion, 2006, p. 37.

d'indigestion bouffonne[1]. Voltaire, en rien athée, inlassablement déiste, accumule les signes du mal sans jamais renier le déisme, c'est-à-dire l'existence d'un Dieu philosophe. Pour donner tant de place et tant d'acuité au mal, pour se moquer avec tant de verve pugnace de l'optimisme leibnizien, il faut impérativement ignorer la montée de l'athéisme chez les frères philosophes restés dans la capitale[2]. Quelques années plus tard, détrompé, inquiet, mais non moins combatif, l'auteur déiste ne pouvait plus écrire *Candide* tel quel. Restait à pangloser à son tour dans l'*Histoire de Jenni* (1775) pour démontrer, à coups de raisonnements laborieusement classiques, que le bien l'emportant de loin sur le mal, Dieu est absous du péché de malfaçon. Leibniz, Malebranche et Pangloss avaient rattrapé, dans son dernier grand récit, l'auteur de *Candide* et lui tenaient le bras, celui qui écrit.

Bref, pour que *Candide* advienne, il faut une convulsion géologique qui ébranle le trône divin ; une guerre européenne ; un havre suisse ; une sensibilité philosophique à vif ; une évaluation erronée de la conjoncture idéologique… Et quelque disposition tenace pour l'écriture comique, quelque aptitude aux pulsions rageuses.

Que conclure de cette reconstitution hypothétique mais probable, ou du moins vraisemblable ? Peut-être que la genèse de *Candide* relève moins de la psychologie que de la philosophie. Moins des manuscrits et ratures que des raisons militantes articulées à des postures existentielles et à des expériences pensées. Après tout, *Candide* est un récit philosophique, Voltaire un « philosophe », et le mal une question théologico-politique dont Diderot, en bon athée, se moquait en lisant le *Poème* de son confrère – traité par lui d'« illustre brigand du lac ». Reste que Diderot interdisait la lecture du conte scabreux à sa fille Angélique. Vertu des femmes oblige… L'athéisme n'est certes pas pour lui, comme pour Voltaire, une téméraire folie, mais une affaire d'hommes. D'hommes brillamment bavards, à même de nier en petit comité l'existence, aux yeux de la

1. Voir Voltaire, *Écrits autobiographiques, op. cit.*, p. 190-191.

2. La ville était interdite à Voltaire depuis 1753, par oukase royal levé enfin en 1778, le temps d'y mourir en triomphe au bout de quelques mois.

Nature, de la distinction frivole entre bien et mal, au profit de la nécessité inéluctable des choses existantes. Voltaire, lui aussi, vers 1750, s'était résigné enfin à l'enchaînement nécessaire de toutes choses (pas d'effet sans cause, donc pas de libre arbitre), mais sans jamais conclure de l'absence de liberté à l'absence de Dieu. Déiste il fut, iné-branlable déiste il reste tout au long de sa vie. Or il n'y a pas de Dieu philosophique, et donc parfait, sans retombées positives, sans recours, sans consolation. Sans sortie de secours. La noirceur ne peut déboucher, en terrain déiste, sur le désespoir. Voltaire fut « le dernier des écrivains heureux », estimait Roland Barthes. La formule fait mouche mais mord sans doute le trait. Mme de Staël, fille des Lumières, ne parlait-elle pas, à propos de *Candide*, de « gaieté infernale », d'un rire effrayant, insupportable aux cœurs sensibles ?

GÉOGRAPHIE DU MAL

Mettre le mal en récit revient à le faire voyager[1]. Quelles en sont les étapes et les formes ? Candide, né de père inconnu, doit son absence de nom régulier et son expul-sion *pede militari* aux préjugés nobiliaires, particulière-ment vifs en Allemagne selon Voltaire (chapitre I). *Mal moral*, comme la guerre qui, avide de jeunes corps, se saisit de lui aussitôt (chapitre II) et l'expédie en Hollande confronter son dénuement aux préjugés religieux (cha-pitre III). Il y rencontre maître Pangloss, sur son ordre métaphysique toujours perché, mais rongé de vérole (*mal physique*), et porteur d'horribles nouvelles sur le beau châ-teau de Thunder-ten-tronckh : vols, viols, meurtres et autres divertissements militaires (chapitre IV). La compassion de frère Jacques, apôtre humanitaire mais non baptisé, les plonge au cœur du désastre de Lisbonne – grandiose mal physique qui déchaîne le mal moral et relance l'interroga-tion métaphysique récurrente sur les maux de ce monde (chapitre V). Tout tremblement de terre méritant expiation pour calmer la juste colère divine, les deux compères

1. Voir la carte retraçant les voyages dans *Candide*, Dossier, p. 168-169.

métaphysiciens et discutailleurs sont offerts, en compagnie de juifs supposés, au saint supplice de l'autodafé (chapitre VI), qui donne à Cunégonde retrouvée l'occasion de sauver son ex-amant et de s'expliquer sur les suites de la catastrophe westphalienne. Candide doit apprendre que, passée de main en main, son adorable maîtresse est maintenant entretenue, à parité, par un inquisiteur en chef et un riche Israélite (chapitres VII-VIII). Il ne reste plus au pauvre Candide qu'à embrocher les deux héritiers d'Abraham et à fuir avec sa belle et une vieille servante (chapitre IX), pour s'embarquer à Cadix vers l'Amérique ; voyage qui donne occasion à la vieille de raconter ses lamentables aventures de fille adultérine d'un pape, bonne à tout faire et tout subir, jusqu'à l'ablation d'une fesse pour nourrir des guerriers turcs assiégés (chapitres X-XII).

Après l'Europe guerrière et intolérante, voici l'Amérique du Sud : Buenos Aires, où l'on perd à nouveau Cunégonde et sa vieille au profit du gouverneur, admirablement moustachu (chapitre XIII), mais en gardant Cacambo, débrouillard valet quarteron ; fuite éperdue chez les jésuites du Paraguay, où Candide transperce derechef son beau-frère irascible et colonel (chapitres XIV-XV) ; chez les Oreillons anthropophages autant qu'anti-jésuites (chapitre XVI), avant de pénétrer en Eldorado, contrée utopique (chapitres XVII-XVIII). Mais comment y rester sans Cunégonde ? Riche à millions, le duo part rencontrer à Surinam un esclave estropié (l'Europe aime le sucre), Candide charge Cacambo de retrouver Cunégonde, et appareille pour Bordeaux en compagnie de Martin, pauvre savant persécuté, et pessimiste, recruté par concours (chapitre XIX), ce qui donne loisir de raisonner en mer sur le mal et le bien (chapitre XX-XXI). À Paris, notre héros a le plaisir de se faire plumer par de polis fripons (chapitre XXII), évite avec horreur l'Angleterre en raison d'un amiral exécuté sur son bateau (chapitre XXIII), et cingle vers Venise, où il rencontre Paquette, prostituée, et frère Giroflée, théatin en débine qui la soutient de son mieux (chapitre XXIV). Il rend visite au seigneur Pococuranté, épicurien de son état et amateur d'art blasé (chapitre XXV), converse avec six rois en exil (chapitre XXVI), puis court à Constantinople, non sans rencontrer, esclaves fouettés sur la galère turque, le

baron jésuite de Thunder-ten-tronckh et Pangloss, laissés pour morts l'un à Lisbonne, l'autre au Paraguay (chapitre XXVII). À Constantinople, on retrouve enfin et en effet la belle Cunégonde, sérieusement enlaidie et laveuse d'écuelles (chapitre XXVIII), mais que son frère refuse toujours de marier à un bâtard (chapitre XXIX). Candide chasse donc le baron homosexuel et jésuite, épouse sans entrain le sec rebut de ses amours enfuies, achète une métairie où chacun s'affaire, sauf Pangloss, qui disserte, et Candide, qui dirige en se taisant. C'est qu'il faut cultiver son jardin, pour éviter l'ennui, ce triste cancer rongeur (« Conclusion », chapitre XXX).

Ce résumé permet-il de tracer un cadre chronologique cohérent ? Oui et non. Non, si l'on veut englober toutes les allusions du récit, par exemple le dîner avec les six rois ou les aventures de la vieille. Voltaire n'entend pas, dans un récit de ce type, se soumettre le moins du monde à un tracé temporel historiquement contraignant. Oui, cependant, si l'on ramène l'intrigue à l'essentiel. Tout se concentre alors dans les années 1755 (affaire de Lisbonne), 1756 (guerre de Sept Ans) et 1757 (attentat de Damiens et exécution de l'amiral Byng, chapitres XXII-XXIII)[1]. Mais cette constatation est trompeuse, puisque le voyage de Candide renvoie à une vie – enlaidissement de Cunégonde, assagissement de Candide –, qui vaut comme figure symbolique du destin humain. Rien ne serait au fond plus faux que de vouloir, comme on l'a fait trop longtemps, rabattre *Candide* sur le roman d'apprentissage et ses normes temporelles, ici manifestement inadéquates. Quant au « conte philosophique », il ne fournit aucun critère générique *a priori*, puisqu'il doit ses titres de gloire précisément à *Candide* ! Force est donc d'examiner l'œuvre en elle-même. Pour ce faire, nous éviterons aussi les critères narratologiques consacrés. Pourquoi ? Tout simplement parce qu'ils visent, par définition, ce qui est commun aux récits, et non ce qui les distingue et les individualise[2]. Pour entrer un peu avant dans le chef-d'œuvre, il faut, me semble-t-il,

1. Voir p. 113, note 1, et p. 114, note 2.
2. Pour un point de vue opposé, voir A. Magnan, *Candide ou l'Optimisme*, PUF, coll. « Études littéraires », 1987, et P. Cambou, *Le Traitement voltairien du conte*, *op. cit.*

procéder empiriquement, artisanalement. En allant du plus vers le moins apparent. Et sans séparer narration et philosophie.

FIGURES DU RÉCIT [1]

ADDITION ET ALTERNANCE

Il y a d'abord, dans *Candide*, une structure de choc, un rapport de contradiction franc et massif. Le récit avance par amoncellement de faits censés ruiner la métaphysique optimiste [2]. De ce point de vue, il n'y a pas de fin, on peut toujours entasser encore un vol, encore un meurtre, une trahison, une déception... Cette mécanique corrosive a deux traits majeurs : elle reproduit sans relâche le même schéma ; elle tend à détruire l'« effet de réel », l'illusion de vérité, orientée qu'elle est par un désir démonstratif nullement soucieux de se dissimuler (les grands épisodes de *Jacques le Fataliste* distendent au contraire leurs liens avec la thèse philosophique du roman) [3]. Notre rapport à *Candide* reste constamment identique, notre distance égale, alors que Diderot prend plaisir à varier sans cesse tous les types de relation entre auteur, lecteur et récit – simple constat, sans jugement de valeur esthétique...

Sur cette structure d'addition se greffe une structure d'alternance. Événements malheureux et heureux se suivent et se bousculent. Plus précisément, la cause et l'effet affichent leur discordance. Du malheur le plus cuisant surgit un bien imprévu, déclencheur d'une nouvelle avalanche de biens et de maux. Système certes différent du premier, mais suivant la même loi répétitive, essentielle dans *Candide*. Que dit en effet Pangloss, et à travers lui le providentialisme « optimiste » rageusement pris pour cible ? Non pas qu'on ne connaît pas d'événements désagréables

1. Nous reprenons dans cette partie une analyse que nous avons développée dans *Roman et idéologie dans Candide*, Cahiers du centre d'études et de recherches marxistes, 1971.

2. Sur celle-ci, voir Dossier, p. 153.

3. Quel est, par exemple, le lien direct et immédiat entre le fatalisme et l'« Histoire de Mme de La Pommeraye » ?

en ce bas monde, mais que tout malheur est relatif, pris dans une chaîne d'effets et de causes qui l'obligent à participer, en fin de compte et si on la suit jusqu'au bout, à la production du bien général (exemple typique : le viol de Lucrèce, sous et par le roi Tarquin, a installé la république romaine et toutes ses glorieuses vertus…). Une bienveillance universelle, liée à l'idée d'un Dieu parfait, entraîne l'univers et tend à dissoudre la réalité insupportable du mal, vécue comme telle par la conscience individuelle – ici et maintenant : Lucrèce subit son mal sans connaître les futurs exploits romains.

Or la structure de *Candide* ne nie pas de tels enchaînements. Mieux, elle paraît même les souligner ! Où se situerait dès lors l'opposition ? Tout d'abord, le mouvement reste inflexiblement alternatif, le bien engendre aussitôt le mal, le mal le bien, il y a oscillation et non progression. S'efface alors l'idée d'une providence inlassablement à l'œuvre, l'idée d'un ordre positif démontrable. Ensuite, cette négation acharnée d'une providence optimiste se trouve ridiculisée par l'enchaînement des aventures. Là où Pangloss voit avec un émerveillement emphatique la confirmation de sa doctrine métaphysique, la narration montre le hasard, l'absence de causalité orientée vers le bien. Mais comment le montre-t-elle ? En outrant la causalité jusqu'à l'absurde. En somme, le récit mise à fond sur le providentialisme, les *causes finales* (A est produit pour produire B, etc. : le viol de Lucrèce, pour reprendre ce célèbre exemple, aurait alors pour finalité de produire le passage de la monarchie romaine à la république et ses illustres mérites)[1], en vue de discréditer une certaine idée d'histoire entraînée par une intention, un mouvement réparateur. Ce mouvement s'appellera après Voltaire une *philosophie du progrès*, incarnée notamment par Turgot, Condorcet ou encore Mme de Staël, et destinée à triompher au XIXe siècle. Enfin, au sein de ce système d'alternance et de causalité parodique s'effectue une disqualification insidieuse : les malheurs, en dépit de leur accumulation outran-

1. L'abbé Pluche fournit au XVIIIe siècle un autre exemple fameux et cocasse de cause finale : le melon se découpe par tranches *pour* convenir aux doux partages familiaux !

cière, apparaissent plus « réels » que les incidents répara-
teurs, qui semblent relever en général du pur arbitraire
romanesque[1], la « Conclusion » mise à part.

Le second trait semble porter la charge la plus intéres-
sante. Il autorise en effet le réemploi parodique des pro-
cédés traditionnels du genre romanesque, à l'œuvre dans
le roman d'aventures et le roman sentimental : l'intention
philosophique peut s'investir aussitôt dans une structure
formelle. Si aisément qu'on a avancé très souvent que
Voltaire poursuivait de front deux parodies, celle de
l'optimisme comme doctrine, et celle du roman comme
genre. En fait, il ne poursuit véritablement ni une interro-
gation esthétique à la Diderot (*Jacques le Fataliste*), ni
même une critique sérieuse du genre. La parodie roma-
nesque, dans *Candide*, me paraît servante de la philoso-
phie. Le conte dénonce le romanesque, dans la mesure où
l'optimisme, conçu comme doctrine philosophique et nul-
lement comme trait de caractère, est une déformation ima-
ginaire de la vie réelle, comme le cartésianisme est un
roman de l'esprit[2]. Les deux idées liées de *système* et de
roman ne peuvent jouer dans le récit qu'à partir du
moment où Voltaire repousse dans la métaphysique opti-
miste à la fois une conception fausse de la vie (critique
directe par les faits narratifs) et une conception systéma-
tique, c'est-à-dire « métaphysique » au mauvais sens du
terme (critique indirecte par la structure parodique qui
ordonne les faits narratifs).

Dès lors que l'optimisme est le roman de la vie, au lieu
d'en dire l'amère vérité, les optimistes sont condamnés à
la vie des romans : enlèvements, pirates, batailles, miracu-
leuses retrouvailles, constante passion amoureuse, etc.[3].
La profusion de l'imaginaire dénonce la confusion de

1. Il paraît plus vraisemblable d'être, comme Pangloss, poursuivi par
l'Inquisition que sauvé de la pendaison par un orage qui distend la
corde !

2. Descartes « se livra à l'esprit de système. Alors sa philosophie ne fut
plus qu'un roman ingénieux, et tout au plus vraisemblable pour les
ignorants », écrivait Voltaire en 1734 (*Lettres philosophiques*, suivies des
Derniers écrits sur Dieu, éd. G. Stenger, GF-Flammarion, 2006,
XIVe Lettre, p. 150).

3. Par roman, il faut entendre ici, comme Voltaire, tout récit fictif où
abondent des aventures dites justement romanesques.

l'imagination et de la raison, ce grand et permanent dévoiement de la philosophie qui la voue à la stérilité, dont seul le sage et modeste Locke, selon Voltaire, l'a fait sortir à la fin du XVIIᵉ siècle, en Angleterre (*Essai sur l'entendement humain*, 1690).

ÉCHOS ET SYMÉTRIES

La rigoureuse subordination du récit par rapport à la philosophie entraîne une enfilade d'effets de miroir, une sorte de galerie des glaces où tout se démultiplie. Soit par exemple le tableau sommaire des personnages :

La vieille
(servante)

Aussi simplifié soit-il, ce schéma suffit à montrer le jeu patent des symétries : Candide sera-t-il Pangloss ou Martin ? Cunégonde sera-t-elle la vieille ? La position symétrique des deux philosophes Pangloss et Martin aboutit-elle à les neutraliser, ou à choisir entre eux ? D'autres rapports se font jour : la différence des sexes trace par exemple une ligne nettement visible. Le monde féminin apparaît *mineur* (peu de personnages, et surtout peu d'épisodes) ; *passif* (l'initiative métaphysique reste essentiellement d'ordre viril, la femme subit le désir masculin) ; *uniforme* (les des-

tins des trois principales femmes – Cunégonde, la vieille, Paquette – se font écho : objets de convoitise qui passent de bras en bras pour finir en objets repoussants sous l'effet de l'âge) ; *symbolique* (concubine puis domestique, soumise et vite fanée, la femme figure la hideur atroce et dérisoire du destin humain).

Mais le désir sexuel établit également des symétries entre les hommes. Pangloss et Martin s'y opposent comme dans l'ordre métaphysique ; Pangloss, l'homme à femmes, et le baron homosexuel, absent de ce schéma, subissent en bout de conte un destin parallèle ; Pangloss défiguré par la copulation avec Paquette, le beau fiancé de la vieille tué par le poison, Candide chassé pour un baiser, etc., préfigurent dans le conte la désillusion du héros à la recherche du bonheur par l'amour. On notera cependant que Voltaire s'est refusé le parallélisme classique du maître et du valet, et que seul Candide poursuit un rêve sentimental, un peu écorné dans la « Conclusion ». C'est que, comme au théâtre, il n'y a pas de parallélisme sans variations.

Autre flèche où s'embrochent bien des personnages : les mutilations tissent entre eux un lien singulier : la fesse perdue de la vieille ; l'œil, le bout du nez, l'oreille de Pangloss, particulièrement gâté ; l'organe non musicien du castrat ; la jambe gauche et la main droite du nègre de Surinam, sans compter les bons anthropophages et moult blessures ou maladies… Faut-il y inclure l'enlaidissement des femmes et, métaphoriquement, l'argent que perd Candide au sortir de l'Eldorado ? Les âmes souffrent, et les corps aussi, ou d'abord.

Participent à ce système d'échos les récits emboîtés. Chaque fois qu'un personnage se raconte, il reproduit la même litanie de malheurs, obtenue en maintenant constamment la mire sur Candide : ceux qu'on retrouve aux détours du récit sont tenus de procéder à des retours en arrière sur leurs infortunes dédoublées et par là concentrées, dramatisées. Candide n'est pas seulement exposé aux violences du monde, il se met à leur écoute, sur les bateaux et à Surinam ou Venise, à chaque rencontre. Il suffirait de laisser parler tout homme, toute femme – tout enfant si Voltaire s'y intéressait – pour multiplier à l'infini la noire odyssée du genre humain. La technique narrative

des *récits* ne renvoie pas, dans *Candide*, à une contrainte technique, comme au théâtre, mais à une visée philosophique. Ainsi, figures essentielles du récit, l'individuel et l'extraordinaire sont chargés de signifier le banal et le général.

Martin énonce en ce sens une vérité morale et la vérité du conte en déclarant : « J'ai tant vu de choses extraordinaires qu'il n'y a plus rien d'extraordinaire » (chapitre XXI). D'où des effets variés : le romanesque de la fiction exacerbée dénonce les romans de l'esprit (la mauvaise métaphysique, de Platon à Descartes, Leibniz et Pangloss) ; en se répétant, l'extraordinaire s'annule et figure l'horrible banalité du mal ; mais il s'annule pour le lecteur, tandis que certains personnages persistent à vivre leur destin comme unique et fascinant, exceptionnellement tragique. C'est à cette ultime illusion, celle des héros de tragédies et de romans, qu'il leur faudra sans doute renoncer. Bien que Cunégonde refuse jusqu'au bout de se voir en son miroir terni, et étale des prétentions que ses charmes flétris ne soutiennent plus (chapitre XXIX).

Cette logique d'échos et de symétries ordonne le jeu des épisodes, sous le signe de l'*échange* : le monde rejette Candide ; Candide rencontre Pangloss en Hollande (dans quel état !) ; il retrouve Cunégonde au Portugal, doublement entretenue, et perd Pangloss ; Cunégonde l'abandonne en Argentine, et il s'adjoint Cacambo ; il le perd à Surinam et y recrute Martin, avant de rassembler tout son monde à Constantinople, sauf le baron, rejeté à la mer pour faute d'orgueil mal placé.

On y inclura aussi la série des *jardins*. La Westphalie enfantine et crédule est un jardin en deçà de la vie réelle ; l'Eldorado un au-delà de l'existence terrestre. L'un, illusion creuse, volera en éclats au premier choc, l'autre, utopie trop pleine, ne peut s'enraciner sur terre. Reste le dernier, la métairie finale, qui prend place entre l'ignorance des réalités et le rêve impossible du parfait bonheur collectif. Ces moments cardinaux se situent comme en marge de l'action, au début, au milieu, à la fin[1]. La fré-

1. La logique du récit n'a pas à respecter les lois de l'action dramatique théorisée par Aristote.

nésie du monde se rue entre trois jardins calmes, où la vie s'étale, où le temps se fige. Deux temporalités semblent ainsi rythmer le conte : le temps saccadé des fuites et des malheurs, aux rebondissements cocasses et savants ; le temps perpétué du château, de l'Eldorado et de la métairie... On peut alors se demander si le dilemme brusquement révélé à la fin du conte (chapitre XXX) – léthargie de l'ennui ou convulsion de l'inquiétude – ne règle pas aussi, souterrainement et en partie, le rythme du roman.

LES TROIS FLÈCHES

Un autre découpage ne serait-il pas plus convaincant, car plus apparent ? Il conduirait à dessiner, à travers trois étapes du récit, trois cibles principales :

– *Le monde comme il va.* Dans la première partie du conte (de Westphalie en Espagne), on accumule contre la théorie de Pangloss un véritable déluge de catastrophes : catastrophes physiques et calamités humaines s'abattent sauvagement pour nous convaincre de l'irréductible réalité du mal, qu'aucun raisonnement ne saurait effacer. Quoi que prétendent des raisonneurs, ici-bas l'on souffre.

– *Le monde comme on le rêve.* L'Amérique émerge en effet au centre du récit en continent de l'utopie : utopie politique des jésuites, utopie naturelle des Oreillons, utopie philosophique de l'Eldorado. Mais l'utopie politique est trop politique, le despotisme théocratique des jésuites dissimule mal la domination égoïste d'une caste cléricale sur un peuple esclave. L'utopie naturelle de l'état de nature sauvage s'effondre dans un naturisme puéril et anthropophage. L'utopie des Lumières a toutes les qualités, sauf celle d'exister[1].

– *Le monde comme on le retrouve.* Ce troisième moment est sans aucun doute le plus complexe. D'un côté, en effet, les procédés antérieurs se répètent, avec leur sens symbolique clair (exécution de l'amiral anglais Byng, chapitre XXIII), leur dessin schématique, leur rythme saccadé. De l'autre, les chapitres sur Paris, sur les rois détrônés, sur Pococuranté, par leur relative complexité de sens et leur

1. Voir aussi Dossier, p. 158.

longueur, voire leur possible langueur, introduisent un ton et un rythme nouveaux. Le récit se ralentit ; Candide, qui a de l'argent, qui cherche Cunégonde et la fait chercher (par Cacambo, infatigablement dévoué), se met à regarder le monde et à écouter les gens, qu'il fuyait jusqu'ici à toutes jambes.

Pour la première fois, avec Pococuranté, l'art fait son entrée dans le récit, comme si le héros, libéré des compulsions élémentaires (nourrir et surtout sauver le corps), la poche garnie, s'ouvrait enfin à la vie de l'esprit. L'âpre satire galopante tourne à l'observation morale. Une interrogation neuve se fait jour : on ne se demande plus seulement si tout va bien – ou mal –, mais s'il existe des hommes, ou même un homme heureux. Perce l'idée que les « chagrins secrets » (envie, inquiétude, attente, déception, etc.) pourraient faire aussi mal que les grands malheurs spectaculaires d'avant l'Eldorado. Le triomphe de Martin semble donc complet, alors que Candide se raccroche encore à son rêve sentimental, la quête de Cunégonde, accomplie sans ardeur au chapitre XXIX par un mariage de raison presque ridicule.

Se dégage donc une structuration contrastée. Disciple d'abord docile, Candide, échaudé par les catastrophes, doute de plus en plus de la bonne parole providentialiste enseignée par maître Pangloss : on sera tenté d'évoquer alors une structure évolutive, qui a conduit certains critiques, dont l'excellent spécialiste que fut René Pomeau, à parler de roman d'apprentissage. Après l'Eldorado s'installe une structure d'oscillation entre les deux interprétations de Pangloss et Martin ; le héros, adoptant tour à tour chacune des options antagoniques, n'avance plus. Il y a bien une sorte de progrès, dans la mesure où Candide n'est plus enfermé dans une seule idéologie, celle de l'optimisme panglossien. Mais il y a tout aussi bien recul, puisque notre philosophe indécis (mais nullement sceptique !) revient, même provisoirement, dans le giron de l'optimisme absolu, et ce, malgré l'apparition de Martin, malgré la répétition incessante des expériences déceptives. En somme, le mouvement de mise en doute du maître, loin de se poursuivre progressivement, débouche non pas sur une incapacité de choisir (tel l'âne de Buridan mourant de faim

et de soif entre foin et eau), mais sur des jugements alternatifs autant qu'inconciliables : tout est bien, tout va mal.

UNITÉ DE CARACTÈRE ?

Faut-il rapporter cette composition, complexe et surtout déconcertante, à l'unité de caractère du héros éponyme ? L'hypothèse est si séduisante qu'elle risque de passer pour évidente. Le récit nous conterait la désillusion progressive de Candide au contact de l'expérience (sa propre vie), dont sa candeur constitutive lui interdirait de travestir les leçons à l'instar de son maître indécrottablement dogmatique. C'est par exemple ce qu'affirme René Pomeau : « Heureux les simples ! [...] car leur simplicité n'est pas capable de nier l'évidence[1]. » Mais comme ses phases d'optimisme absolu s'affirment après l'Eldorado, quand donc « l'évidence » a assez parlé, il faut prétendre que son « instabilité d'humeur et [son] émotivité, si voltairienne, le rendent très sensible aux influences extérieures, c'est-à-dire à l'expérience », et qu'il convient de trouver là l'explication naturelle de « brusques retours en arrière », empêchant que « sa philosophie évolue selon une courbe uniforme[2] ». La psychologie du personnage, reliée à celle de l'auteur, rendrait donc un compte suffisant des oscillations philosophiques, assez étranges pour contredire si violemment « l'expérience ».

L'ennui, c'est que les brutaux « retours en arrière » se font de plus en plus brusques à mesure qu'on approche de la fin du récit et de la quête. Premier problème. Le second n'est pas moins étonnant. Que devrait conclure la candeur, lorsque l'expérience révèle une alternance régulière du bien et du mal ? Selon toute apparence et tout bon sens, que notre pauvre monde mêle le bien et le mal, et sans doute plus de mal que de bien. Or Candide n'avance cette idée qu'une seule fois : « Il y a pourtant du bon », réplique-t-il à Martin le manichéen[3] (chapitre XX).

1. *Candide*, éd. R. Pomeau, Nizet, 1959, p. 60.
2. *Ibid.*, p. 61.
3. La doctrine manichéenne inscrit dans l'univers la lutte de deux principes, le mal et le bien, la lumière et l'ombre.

Le texte démontre non pas qu'on passe d'une expérience et d'une « humeur » à une autre, mais que Candide oscille entre deux métaphysiques exclusives l'une de l'autre. Autrement dit, le héros ne raisonne pas sur des faits qu'on évaluerait, mais sur des systèmes philosophiques qui généralisent brutalement des faits. Ce qui est tout autre chose. On constate aussi que les palinodies de Candide se rapportent bien moins à son émotivité supposée « voltairienne » qu'à sa docilité d'esprit, à sa facilité à croire les maîtres, bref, à sa candeur si peu voltairienne. Ce qui est également autre chose.

René Pomeau, avec d'autres critiques, pense qu'« à travers ses hésitations, néanmoins, la raison fait son œuvre [...]. Dans le beau château de Thunder-ten-tronckh, Candide déraisonnait à la manière de Pangloss [...]. Plongé dans l'univers cruel des adultes, il raisonne sur ses épreuves, et cesse d'errer. Ayant beaucoup vu, beaucoup souffert, il est à la fin désabusé. Une dernière rencontre suffit alors à l'éclairer, celle du bon turc[1] ». Les maîtres mots d'une telle analyse sont bien psychologie, expérience, bon sens, progrès, vraisemblance évolutive, bref, modélisation par le roman d'apprentissage. Sa force est de supprimer les problèmes en les supposant simples. Or il me semble tout au contraire que si Candide « raisonne » effectivement sur ses épreuves, il ne « cesse d'errer ». Et qu'il erre parce qu'il ne cesse de « raisonner » au mauvais sens voltairien du terme. Il ne commence à raisonner sainement qu'en comprenant enfin, dans son jardin près de Constantinople, la vanité des ratiocinations antérieures[2]. Il était temps !

La structure de *Candide* n'obéirait donc pas à une logique psychologique réglée par la vraisemblance d'une évolution progressive du héros vers la sagesse. Si le conte se modelait sur ce schéma, que verrait-on ? Dans un premier moment, disons jusqu'en Amérique, Candide douterait de plus en plus du providentialisme panglossien ; puis il pencherait vers Martin ; avant de se décider enfin pour la morale finale. Cela n'exclurait pas des crises, des

1. Dans son édition de *Candide*, éd. cit., p. 61-62.
2. Il serait donc inexact de dire que, jusque-là, Candide *hésite*, car ce serait le début de la sagesse. Le terme n'apparaît au juste qu'au dernier chapitre (p. 137), quand Voltaire prépare la solution.

retours en arrière, mais on ne voit pas comment on échapperait à cette courbe, conjuguant progrès de la raison et expériences. Que constate-t-on au contraire ? Seule la première partie du récit répond à ce modèle de destruction progressive de la certitude apprise dès l'enfance, à coups de leçons dogmatiques crues en toute candeur comme vérités de foi. Dans ce cadre, on comprend sans peine que le héros oppose l'Ancien Monde, terre de déboires, au Nouveau, où « tout ira bien », qu'il prenne peu à peu des initiatives (tuer l'inquisiteur et le juif par exemple), au lieu de toujours subir. La disparition de Pangloss à Lisbonne en serait à la fois la cause et le signe.

Mais l'Amérique, au lieu d'accentuer ce mouvement linéaire, installe au contraire une logique d'alternance fortement marquée, alors que la succession accélérée d'heurs et malheurs continue sa marche fébrile. Comment expliquer par le caractère et la vraisemblance psychologique que les mêmes causes n'entraînent pas les mêmes effets ? Cette alternance se dit au mieux dans la juxtaposition brutale de l'Eldorado et du nègre de Surinam (chapitres XVII à XIX), l'émerveillement devant le meilleur des mondes – plus que *possible* : rencontré ! – et l'horreur. L'oscillation entre bien et mal, optimisme et pessimisme[1], amorcée dans les chapitres XIV et XV, ne va plus cesser avant la découverte de la vraie sagesse. Voltaire a donc repoussé au-delà de toute vraisemblance psychologique l'émancipation intellectuelle de son héros, pour la concentrer en un seul et dernier chapitre. Errances et erreurs sur vingt-neuf chapitres, soudaine accélération en fin de course, pour un atterrissage inattendu…

Inattendu, car la « Conclusion » contient quatre expériences cruciales, à même d'équilibrer presque le reste du récit : la triste acidité de l'ennui, après l'inquiétude qui dévorait les vingt-neuf chapitres précédents ; le refus de la politique (malgré l'Eldorado) ; le rejet soudain de la métaphysique ; la vertu du travail silencieux. Autre paradoxe, une seule a été explicitement préparée : la mise au jour de la vanité des systèmes métaphysiques censés expli-

1. J'utilise un mot qui n'a pas encore cours au moment où Voltaire consacre celui d'optimisme.

quer le monde. Il paraît donc difficile d'adhérer à cette
formule de René Pomeau, déjà citée : « Une dernière ren-
contre suffit alors à l'éclairer, celle du bon turc. » En fait,
la « Conclusion » est également un dépassement, un déplace-
ment. Déplacement de la contradiction entre bonheur et
malheur jusqu'alors présentée comme essentielle, au pro-
fit de l'antithèse entre ennui et inquiétude (deux passions) ;
effacement de l'alternative entre optimisme et pessi-
misme, jusque-là obsessionnelle, au bénéfice de l'opposi-
tion entre oisiveté et travail ; transfert de la métaphysique
vers la pratique morale : comment vivre ou survivre du
mieux qu'on peut dans le monde tel qu'il est, au temps de
la sagesse automnale, et des tartes mélancoliques pétries
par la main sèche d'une Cunégonde enlaidie...

Envisagée dans ses rapports avec Candide, la structure
du récit dessinerait alors trois figures principales : la mise
en doute progressive de Pangloss (avant l'Eldorado) ;
l'oscillation entre Martin et Pangloss (après l'Eldorado) ;
le déplacement partiel mais énergiquement concentré de la
problématique antérieure dans la « Conclusion ». Il ne
suffit pas de s'interroger sur le sens du dernier chapitre et
de sa célèbre sentence jardinière, devenue proverbe[1]. Il
faut encore se demander pourquoi Voltaire entend faire
jouer un rôle aussi décisif à un seul chapitre dans l'éco-
nomie de sa narration. C'est une conclusion ? Certes, mais
pourquoi en a-t-il besoin ? Pourquoi faut-il faire piétiner si
longtemps la candeur au seuil de la sagesse ? Ces ques-
tions difficilement esquivables mais trop peu posées
conduisent à chercher, au-delà des formes visibles du
récit, des hypothèses explicatives, des contraintes plus
souterraines. Mais lesquelles ? La psychologie de l'auteur,
la sociologie de l'écrivain, la logique du genre (mais
lequel ?), la réception du lecteur ? Elles ne semblent pas
en état de résoudre ces problèmes. Je me tourne plutôt vers
la philosophie voltairienne, plus précisément sa théorie de
la connaissance, et sa conception de l'Histoire.

1. Voir Dossier, p. 170.

CANDIDE ET L'HISTOIRE

Micromégas, le premier conte voltairien en prose, est conçu parallèlement au *Siècle de Louis XIV*, offert au public avec un *Nouveau Plan d'une histoire de l'esprit humain et l'histoire des croisades* (1752). Coïncidences suggestives, même si elles ne font pas preuve. Ce qui importe, c'est, tout au long du parcours voltairien, la permanence des travaux historiques. Ils ne précèdent pas la poésie, mais bel et bien la prose philosophique ou fictionnelle (*Histoire de Charles XII*, 1731 ; *Lettres philosophiques*, 1733-1734). Le voyage de Candide est aussi celui de l'auteur à travers les siècles, et par exemple la traversée d'un millénaire (à partir de Charlemagne) dans l'*Essai sur les mœurs et l'esprit des nations* (1756), révisé à partir de 1758, l'année de *Candide*. Le roman nous offre une reproduction symbolique de l'histoire de l'esprit humain. Mais alors qu'il manœuvre bruyamment, à lances ouvertes, contre la métaphysique optimiste, la philosophie de l'Histoire se dissimule à l'œil du lecteur.

On a souvent décrit, dans *Candide*, la profusion des aventures, des personnages, des contrées et nations parcourues, les distorsions chronologiques et lexicologiques, etc., qui filent la trame du célèbre conte. Mais ces traits prennent une couleur neuve si on les rapporte à l'inlassable écriture voltairienne de l'Histoire. Ce que nous avons décrit précédemment peut se lire comme des équivalents structurels et stylistiques de l'*Essai sur les mœurs*, une stylisation et une épuration radicales de l'énorme épaisseur brute de l'Histoire, du chaos de faits, détails, guerres, meurtres, passions, absurdités qui la constituent aux yeux de l'historien effaré. Cette sublimation extraordinaire ne va pas de soi, et de fait, Voltaire ne parviendra plus jamais à ce degré de réussite. Il faut s'arracher aux évidences : l'*Essai* n'est pas une « source » de *Candide*, à mobiliser pour tel ou tel détail, c'est une matrice structurelle, sans laquelle l'œuvre fictionnelle n'aurait sans doute pas pu s'écrire sous cette forme.

Essai sur les mœurs et l'esprit des nations, comment ne pas voir l'intérêt de ce titre complet pour *Candide*, où l'on

galope à travers tant de nations ? Alors que *Zadig* ou *Micromégas* s'inscrivent dans un espace abstrait, histori- quement quasi vide, un temps sans épaisseur, *Candide* est bourré de matière historique comme un foie gras de suc nourricier. D'où de redoutables problèmes esthétiques. La solution la plus directe, la plus simple, conduirait à tra- duire les études historiques en tableaux satiriques des nations. Voltaire, ici (et ici seulement), pare à ce danger en évitant soigneusement toute transposition synthétique sous forme de tableaux. Comment ? En émiettant les don- nées, en les dissimulant dans la trame narrative. Exemples parmi tant d'autres : l'esprit espagnol est suggéré par le portrait du gouverneur de Buenos Aires, don Fernando d'Ibaraa ; celui de la Hollande par les activités commer- ciales de l'anabaptiste Jacques et les querelles de sectes ; l'Italie, terre des arts et des plaisirs, par Venise et Pococu- ranté… Nul n'étant prophète en son pays, les lecteurs furent aussitôt déçus par le chapitre parisien (chapitre XXII), le plus proche en effet du tableau de mœurs satirique si cou- rant dans la littérature des Lumières. Voltaire en a-t-il eu conscience ? Sans doute, puisqu'il le réécrit peu après, dans l'édition de 1761 [1] ; il évite également le péril anglais en contournant le problème : Candide refuse de débarquer en un pays qui fusille un de ses amiraux ! On aurait donc là, en deux chapitres successifs, deux solutions antithé- tiques, le tableau de mœurs (chapitre XXII) et la dramatisa- tion d'un épisode (chapitre XXIII). L'*Histoire des voyages de Scarmentado*, quelques années avant *Candide* (1756), nous montre Voltaire s'essayant à ces techniques, tandis que *La Princesse de Babylone* (1768) se satisfait de disser- tations, éblouissantes d'esprit, sur l'esprit des nations. Autre voyage à travers les contrées, à dos d'oiseau fabu- leux, autre formule, quasi absente de *Candide*.

L'échec relatif de *La Princesse de Babylone* n'est vrai- semblablement pas de manquer de « sincérité », comme se le représente Jacques Van den Heuvel [2]. Voltaire achoppe sur un obstacle esthétique fondamental que ses contes

1. Voir p. 105, note 1. Nous reproduisons dans ce volume le texte de l'édition de 1761, qui comporte quelques modifications par rapport à l'édition originale de 1759.

2. Dans *Voltaire dans ses contes, de Micromégas à L'Ingénu*, *op. cit.*

l'obligeaient à résoudre : comment passer d'un discours philosophico-historique à un récit fictionnel ordonné par l'imagination. Entre *Candide* (1759) et *La Princesse de Babylone* (1768), on passe d'une œuvre littéraire réussie où tout joue dans tous les sens, à un récit univoque, au discours immédiatement déchiffrable. Ne serait-ce pas l'immense différence entre esprit et ironie ? *La Princesse de Babylone*, que Stendhal fait adorer par Mathilde dans *Le Rouge et le Noir*, déborde d'esprit ; mais dans *Candide*, on rencontre l'énergique ironie de *Don Quichotte*, des *Âmes mortes* de Gogol, ou encore de Flaubert – ce grand admirateur, comme Nietzsche, de Voltaire.

Au bilan de son *Essai sur les mœurs*, l'auteur écrit : « Puisque la nature a mis dans le cœur de tous les hommes l'intérêt, l'orgueil et toutes les passions, il n'est pas étonnant que nous ayons vu, dans une période d'environ dix siècles, une suite presque continue de crimes et de désastres. Si nous remontons aux temps précédents [l'Antiquité], ils ne sont pas meilleurs. La coutume a fait que le mal a été opéré partout d'une manière différente[1]. » Alors, triomphe de Martin ? Non, car « nous voyons un amour de l'ordre qui anime en secret le genre humain et qui a prévenu sa ruine totale ». Davantage : « On voit dans l'histoire ainsi conçue les erreurs et les préjugés succéder tour à tour et chasser la vérité et la raison. On voit les habiles et les heureux enchaîner les imbéciles et écraser les infortunés ; et encore ces habiles et ces heureux sont eux-mêmes les jouets de la fortune ainsi que les esclaves qu'ils gouvernent. Enfin les hommes s'éclairent un peu par ce tableau de leurs malheurs et de leurs sottises. Les sociétés parviennent avec le temps à rectifier leurs idées ; les hommes apprennent à penser[2]. » Peut-on rêver meilleur commentaire de *Candide* et des saccades narratives qui nous occupent ?

Il y a donc au fond de l'homme une double nature, qui le pousse à détruire (premier fait), mais aussi (deuxième fait, que l'on oublie trop et que *Candide* confirme) à se

1. *Essai sur les mœurs et l'esprit des nations*, éd. R. Pomeau, Garnier, 1964, vol. 2.
2. *Ibid.*

conserver, et même à progresser un peu, lentement, parfois. Nulle nostalgie, chez Voltaire, du passé, notamment gréco-romain, nulle forte aspiration à l'utopie. À survoler l'Histoire, la béatitude panglossienne paraît effectivement bouffonne. Mais, comme Voltaire, Candide refuse de rejoindre Martin en son pessimisme radical. Au bout du compte et du conte, il y a des temps de tranquillité, des havres de bon sens, quelque règnes heureux sous de bons princes, un essor du bien-être, des rectifications intellectuelles (depuis la Renaissance). N'aurait-on pas là une des explications du changement qu'introduit l'Eldorado dans le récit ? Après sa traversée du royaume des Lumières accomplies (prospérité, paix et raison), Candide échappe aux nécessités élémentaires (se conserver), découvre l'art et le luxe, dépense de l'argent, cesse presque de fuir. Ce n'est certes pas le bonheur et sa complétude, mais incontestablement, le rythme du récit s'apaise, et, comme l'auteur de l'*Essai sur les mœurs*, Candide juxtapose horreur et confiance – la confiance est une passion, qui le pousse par exemple à mandater Cacambo, sous les ricanements de Martin, certain que le valet s'éclipsera avec l'argent. Bref, il semble difficile de nier qu'une *philosophie de l'Histoire* – Voltaire invente l'expression célèbre en 1765 – « anime en secret » le conte philosophique.

L'évolution non progressive du héros ne se rapporte que d'apparence à la psyché individuelle du personnage, et ne s'enracine pas plus dans une philosophie canonique du progrès, ignorée de Montesquieu, de Voltaire, de Diderot comme de Rousseau. Le piétinement exaspérant de Candide et le brusque décollage du dernier chapitre pourraient bien renvoyer à cette permanente et rageuse question voltairienne, source de sa vivacité satirique : faut-il que les hommes soient bêtes et pétris de passions pour ne pas voir ce qui crève les yeux ! (d'où l'œil en moins de Pangloss ?). La banalité ostentatoire de la formule finale, « Il faut cultiver notre jardin », dont beaucoup de lecteurs ont dénoncé la pauvreté, recoupe la leçon de l'Histoire dégagée à la fin de l'*Essai sur les mœurs* et que l'on vient de citer. Ce que l'humanité découvre « un peu » à travers folies et crimes, après des siècles et des siècles, qu'est-ce, sinon quelques vérités massives, d'un bon sens écrasant,

dont seuls « l'intérêt, l'orgueil et toutes les passions » ont pu masquer l'évidence ? Le conte tout entier joue sur la contradiction profondément ironique entre la lenteur de la quête et la banalité – apparente – du résultat, à travers les figures structurelles décrites. Bien d'autres rapports avec l'Histoire et les historiens pourraient être mis au jour [1], mais Voltaire nous apprend d'abord à faire court.

CANDIDE ET LOCKE

La philosophie voltairienne, autant qu'une morale, est une théorie de la connaissance qui agit à fond dans notre roman sous la surface des mots. Rappelons notre problème. Candide commence par se détacher graduellement de Pangloss, mais loin de rejoindre alors du même pas Martin, loin même d'hésiter, il oscille étrangement de l'un à l'autre, avant de les dépasser tous deux dans la « Conclusion » vers une fin inédite. Ce sont ces deux derniers mouvements, et notamment le second, que nous cherchons à expliquer. D'abord par la théorie voltairienne de l'Histoire, maintenant par sa théorie de la connaissance, sans cesse répétée au cours de sa vie.

L'hypothèse est la suivante : les figures structurelles d'oscillation (entre bien et mal) et de déplacement (chapitre XXX) mettent en jeu le rapport de l'erreur et de la vérité, tel que Voltaire l'interprète en fonction de sa lecture de Locke. Il faut donc renvoyer à la fameuse XIIIᵉ Lettre philosophique, « Sur M. Locke » (1734). Elle exalte la révolution épistémologique lockéenne, qui, par sa modestie et sa sagesse, sa fidélité aux faits, sa recherche exigeante des preuves et des limites de la connaissance, réduit tous les systèmes philosophiques au statut de romans de l'imagination, romans ingénieux, parfois sublimes, mais irrémédiablement faux et vains. Locke serait ainsi le premier philosophe à oser se demander, sur une base expérimentale – son propre esprit –, ce qu'il sait, ne sait pas, ce qu'il pourrait savoir, au lieu d'inventer aussitôt des réponses à tout, bâties sur du sable, ancrées dans les

1. J'en donne quelques exemples dans *Roman et idéologie dans Candide, op. cit.*

nuages. « Jamais il ne fut peut-être un esprit plus sage, plus méthodique, un logicien plus exact que M. Locke », affirme Voltaire [1]. N'oublions pas que le premier conte en prose (par sa date de rédaction), *Micromégas*, culmine sur une quasi-reproduction de cette Lettre et de cette posture [2].

La Lettre XIII et le premier conte mettent en place des liaisons essentielles, inlassablement reprises par la suite. D'une part, la vérité se pose en s'opposant. Que faut-il entendre par là ? Que dire la vérité, pour Voltaire, revient toujours à critiquer l'erreur, à parcourir rageusement, gaiement, les chapitres bouffons du roman de l'esprit : « Tant de raisonneurs ayant fait le roman de l'âme, un sage est venu, qui en a fait modestement l'histoire [3]. » Locke est le double terrestre de Micromégas, le géant tombé des astres. Toute parole vraie surgit, modeste et sage (chapitre XXX), d'un immense et confus ramage, d'une énorme encyclopédie dévergondée, qui s'appelle l'Histoire et la philosophie trop bavarde, car trop dogmatique (les vingt-neuf premiers chapitres de *Candide*). D'autre part, la vérité lockéenne si longtemps attendue par les amants du vrai, unit des couples : audace et modestie ; affirmation et doute ; banalité et originalité ; raison critique et critique de la raison ; parole et silence ; recherche de la vérité et délimitation stricte du champ des connaissances possibles, etc. Ainsi, dire le vrai, c'est circonscrire l'étroit jardin que l'homme peut cultiver entre déserts d'ignorance et océans de bavardage… Enfin, la philosophie de Locke-Voltaire se donne comme une philosophie de l'évidence, sa sublimité ne doit rien à l'imagination, mais tout au bon sens, à l'expérience, aux leçons de l'Histoire ; elle seule peut réconcilier les esprits écartelés par l'orgueil, les préjugés, les coutumes, les passions, les religions et écoles philosophiques.

Les mouvements du texte qui nous préoccupent s'articulent sur ces figures idéologiques fondamentales : heurt insoluble des systèmes ; avènement tranquille d'une parole sage et modeste qui déclasse à jamais les romans de

1. XIIIᵉ Lettre, *Lettres philosophiques*, éd. cit., p. 130.
2. Voir le dernier chapitre de *Micromégas*.
3. XIIIᵉ Lettre, *Lettres philosophiques*, éd. cit., p. 132.

l'imagination, au profit de vérités vraies et utiles, car sans arrogance. On s'explique mieux alors la netteté des figures structurelles mises au jour, qui se dérobent à la prise de la psychologie, de la sociologie, de la narratologie ou de la stylistique. *Candide* n'est donc pas seulement un conte philosophique parce qu'il malmène une idée métaphysique, appelée *optimisme*. La philosophie le modèle de l'intérieur, pétrit sa substance, sa marche, son rythme.

Candide se nourrit du tremblement de terre de Lisbonne, de la guerre de Sept Ans, de la retraite suisse, de l'intolérance religieuse, des déceptions et espoirs voltairiens – qui le nierait ? Mais on voit aussi qu'il faut mobiliser, pour bien le saisir, l'écriture historienne et la philosophie voltairienne. À la source du récit, on rencontre les *Lettres philosophiques*, et notamment celle sur Locke, comme l'*Essai sur les mœurs*. *Candide* ne relève pas vraiment du roman d'apprentissage, parce que la philosophie, pour Voltaire, n'a pas véritablement d'histoire, n'engendre nul progrès qui mènerait graduellement à la vérité, de Platon aux modernes. De là, me semble-t-il, le statut décroché du dernier chapitre. Il n'est pas le terme d'un progrès graduel, fût-il lent, mais l'instauration-restauration d'une vérité évidente absurdement niée ou follement ignorée. Pangloss a tort d'emblée, et l'arrivée de Martin, symbole des guerres métaphysiques, ne fait pas avancer la question, bien qu'il semble longtemps tirer le bénéfice des faits. Débats stériles, disputes dogmatiques, de Platon à Malebranche et Leibniz, de Pangloss à Martin. Temps perdu, talents gâchés. Cessons de ratiociner, de viser l'inaccessible vérité entière qui nous égalerait à Dieu, cultivons le petit jardin des connaissances utiles accordées à nos maigres moyens. Cultivons, au lieu d'en découdre sur des généralités mises en système, défendues comme vérités de foi, par refus vaniteux de se renier !

Il serait donc temps d'entrer maintenant dans la parabole du jardin. Mais le propre des paraboles est de prêter à l'interprétation et à la multiplication des gloses, les Bibles en témoignent. On renverra le lecteur à la lecture, et les curieux au Dossier, car il importe aussi, comme Candide, de cultiver le silence : urgence sage et modeste. Resterait cependant à comprendre comment *Candide* a pu

devenir le texte le plus lu des Lumières françaises. C'est bien entendu la faute à l'école, mais pourquoi ? Impossible de s'y tromper. Le conte doit sa gloire scolaire et extrascolaire à sa brièveté, à la rapidité intrépide de ses chapitres, à sa gaieté, à son énergie concentrée, et à l'extraordinaire capacité de traverser les Lumières[1] sans presque jamais perdre de son élan.

Vitesse, comique et densité : nul n'a jamais mieux fait dans l'art de conter la philosophie. Ni même aussi bien. *Candide* partage avec les fables de La Fontaine le rare privilège de survivre dans la mémoire française malgré ou à cause de leur service scolaire obligatoire et gratuit. Il ne serait sans doute pas vain de réfléchir sur ce qui les rapproche si intimement. Peut-être faut-il voir en *Candide* la seule fable française capable, sur un terrain en somme commun, de rivaliser sans y songer avec celles du fabuliste. Que le conte, pourchassé à sa parution dans plusieurs États européens pour libertinage effronté et indécence notoire, parade maintenant en tête du palmarès, ferait presque croire à une sorte de progrès, si les maux dénoncés dans le livre avaient le moins du monde reculé. Il reste donc beaucoup à cultiver, si nous voulons que la terre soit un jardin pour sages amateurs et paisibles producteurs d'orgeat, de pistaches et de citron confit.

Jean GOLDZINK.

1. Nul conte voltairien n'évoque autant de débats des Lumières que *Candide*.

Candide
ou l'Optimisme [1]

Traduit de l'allemand
de M. le docteur Ralph [2]

Avec les additions qu'on a trouvées
dans la poche du docteur,
lorsqu'il mourut à Minden [3], l'an de grâce 1759

1. Forgé en 1737 par les jésuites de Trévoux, le terme « optimisme »
est à l'époque un néologisme philosophique, désignant une doctrine, et
non pas comme aujourd'hui un trait de caractère ou une appréciation
favorable de l'état des choses (voir Dossier, p. 156).
2. Nom plus anglais qu'allemand… La fausse attribution ne trompait
personne, mais l'anonymat et les dénégations mettaient Voltaire à l'abri
de la justice.
3. L'armée française y fut battue le 1ᵉʳ août 1759. Ce sous-titre fut
rajouté en 1761. « Docteur » renvoie bien plus vraisemblablement à la
théologie qu'à la médecine.

CHAPITRE PREMIER

*Comment Candide fut élevé dans un beau château,
et comment il fut chassé d'icelui*[1]

Il y avait en Westphalie, dans le château de monsieur le baron de Thunder-ten-tronckh[2], un jeune garçon à qui la nature avait donné les mœurs les plus douces. Sa physionomie annonçait son âme. Il avait le jugement assez droit, avec l'esprit le plus simple ; c'est, je[3] crois, pour cette raison qu'on le nommait Candide. Les anciens domestiques de la maison soupçonnaient qu'il était fils de la sœur de monsieur le baron et d'un bon et honnête gentilhomme du voisinage, que cette demoiselle ne voulut jamais épouser parce qu'il n'avait pu prouver que soixante et onze quartiers[4], et que le reste de son arbre généalogique avait été perdu par l'injure du temps.

Monsieur le baron était un des plus puissants seigneurs de la Westphalie, car son château avait une porte et des fenêtres. Sa grande salle même était ornée d'une tapisserie. Tous les chiens de ses basses-cours composaient une

1. Icelui : mot volontairement désuet (« de celui-ci »).

2. Thunder-ten-tronckh : nom de fantaisie, censé se moquer sans doute de la rugosité prêtée à la langue allemande. Voltaire apprit l'anglais et l'italien, mais l'allemand ne passait pas encore pour une langue de grande culture. Frédéric II de Prusse parlait et écrivait en français.

3. Ce *je* renverrait donc au supposé docteur Ralph, mort à Minden. Il va de soi que tout lecteur entend en direct la voix de Voltaire.

4. Un noble a autant de quartiers que d'ascendants authentiquement aristocrates. Cette exagération bouffonne rappelle que la noblesse d'outre-Rhin était plus stricte que la française sur les mésalliances. Le titre de baron est cependant, selon Voltaire, devenu « ridicule ».

meute dans le besoin[1] ; ses palefreniers étaient ses piqueurs ; le vicaire du village était son grand aumônier. Ils l'appelaient tous monseigneur[2], et ils riaient quand il faisait des contes[3].

Madame la baronne, qui pesait environ trois cent cinquante livres, s'attirait par là une très grande considération, et faisait les honneurs de la maison avec une dignité qui la rendait encore plus respectable. Sa fille Cunégonde[4], âgée de dix-sept ans, était haute en couleur, fraîche, grasse, appétissante. Le fils du baron paraissait en tout digne de son père. Le précepteur Pangloss[5] était l'oracle de la maison, et le petit Candide écoutait ses leçons avec toute la bonne foi de son âge et de son caractère.

Pangloss enseignait la métaphysico-théologo-cosmolo-nigologie[6]. Il prouvait admirablement qu'il n'y a point d'effet sans cause, et que, dans ce meilleur des mondes possibles[7], le château de monseigneur le baron était le plus beau des châteaux et madame la meilleure des baronnes possibles.

« Il est démontré, disait-il, que les choses ne peuvent être autrement : car, tout étant fait pour une fin[8], tout est nécessairement pour la meilleure fin. Remarquez bien que les nez ont été faits pour porter des lunettes, aussi avons-

1. Dans le besoin : en cas de besoin.
2. Titre réservé aux princes, ducs et pairs, gouverneurs de province, et non pas aux barons.
3. Faire des contes : railler, médire, plaisanter (et non pas raconter des contes).
4. Une princesse du même nom fut canonisée en 1012 : l'épreuve du feu avait prouvé sa chasteté ! La seconde Cunégonde sera un peu moins chaste.
5. Pangloss : nom formé sur le grec, que l'on pourrait traduire par « Toutlangue ».
6. Le mot « cosmologie » fait allusion au fameux disciple allemand de Leibniz, Wolff (1679-1754), et désigne la science du monde en général. Mais tout lecteur moderne pense avant tout à Leibniz. Voltaire parodie une formule du père Castel, savant jésuite, qui avait défini la philosophie de Leibniz comme une « doctrine physico-géométrico-théologique ».
7. Car, selon Leibniz, Dieu choisit toujours, par définition, en raison de sa nature parfaite, le meilleur possible dans des conditions données (et non pas le meilleur absolu, qui interdirait toute création).
8. Doctrine dite des causes finales (tout advient pour une fin inhérente à sa nature), interprétée aussitôt après dans un sens « optimiste ». Mais un partisan des causes finales n'est pas forcément optimiste.

nous des lunettes. Les jambes sont visiblement instituées pour être chaussées, et nous avons des chausses[1]. Les pierres ont été formées pour être taillées, et pour en faire des châteaux, aussi monseigneur a un très beau château ; le plus grand baron de la province doit être le mieux logé ; et, les cochons étant faits pour être mangés, nous mangeons du porc toute l'année : par conséquent, ceux qui ont avancé que tout est bien[2] ont dit une sottise ; il fallait dire que tout est au mieux. »

Candide écoutait attentivement, et croyait innocemment ; car il trouvait mademoiselle Cunégonde extrêmement belle, quoiqu'il ne prît jamais la hardiesse de le lui dire. Il concluait qu'après le bonheur d'être né baron de Thunder-ten-tronckh, le second degré de bonheur était d'être mademoiselle Cunégonde ; le troisième, de la voir tous les jours ; et le quatrième, d'entendre maître Pangloss, le plus grand philosophe de la province, et par conséquent de toute la terre[3].

Un jour, Cunégonde, en se promenant auprès du château, dans le petit bois qu'on appelait parc, vit entre des broussailles le docteur Pangloss qui donnait une leçon de physique expérimentale[4] à la femme de chambre de sa mère, petite brune très jolie et très docile. Comme mademoiselle Cunégonde avait beaucoup de dispositions pour les sciences, elle observa, sans souffler, les expériences réitérées dont elle fut témoin ; elle vit clairement la raison suffisante[5] du docteur, les effets et les causes, et s'en retourna tout agitée, toute pensive, toute remplie du désir d'être savante, songeant qu'elle pourrait bien être la raison suffisante du jeune Candide, qui pouvait aussi être la sienne.

1. Chausses : culottes.

2. Allusion à un poète et à un poème que Voltaire avait admirés et imités : Pope, *Essai sur l'homme* (1734) : « *Whatever is, is right* » (voir Dossier, p. 148).

3. Voltaire a toujours dénoncé ce ridicule foncièrement humain (voir par exemple *L'Ingénu*, 1767).

4. La périphrase détourne un titre célèbre au XVIII[e] siècle : *Leçons de physique expérimentale*, de l'abbé Nollet. En 1739, Voltaire s'exclamait : « Toute la *Théodicée* de Leibniz ne vaut pas une expérience de Nollet ! »

5. Autre détournement expérimental, et purement physique, d'un principe leibnizien (le principe de raison suffisante) : « Jamais rien n'arrive sans qu'il y ait une cause ou du moins une raison déterminante. »

Elle rencontra Candide en revenant au château, et rougit ; Candide rougit aussi ; elle lui dit bonjour d'une voix entrecoupée, et Candide lui parla sans savoir ce qu'il disait. Le lendemain après le dîner, comme on sortait de table, Cunégonde et Candide se trouvèrent derrière un paravent ; Cunégonde laissa tomber son mouchoir, Candide le ramassa, elle lui prit innocemment la main, le jeune homme baisa innocemment la main de la jeune demoiselle avec une vivacité, une sensibilité, une grâce toute particulière ; leurs bouches se rencontrèrent, leurs yeux s'enflammèrent, leurs genoux tremblèrent, leurs mains s'égarèrent. Monsieur le baron de Thunder-ten-tronckh passa auprès du paravent, et voyant cette cause et cet effet, chassa Candide du château à grands coups de pied dans le derrière ; Cunégonde s'évanouit ; elle fut souffletée par madame la baronne dès qu'elle fut revenue à elle-même ; et tout fut consterné dans le plus beau et le plus agréable des châteaux possibles.

CHAPITRE II

Ce que devint Candide parmi les Bulgares

Candide, chassé du paradis terrestre, marcha longtemps sans savoir où, pleurant, levant les yeux au ciel, les tournant souvent vers le plus beau des châteaux qui renfermait la plus belle des baronnettes ; il se coucha sans souper au milieu des champs entre deux sillons ; la neige tombait à gros flocons. Candide, tout transi, se traîna le lendemain vers la ville voisine, qui s'appelle Valdberghoff-trarbk-dikdorff[1], n'ayant point d'argent, mourant de faim et de lassitude. Il s'arrêta tristement à la porte d'un cabaret. Deux hommes habillés de bleu[2] le remarquèrent : « Cama-

1. Lieu évidemment imaginaire. On peut reconnaître certains mots allemands : *vald* (« forêt »), *berg* (« montagne »), *hoff* (« cour »), *dorff* (« village »).

2. Couleur de l'uniforme prussien. La Prusse recrutait à tour de bras pour ses armées.

rade, dit l'un, voilà un jeune homme très bien fait, et qui a la taille requise. » Ils s'avancèrent vers Candide et le prièrent à dîner très civilement. « Messieurs, leur dit Candide avec une modestie charmante, vous me faites beaucoup d'honneur, mais je n'ai pas de quoi payer mon écot[1]. – Ah ! monsieur, lui dit un des bleus, les personnes de votre figure et de votre mérite ne payent jamais rien : n'avez-vous pas cinq pieds cinq pouces de haut[2] ? – Oui, messieurs, c'est ma taille, dit-il en faisant la révérence. – Ah ! monsieur, mettez-vous à table ; non seulement nous vous défrayerons, mais nous ne souffrirons jamais qu'un homme comme vous manque d'argent ; les hommes ne sont faits que pour se secourir les uns les autres. – Vous avez raison, dit Candide : c'est ce que M. Pangloss m'a toujours dit, et je vois bien que tout est au mieux. » On le prie d'accepter quelques écus, il les prend et veut faire son billet[3] ; on n'en veut point, on se met à table : « N'aimez-vous pas tendrement ?... – Oh ! oui, répondit-il, j'aime tendrement mademoiselle Cunégonde. – Non, dit l'un de ces messieurs, nous vous demandons si vous n'aimez pas tendrement le roi des Bulgares[4]. – Point du tout, dit-il, car je ne l'ai jamais vu. – Comment ! c'est le plus charmant des rois, et il faut boire à sa santé. – Oh ! très volontiers, messieurs » ; et il boit. « C'en est assez, lui dit-on, vous voilà l'appui, le soutien, le défenseur, le héros des Bulgares ; votre fortune est faite, et votre gloire est assurée. » On lui met sur-le-champ les fers aux pieds, et on le mène au régiment. On le fait tourner à droite, à gauche, hausser la baguette[5], remettre la baguette, coucher en joue, tirer, doubler le pas, et on lui donne trente coups de bâton ; le lendemain il fait l'exercice un peu moins mal, et il ne reçoit que vingt coups ; le surlendemain on ne lui en

1. Écot : quote-part d'un convive dans un repas à frais partagés.

2. Environ 1,80 m.

3. Billet : reconnaissance de dette.

4. La Bulgarie n'accédera à l'indépendance qu'au XIXᵉ siècle. Tout lecteur d'alors reconnaissait Frédéric II, et certains l'allusion perfide à l'homosexualité du roi de Prusse (« bulgare » est à l'origine du mot « bougre », qui désigne familièrement le sodomite).

5. Baguette de fer servant à enfoncer la charge de poudre dans le canon du fusil. La vitesse des coups dépendait de la vitesse du geste. Le fusil à culasse apparaît au XIXᵉ siècle.

donne que dix, et il est regardé par ses camarades comme un prodige.

Candide, tout stupéfait, ne démêlait pas encore trop bien comment il était un héros. Il s'avisa un beau jour de printemps de s'aller promener[1], marchant tout droit devant lui, croyant que c'était un privilège de l'espèce humaine, comme de l'espèce animale, de se servir de ses jambes à son plaisir. Il n'eut pas fait deux lieues que voilà quatre autres héros de six pieds qui l'atteignent, qui le lient, qui le mènent dans un cachot. On lui demanda juridiquement ce qu'il aimait le mieux d'être fustigé trente-six fois par tout le régiment, ou de recevoir à la fois douze balles de plomb dans la cervelle. Il eut beau dire que les volontés sont libres[2] ; et qu'il ne voulait ni l'un ni l'autre[3], il fallut faire un choix ; il se détermina, en vertu du don de Dieu qu'on nomme *liberté*[4], à passer trente-six fois par les baguettes ; il essuya deux promenades. Le régiment était composé de deux mille hommes ; cela lui composa quatre mille coups de baguette, qui, depuis la nuque du cou jusqu'au cul, lui découvrirent les muscles et les nerfs. Comme on allait procéder à la troisième course, Candide, n'en pouvant plus, demanda en grâce qu'on voulût bien avoir la bonté de lui casser la tête ; il obtint cette faveur ; on lui bande les yeux, on le fait mettre à genoux. Le roi des Bulgares passe dans ce moment, s'informe du crime du patient ; et comme ce roi avait un grand génie, il comprit, par tout ce qu'il apprit de Candide, que c'était un jeune métaphysicien, fort ignorant des choses de ce monde[5], et il lui accorda sa grâce avec une clémence qui sera louée dans tous les journaux et dans tous les siècles.

1. Allusion aux fréquentes désertions.

2. Mais le sont-elles ? Voltaire, après 1750, ne le croit plus, puisque toute volonté doit bien obéir à une impulsion, être l'effet d'une cause.

3. Candide se réclamerait-il donc de la *liberté d'indifférence*, scabreux problème légué par la tradition théologico-philosophique ?

4. Autre lourd problème implicite : comment accorder la liberté, traditionnellement attribuée à l'homme pour fonder sa responsabilité morale, avec la *prescience éternelle* de Dieu (c'est-à-dire sa capacité nécessaire de connaître de toute éternité l'ensemble des actions de chaque homme futur) ? Leibniz l'évoque au début de ses *Essais de théodicée*.

5. Voltaire avait longtemps défendu contre Frédéric II la thèse de la liberté, avant de rendre les armes vers 1750.

Un brave chirurgien guérit Candide en trois semaines avec les émollients enseignés par Dioscoride[1]. Il avait déjà un peu de peau et pouvait marcher, quand le roi des Bulgares livra bataille au roi des Abares[2].

CHAPITRE III

Comment Candide se sauva d'entre les Bulgares, et ce qu'il devint

Rien n'était si beau, si leste[3], si brillant, si bien ordonné que les deux armées. Les trompettes, les fifres, les hautbois, les tambours, les canons, formaient une harmonie telle qu'il n'y en eut jamais en enfer. Les canons renversèrent d'abord à peu près six mille hommes de chaque côté ; ensuite la mousqueterie ôta du meilleur des mondes environ neuf à dix mille coquins qui en infectaient la surface. La baïonnette fut aussi la raison suffisante de la mort de quelques milliers d'hommes. Le tout pouvait bien se monter à une trentaine de mille âmes. Candide, qui tremblait comme un philosophe, se cacha du mieux qu'il put pendant cette boucherie héroïque. Enfin, tandis que les deux rois faisaient chanter des *Te Deum* chacun dans son camp[4], il prit le parti d'aller raisonner ailleurs des effets et des causes[5]. Il passa

1. Dioscoride : médecin grec du Ier siècle après J.-C., évoqué par Rabelais dans *Gargantua*.

2. Frédéric II, que l'on reconnaît derrière le roi des Bulgares, ayant quitté l'alliance avec la France au profit de l'Angleterre, le roi des Abares n'est autre que Louis XV. D'après Voltaire, les Abares sont une nation de Scythes – comme les Bulgares –, qui ravagea l'Europe (orientale) du VIe au IXe siècle, ainsi que le font à leur tour les rois contemporains : la guerre entre Bulgares et Abares est une allusion à la guerre de Sept Ans (1756-1763).

3. Leste : élégant.

4. Chaque camp rend grâce à Dieu pour la victoire, comme en 1758 à la bataille de Zorndorf, entre Prussiens et Autrichiens.

5. Il s'agit toujours du principe de raison suffisante (voir *supra*, p. 39, note 5), qui est de fait l'un des grands axiomes leibniziens.

par-dessus des tas de morts et de mourants, et gagna d'abord un village voisin ; il était en cendres : c'était un village abare que les Bulgares avaient brûlé, selon les lois du droit public [1]. Ici des vieillards criblés de coups regardaient mourir leurs femmes égorgées, qui tenaient leurs enfants à leurs mamelles sanglantes ; là des filles éventrées après avoir assouvi les besoins naturels de quelques héros rendaient les derniers soupirs ; d'autres, à demi brûlées, criaient qu'on achevât de leur donner la mort. Des cervelles étaient répandues sur la terre à côté de bras et de jambes coupés.

Candide s'enfuit au plus vite dans un autre village : il appartenait à des Bulgares, et des héros abares l'avaient traité de même. Candide, toujours marchant sur des membres palpitants ou à travers des ruines, arriva enfin hors du théâtre de la guerre, portant quelques petites provisions dans son bissac, et n'oubliant jamais mademoiselle Cunégonde. Ses provisions lui manquèrent quand il fut en Hollande ; mais ayant entendu dire que tout le monde était riche dans ce pays-là [2], et qu'on y était chrétien, il ne douta pas qu'on ne le traitât aussi bien qu'il l'avait été dans le château de monsieur le baron avant qu'il en eût été chassé pour les beaux yeux de mademoiselle Cunégonde.

Il demanda l'aumône à plusieurs graves personnages, qui lui répondirent tous que, s'il continuait à faire ce métier, on l'enfermerait dans une maison de correction pour lui apprendre à vivre [3].

Il s'adressa ensuite à un homme qui venait de parler tout seul une heure de suite sur la charité dans une grande assemblée. Cet orateur, le regardant de travers, lui dit : « Que venez-vous faire ici ? y êtes-vous pour la bonne cause ? – Il n'y a point d'effet sans cause, répondit modestement Candide, tout est enchaîné nécessairement et arrangé pour le mieux. Il a fallu que je fusse chassé

1. Droit public, ou droit des gens : droit international. Voir l'*Encyclopédie*, article « Droit ».
2. Allusion à la prospérité de la Hollande depuis le XVII[e] siècle, fondée sur le commerce international et la tolérance, religieuse et intellectuelle.
3. Depuis le XVII[e] siècle, certains pays, dont la France et l'Angleterre, tentent d'enfermer mendiants et vagabonds, sans oublier les fous et autres dissidents.

d'auprès de mademoiselle Cunégonde, que j'aie passé par les baguettes, et il faut que je demande mon pain jusqu'à ce que je puisse en gagner ; tout cela ne pouvait être autrement. – Mon ami, lui dit l'orateur, croyez-vous que le pape soit l'Antéchrist[1] ? – Je ne l'avais pas encore entendu dire, répondit Candide ; mais qu'il le soit ou qu'il ne le soit pas, je manque de pain. – Tu ne mérites pas d'en manger, dit l'autre ; va, coquin, va, misérable, ne m'approche de ta vie. » La femme de l'orateur, ayant mis la tête à la fenêtre et avisant un homme qui doutait que le pape fût antéchrist, lui répandit sur le chef un plein... Ô ciel ! à quel excès se porte le zèle de la religion dans les dames !

Un homme qui n'avait point été baptisé, un bon anabaptiste[2], nommé Jacques, vit la manière cruelle et ignominieuse dont on traitait ainsi un de ses frères, un être à deux pieds sans plumes, qui avait une âme[3] ; il l'amena chez lui, le nettoya, lui donna du pain et de la bière, lui fit présent de deux florins, et voulut même lui apprendre à travailler dans ses manufactures aux étoffes de Perse qu'on fabrique en Hollande[4]. Candide, se prosternant presque devant lui, s'écriait : « Maître Pangloss me l'avait bien dit que tout est au mieux dans ce monde, car je suis infiniment plus touché de votre extrême générosité que de la dureté de ce monsieur à manteau noir[5] et de madame son épouse. »

Le lendemain, en se promenant, il rencontra un gueux tout couvert de pustules, les yeux morts, le bout du nez

1. L'Antéchrist : ennemi du Christ et faux prophète, chargé d'établir, avant la fin des temps, une religion opposée au christianisme. Dans la bouche du prêcheur protestant, il s'agit ici du pape.
2. Anabaptiste : membre d'une secte protestante répandue surtout en Westphalie et aux Pays-Bas.
3. Allusion à une anecdote célèbre : « Platon ayant défini l'homme comme un animal à deux pieds sans plumes, et l'auditoire l'ayant approuvé, Diogène apporta dans son école un coq plumé, et dit : "Voilà l'homme selon Platon." Aussi Platon ajouta-t-il à sa définition : "et qui a des ongles plats et larges" » (selon les *Vies, doctrines et sentences des philosophes illustres* de Diogène Laërce, historien à ne pas confondre avec Diogène le Cynique, dont il est question dans l'anecdote).
4. Comme d'autres pays, la Hollande copie des étoffes orientales longtemps importées.
5. Le prédicateur protestant.

rongé, la bouche de travers, les dents noires, et parlant de la gorge, tourmenté d'une toux violente et crachant une dent à chaque effort.

CHAPITRE IV

Comment Candide rencontra son ancien maître
de philosophie,
le docteur Pangloss, et ce qui en advint

Candide, plus ému encore de compassion que d'horreur, donna à cet épouvantable gueux les deux florins qu'il avait reçus de son honnête anabaptiste Jacques. Le fantôme le regarda fixement, versa des larmes, et sauta à son cou. Candide, effrayé, recule. « Hélas ! dit le misérable à l'autre′ misérable, ne reconnaissez-vous plus votre cher Pangloss ? – Qu'entends-je ? Vous, mon cher maître ! vous, dans cet état horrible ! Quel malheur vous est-il donc arrivé ? Pourquoi n'êtes-vous plus dans le plus beau des châteaux ? Qu'est devenue mademoiselle Cunégonde, la perle des filles, le chef-d'œuvre de la nature ? – Je n'en peux plus », dit Pangloss. Aussitôt Candide le mena dans l'étable de l'anabaptiste, où il lui fit manger un peu de pain ; et quand Pangloss fut refait : « Eh bien ! lui dit-il, Cunégonde ? – Elle est morte », reprit l'autre. Candide s'évanouit à ce mot ; son ami rappela ses sens avec un peu de mauvais vinaigre qui se trouva par hasard dans l'étable. Candide rouvre les yeux. « Cunégonde est morte ! Ah ! meilleur des mondes, où êtes-vous ? Mais de quelle maladie est-elle morte ? ne serait-ce point de m'avoir vu chasser du beau château de monsieur son père à grands coups de pied ? – Non, dit Pangloss ; elle a été éventrée par des soldats bulgares, après avoir été violée autant qu'on peut l'être ; ils ont cassé la tête à monsieur le baron qui voulait la défendre ; madame la baronne a été coupée en morceaux ; mon pauvre pupille, traité précisément

comme sa sœur ; et quant au château, il n'est pas resté pierre sur pierre, pas une grange, pas un mouton, pas un canard, pas un arbre ; mais nous avons été bien vengés, car les Abares en ont fait autant dans une baronnie voisine qui appartenait à un seigneur bulgare. »

À ce discours, Candide s'évanouit encore ; mais revenu à soi, et ayant dit tout ce qu'il devait dire, il s'enquit de la cause et de l'effet, et de la raison suffisante qui avait mis Pangloss dans un si piteux état. « Hélas ! dit l'autre, c'est l'amour ; l'amour, le consolateur du genre humain, le conservateur de l'univers, l'âme de tous les êtres sensibles, le tendre amour. – Hélas ! dit Candide, je l'ai connu, cet amour, ce souverain des cœurs, cette âme de notre âme ; il ne m'a jamais valu qu'un baiser et vingt coups de pied au cul. – Comment cette belle cause a-t-elle pu produire en vous un effet si abominable ? »

Pangloss répondit en ces termes : « Ô mon cher Candide ! vous avez connu Paquette, cette jolie suivante de notre auguste baronne ; j'ai goûté dans ses bras les délices du paradis, qui ont produit ces tourments d'enfer dont vous me voyez dévoré ; elle en était infectée, elle en est peut-être morte. Paquette tenait ce présent d'un corde-lier très savant[1], qui avait remonté à la source ; car il l'avait eue d'une vieille comtesse, qui l'avait reçue d'un capitaine de cavalerie, qui la devait à une marquise, qui la tenait d'un page, qui l'avait reçue d'un jésuite, qui, étant novice, l'avait eue en droite ligne d'un des compagnons de Christophe Colomb[2]. Pour moi, je ne la donnerai à per-sonne, car je me meurs.

– Ô Pangloss ! s'écria Candide, voilà une étrange généalogie ! n'est-ce pas le diable qui en fut la souche ? – Point du tout, répliqua ce grand homme ; c'était une chose indispensable dans le meilleur des mondes, un ingrédient nécessaire ; car si Colomb n'avait pas attrapé, dans une île de l'Amérique, cette maladie qui empoisonne la source de la génération, qui souvent même empêche la génération, et qui est évidemment l'opposé du grand but

1. L'ordre des Cordeliers ou Franciscains passait pour paillard et igno-rant.

2. Généalogie de la vérole (venue d'Amérique, selon les traités médi-caux de l'époque) et illustration du principe de raison suffisante.

de la nature[1], nous n'aurions ni le chocolat ni la cochenille ; il faut encore observer que jusqu'aujourd'hui, dans notre continent, cette maladie nous est particulière, comme la controverse[2]. Les Turcs, les Indiens, les Persans, les Chinois, les Siamois, les Japonais, ne la connaissent pas encore ; mais il y a une raison suffisante pour qu'ils la connaissent à leur tour dans quelques siècles. En attendant, elle a fait un merveilleux progrès parmi nous, et surtout dans ces grandes armées composées d'honnêtes stipendiaires, bien élevés, qui décident du destin des États ; on peut assurer que, quand trente mille hommes combattent en bataille rangée contre des troupes égales en nombre, il y a environ vingt mille vérolés de chaque côté.

– Voilà qui est admirable, dit Candide, mais il faut vous faire guérir. – Et comment le puis-je ? dit Pangloss ; je n'ai pas le sou, mon ami ; et dans toute l'étendue de ce globe, on ne peut ni se faire saigner ni prendre un lavement[3] sans payer, ou sans qu'il y ait quelqu'un qui paye pour nous. »

Ce dernier discours détermina Candide ; il alla se jeter aux pieds de son charitable anabaptiste Jacques, et lui fit une peinture si touchante de l'état où son ami était réduit que le bonhomme[4] n'hésita pas à recueillir le docteur Pangloss ; il le fit guérir à ses dépens. Pangloss, dans la cure, ne perdit qu'un œil et une oreille. Il écrivait bien et savait parfaitement l'arithmétique[5]. L'anabaptiste Jacques en fit son teneur de livres[6]. Au bout de deux mois, étant obligé d'aller à Lisbonne pour les affaires de son commerce, il mena dans son vaisseau ses deux philosophes. Pangloss lui expliqua comment tout était on ne peut mieux. Jacques n'était pas de cet avis. « Il faut bien, disait-il, que les hommes aient un peu corrompu la nature, car ils ne sont point nés loups, et ils sont devenus loups. Dieu ne leur a donné ni canon de vingt-quatre ni baïon-

1. La nature, selon les Lumières, veut en effet avant tout la conservation des espèces.
2. La controverse : les débats théologiques.
3. Saignée et lavement : traitement canonique de l'ancienne médecine.
4. Bonhomme : homme plein de bonté.
5. Leibniz inventa le calcul infinitésimal parallèlement à Newton.
6. Ici, au sens de « livres de comptes ».

nettes[1], et ils se sont fait des baïonnettes et des canons pour se détruire. Je pourrais mettre en ligne de compte les banqueroutes, et la justice qui s'empare des biens des banqueroutiers pour en frustrer les créanciers. – Tout cela était indispensable, répliquait le docteur borgne, et les malheurs particuliers font le bien général, de sorte que plus il y a de malheurs particuliers, et plus tout est bien. » Tandis qu'il raisonnait, l'air s'obscurcit, les vents soufflèrent des quatre coins du monde et le vaisseau fut assailli de la plus horrible tempête à la vue du port de Lisbonne.

CHAPITRE V

Tempête, naufrage, tremblement de terre,
et ce qui advint du docteur Pangloss,
de Candide et de l'anabaptiste Jacques

La moitié des passagers, affaiblis, expirants de ces angoisses inconcevables que le roulis d'un vaisseau porte dans les nerfs et dans toutes les humeurs[2] du corps agitées en sens contraire, n'avait pas même la force de s'inquiéter du danger. L'autre moitié jetait des cris et faisait des prières ; les voiles étaient déchirées, les mâts brisés, le vaisseau entrouvert. Travaillait qui pouvait, personne ne s'entendait, personne ne commandait. L'anabaptiste aidait un peu à la manœuvre ; il était sur le tillac[3] ; un matelot furieux le frappe rudement et l'étend sur les planches ; mais du coup qu'il lui donna il eut lui-même une si violente secousse qu'il tomba hors du vaisseau la tête la première. Il restait suspendu et accroché à une partie de mât rompue. Le bon Jacques court à son secours, l'aide à

1. Le plus gros canon français tirait des boulets de 24 livres. Inventée en 1670, la baïonnette se répandit surtout au XVIIIᵉ siècle.
2. On appelait humeur tout liquide présent dans le corps. Selon la médecine antique, la santé dépendait de l'équilibre des quatre humeurs principales (le sang, le flegme, la bile jaune et la bile noire).
3. Le tillac : le pont du bateau.

remonter, et de l'effort qu'il fit il est précipité dans la mer à la vue du matelot, qui le laissa périr, sans daigner seulement le regarder. Candide approche, voit son bienfaiteur qui reparaît un moment et qui est englouti pour jamais. Il veut se jeter après lui dans la mer ; le philosophe Pangloss l'en empêche, en lui prouvant que la rade de Lisbonne avait été formée exprès pour que cet anabaptiste s'y noyât[1]. Tandis qu'il le prouvait *a priori*, le vaisseau s'entrouvre, tout périt à la réserve de Pangloss, de Candide, et de ce brutal de matelot[2] qui avait noyé le vertueux anabaptiste[3] ; le coquin nagea heureusement[4] jusqu'au rivage où Pangloss et Candide furent portés sur une planche.

Quand ils furent revenus un peu à eux, ils marchèrent vers Lisbonne ; il leur restait quelque argent, avec lequel ils espéraient se sauver de la faim après avoir échappé à la tempête.

À peine ont-ils mis le pied dans la ville en pleurant la mort de leur bienfaiteur, qu'ils sentent la terre trembler sous leurs pas ; la mer s'élève en bouillonnant dans le port, et brise les vaisseaux qui sont à l'ancre. Des tourbillons de flammes et de cendres couvrent les rues et les places publiques ; les maisons s'écroulent, les toits sont renversés sur les fondements, et les fondements se dispersent ; trente mille habitants de tout âge et de tout sexe sont écrasés sous des ruines[5], Le matelot disait en sifflant et en jurant : « Il y aura quelque chose à gagner ici. – Quelle peut être la raison suffisante[6] de ce phénomène ? disait Pangloss. – Voici le dernier jour du monde ! » s'écriait Candide. Le matelot court incontinent[7] au milieu des débris,

1. Parodie de cause finale non optimiste.

2. Comprendre : « cette brute de matelot ».

3. Brutale négation du providentialisme, de la récompense des vertus et du châtiment des vices.

4. Heureusement : avec succès.

5. Estimation vraisemblable du désastre survenu le 1ᵉʳ novembre 1755 (voir Dossier, p. 148). La narration inverse la chronologie, en plaçant le tremblement de terre après le début de la guerre de Sept Ans (1756).

6. Voltaire continue de tresser la raillerie du principe de raison suffisante, et celle de l'optimisme.

7. Incontinent : aussitôt. Mais Voltaire joue peut-être aussi sur l'autre sens, adjectival et non plus adverbial (celui de « débauché »).

affronte la mort pour trouver de l'argent, en trouve, s'en empare, s'enivre, et, ayant cuvé son vin, achète les faveurs de la première fille de bonne volonté qu'il rencontre sur les ruines des maisons détruites et au milieu des mourants et des morts. Pangloss le tirait cependant par la manche. « Mon ami, lui disait-il, cela n'est pas bien, vous manquez à [1] la raison universelle, vous prenez mal votre temps. – Tête et sang [2] ! répondit l'autre, je suis matelot et né à Batavia [3] ; j'ai marché quatre fois sur le crucifix dans quatre voyages au Japon [4] ; tu as bien trouvé ton homme avec ta raison universelle ! »

Quelques éclats de pierre avaient blessé Candide ; il était étendu dans la rue et couvert de débris. Il disait à Pangloss : « Hélas ! procure-moi un peu de vin et d'huile ; je me meurs. – Ce tremblement de terre n'est pas une chose nouvelle, répondit Pangloss ; la ville de Lima éprouva les mêmes secousses en Amérique l'année passée [5] ; même causes, même effets : il y a certainement une traînée de soufre sous terre depuis Lima jusqu'à Lisbonne. – Rien n'est plus probable, dit Candide ; mais, pour Dieu, un peu d'huile et de vin. – Comment, probable ? répliqua le philosophe ; je soutiens que la chose est démontrée. » Candide perdit connaissance, et Pangloss lui apporta un peu d'eau d'une fontaine voisine.

Le lendemain, ayant trouvé quelques provisions de bouche en se glissant à travers des décombres, ils réparèrent un peu leurs forces. Ensuite, ils travaillèrent comme les autres à soulager les habitants échappés à la mort. Quelques citoyens secourus par eux leur donnèrent un aussi bon dîner qu'on le pouvait dans un tel désastre. Il est vrai que le repas était triste ; les convives arrosaient leur

1. Manquer à : contrevenir à.

2. Jurons abrégés ; comprendre : « par la tête (de Dieu), par le sang (de Dieu) ».

3. Batavia : capitale de Java, colonie hollandaise.

4. Depuis le XVII^e siècle, le Japon s'était fermé aux Européens, à l'exception des Hollandais, qui avaient droit de commercer à Nagasaki. Mais à condition, d'après des récits consultés par Voltaire (notamment Kempfer, *Histoire naturelle, civile et ecclésiastique de l'empire du Japon*, 1729), de renoncer aux marques de christianisme, et notamment de fouler un crucifix. Les Japonais craignaient le prosélytisme chrétien.

5. En réalité, le tremblement de terre de Lima eut lieu en 1748.

pain de leurs larmes ; mais Pangloss les consola en les assurant que les choses ne pouvaient être autrement : « Car, dit-il, tout ceci est ce qu'il y a de mieux. Car, s'il y a un volcan[1] à Lisbonne, il ne pouvait être ailleurs. Car il est impossible que les choses ne soient pas où elles sont[2]. Car tout est bien. »

Un petit homme noir, familier de l'Inquisition[3], lequel était à côté de lui, prit poliment la parole et dit : « Apparemment que monsieur ne croit pas au péché originel[4] ; car, si tout est au mieux, il n'y a donc eu ni chute ni punition[5].

– Je demande très humblement pardon à Votre Excellence, répondit Pangloss encore plus poliment, car la chute de l'homme et la malédiction entraient nécessairement dans le meilleur des mondes possibles. – Monsieur ne croit donc pas à la liberté ? dit le familier. – Votre Excellence m'excusera, dit Pangloss ; la liberté peut subsister avec la nécessité absolue[6] ; car il était nécessaire que nous fussions libres ; car enfin la volonté déterminée… » Pangloss était au milieu de sa phrase, quand le familier fit un signe de tête à son estafier[7] qui lui servait à boire du vin de Porto, ou d'Oporto[8].

1. Allusion à une théorie contemporaine sur l'origine du séisme.
2. En raison du principe de raison suffisante.
3. Familier : officier inférieur de l'Inquisition. (Les familiers constituaient une forme de police bénévole au sein de l'Inquisition.)
4. Dogme central du christianisme, qui attribue le mal à la libre détermination d'Adam et Ève, qui ont choisi de désobéir aux ordres de Dieu en goûtant aux fruits interdits. La doctrine de Pangloss fleure l'hérésie en semblant nier la liberté humaine (fatalisme).
5. Allusion à l'expulsion du paradis terrestre, à la chute dans le péché et la mort, et à la corruption définitive, jusqu'au Jugement dernier, de la nature humaine, qui ne peut être sauvée que par la grâce divine et le sacrifice de Jésus…
6. Thèse leibnizienne.
7. Estafier : domestique armé. Ce n'est pas un titre propre à l'Inquisition.
8. Porto ou Oporto : ville portugaise qui donne son nom à un vin fameux.

CHAPITRE VI

*Comment on fit un bel auto-da-fé
pour empêcher les tremblements de terre,
et comment Candide fut fessé*

Après le tremblement de terre qui avait détruit les trois quarts de Lisbonne, les sages du pays n'avaient pas trouvé un moyen plus efficace pour prévenir une ruine totale que de donner au peuple un bel auto-da-fé [1] ; il était décidé par l'université de Coïmbre [2] que le spectacle de quelques personnes brûlées à petit feu, en grande cérémonie, est un secret infaillible pour empêcher la terre de trembler.

On avait en conséquence saisi un Biscayen convaincu d'avoir épousé sa commère [3], et deux Portugais qui en mangeant un poulet en avaient arraché le lard [4] : on vint lier après le dîner le docteur Pangloss et son disciple Candide, l'un pour avoir parlé, et l'autre pour avoir écouté avec un air d'approbation : tous deux furent menés séparément dans des appartements d'une extrême fraîcheur, dans lesquels on n'était jamais incommodé du soleil [5] ; huit jours après ils furent tous deux revêtus d'un *san-benito*, et on orna leurs têtes de mitres de papier [6] : la mitre et le san-benito de Candide étaient peints de flammes ren-

1. Cérémonie au cours de laquelle les hérétiques condamnés à diverses punitions devaient faire « acte de foi » (« auto-da-fé » dans l'orthographe d'alors). D'après les historiens, il semblerait que les trois autodafés du 8 octobre 1756, 28 septembre 1757 et 27 août 1758 furent sans rapport avec le tremblement de terre et que l'on n'y infligea aucune peine capitale.
2. Il y avait quatre juridictions inquisitoriales : à Lisbonne, Coïmbre, Devora et Goa.
3. Une superstition (opinion théologique fausse) répandue chez les catholiques interdisait à un parrain d'épouser la marraine du même enfant.
4. La religion juive interdisant le porc, on en déduisait un crypto-judaïsme. Le judaïsme était sévèrement interdit en Espagne et au Portugal, où il avait donné lieu à des émigrations massives et à des conversions suspectes.
5. Il s'agit de la prison, évidemment (voir l'extrait de l'*Histoire des voyages de Scarmentado*, Dossier, p. 178).
6. *San-benito* : casaque jaune des condamnés au feu. Mitre : coiffe pointue.

versées et de diables qui n'avaient ni queues ni griffes ;
mais les diables de Pangloss portaient griffes et queues, et
les flammes étaient droites [1]. Ils marchèrent en procession
ainsi vêtus, et entendirent un sermon très pathétique, suivi
d'une belle musique en faux-bourdon [2]. Candide fut fessé
en cadence, pendant qu'on chantait ; le Biscayen et les
deux hommes qui n'avaient point voulu manger de lard
furent brûlés, et Pangloss fut pendu, quoique ce ne soit pas
la coutume. Le même jour la terre trembla de nouveau
avec un fracas épouvantable.

Candide, épouvanté, interdit [3], éperdu, tout sanglant,
tout palpitant, se disait à lui-même : « Si c'est ici le
meilleur des mondes possibles, que sont donc les autres ?
Passe encore si je n'étais que fessé, je l'ai été chez les Bul-
gares. Mais, ô mon cher Pangloss ! le plus grand des phi-
losophes, faut-il vous avoir vu pendre sans que je sache
pourquoi ! Ô mon cher anabaptiste, le meilleur des
hommes, faut-il que vous ayez été noyé dans le port ! Ô
mademoiselle Cunégonde ! la perle des filles, faut-il
qu'on vous ait fendu le ventre ! »

Il s'en retournait, se soutenant à peine, prêché, fessé,
absous et béni, lorsqu'une vieille l'aborda et lui dit :
« Mon fils, prenez courage, suivez-moi. »

CHAPITRE VII

Comment une vieille prit soin de Candide,
et comment il retrouva ce qu'il aimait

Candide ne prit point courage, mais il suivit la vieille
dans une masure ; elle lui donna un pot de pommade pour
se frotter, lui laissa à manger et à boire ; elle lui montra
un petit lit assez propre ; il y avait auprès du lit un habit

1. La flamme droite annonçait la mort.
2. Faux-bourdon : plain-chant où la basse, transportée à la portée supé-
rieure, forme le chant principal (ici, le *Miserere* ; voir chapitre VIII, p. 59).
3. Interdit : stupéfait, ne sachant ce qu'il fait ou dit.

complet. « Mangez, buvez, dormez, lui dit-elle, et que Notre-Dame d'Atocha, monseigneur saint Antoine de Padoue et monseigneur saint Jacques de Compostelle [1] prennent soin de vous : je reviendrai demain. » Candide, toujours étonné [2] de tout ce qu'il avait vu, de tout ce qu'il avait souffert, et encore plus de la charité de la vieille, voulut lui baiser la main. « Ce n'est pas ma main qu'il faut baiser, dit la vieille ; je reviendrai demain. Frottez-vous de pommade, mangez et dormez. »

Candide, malgré tant de malheurs, mangea et dormit. Le lendemain la vieille lui apporte à déjeuner, visite son dos, le frotte elle-même d'une autre pommade ; elle lui apporte ensuite à dîner ; elle revient sur le soir, et apporte à souper. Le surlendemain elle fit encore les mêmes cérémonies. « Qui êtes-vous ? lui disait toujours Candide ; qui vous a inspiré tant de bonté ? quelles grâces puis-je vous rendre ? » La bonne femme ne répondait jamais rien ; elle revint sur le soir et n'apporta point à souper. « Venez avec moi, dit-elle, et ne dites mot. » Elle le prend sous le bras, et marche avec lui dans la campagne environ un quart de mille : ils arrivent à une maison isolée, entourée de jardins et de canaux [3]. La vieille frappe à une petite porte. On ouvre ; elle mène Candide, par un escalier dérobé, dans un cabinet doré, le laisse sur un canapé de brocart [4], referme la porte, et s'en va. Candide croyait rêver, et regardait toute sa vie comme un songe funeste, et le moment présent comme un songe agréable [5].

La vieille reparut bientôt ; elle soutenait avec peine une femme tremblante, d'une taille majestueuse, brillante de pierreries et couverte d'un voile. « Ôtez ce voile », dit la vieille à Candide. Le jeune homme approche ; il lève le voile d'une main timide. Quel moment ! quelle surprise !

1. La statue de Notre-Dame d'Atocha représentait la Vierge enceinte. Padoue est en Italie du Nord, mais le saint qu'on invoque pour retrouver un objet perdu, saint Antoine, est né à Lisbonne. Compostelle, célèbre lieu de pèlerinage, se trouve en Espagne.

2. Étonné : au sens fort, « frappé de stupeur ».

3. Canaux : pièces d'eau étroites et longues pour l'ornement des parcs et jardins.

4. Brocart : riche tissu brodé à fils d'or et d'argent.

5. Allusion probable à la célèbre pièce espagnole de Calderón, *La vie est un songe* (v. 1633).

il croit voir mademoiselle Cunégonde ; il la voyait en effet, c'était elle-même. La force lui manque, il ne peut proférer une parole, il tombe à ses pieds. Cunégonde tombe sur le canapé. La vieille les accable d'eaux spiritueuses[1] ; ils reprennent leurs sens, ils se parlent : ce sont d'abord des mots entrecoupés, des demandes et des réponses qui se croisent, des soupirs, des larmes, des cris. La vieille leur recommande de faire moins de bruit, et les laisse en liberté. « Quoi ! c'est vous, lui dit Candide, vous vivez ! Je vous retrouve en Portugal ! On ne vous a donc pas violée ? On ne vous a point fendu le ventre, comme le philosophe Pangloss me l'avait assuré ? – Si fait, dit la belle Cunégonde ; mais on ne meurt pas toujours de ces deux accidents. – Mais votre père et votre mère ont-ils été tués ? – Il n'est que trop vrai, dit Cunégonde en pleurant. – Et votre frère ? – Mon frère a été tué aussi. – Et pourquoi êtes-vous en Portugal ? et comment avez-vous su que j'y étais ? et par quelle étrange aventure[2] m'avez-vous fait conduire dans cette maison ? – Je vous dirai tout cela, répliqua la dame ; mais il faut auparavant que vous m'appreniez tout ce qui vous est arrivé depuis le baiser innocent que vous me donnâtes et les coups de pied que vous reçûtes[3]. »

Candide lui obéit avec un profond respect ; et quoiqu'il fût interdit, quoique sa voix fût faible et tremblante, quoique l'échine lui fît encore un peu mal, il lui raconta de la manière la plus naïve tout ce qu'il avait éprouvé depuis le moment de leur séparation. Cunégonde levait les yeux au ciel ; elle donna des larmes à la mort du bon anabaptiste et de Pangloss ; après quoi elle parla en ces termes à Candide, qui ne perdait pas une parole, et qui la dévorait des yeux.

1. Spiritueuses : alcoolisées.
2. Aventure : événement inattendu, hasard.
3. Allusion à deux vers célèbres de Racine ? « Ariane, ma sœur, de quel amour blessée,/Vous mourûtes aux bords où vous fûtes laissée » (*Phèdre*, I, III, v. 253-254).

CHAPITRE VIII

Histoire de Cunégonde

« J'étais dans mon lit et je dormais profondément, quand il plut au ciel d'envoyer les Bulgares dans notre beau château de Thunder-ten-tronckh ; ils égorgèrent mon père et mon frère, et coupèrent ma mère par morceaux. Un grand Bulgare, haut de six pieds, voyant qu'à ce spectacle j'avais perdu connaissance, se mit à me violer ; cela me fit revenir, je repris mes sens, je criai, je me débattis, je mordis, j'égratignai, je voulais arracher les yeux à ce grand Bulgare, ne sachant pas que tout ce qui arrivait dans le château de mon père était une chose d'usage : le brutal[1] me donna un coup de couteau dans le flanc gauche dont je porte encore la marque. – Hélas ! j'espère bien la voir, dit le naïf Candide. – Vous la verrez, dit Cunégonde ; mais continuons. – Continuez », dit Candide.

Elle reprit ainsi le fil de son histoire : « Un capitaine bulgare entra, il me vit toute sanglante, et le soldat ne se dérangeait pas. Le capitaine se mit en colère du peu de respect que lui témoignait ce brutal, et le tua sur mon corps. Ensuite il me fit panser, et m'emmena prisonnière de guerre dans son quartier[2]. Je blanchissais le peu de chemises qu'il avait, je faisais sa cuisine ; il me trouvait fort jolie, il faut l'avouer ; et je ne nierai pas qu'il ne fût très bien fait, et qu'il n'eût la peau blanche et douce ; d'ailleurs peu d'esprit, peu de philosophie : on voyait bien qu'il n'avait pas été élevé par le docteur Pangloss. Au bout de trois mois, ayant perdu tout son argent et s'étant dégoûté de moi, il me vendit à un Juif nommé don Issacar[3], qui trafiquait en Hollande et en Portugal, et qui aimait passionnément les femmes. Ce Juif s'attacha beaucoup à ma per-

1. Voir *supra*, p. 50, note 2.

2. Quartier : cantonnement.

3. Don Issacar : nom biblique. Le *don* indique l'anoblissement, consécutif aux fonctions de banquier de la cour. L'argent du banquier juif (placé en lieu sûr, sans doute à l'étranger) le protège en principe de la répression religieuse.

sonne, mais il ne pouvait en triompher ; je lui ai mieux résisté qu'au soldat bulgare. Une personne d'honneur peut être violée une fois, mais sa vertu s'en affermit[1]. Le Juif, pour m'apprivoiser, me mena dans cette maison de campagne que vous voyez. J'avais cru jusque-là qu'il n'y avait rien sur la terre de si beau que le château de Thunder-ten-tronckh ; j'ai été détrompée.

« Le grand inquisiteur m'aperçut un jour à la messe, il me lorgna beaucoup, et me fit dire qu'il avait à me parler pour des affaires secrètes. Je fus conduite à son palais ; je lui appris ma naissance ; il me représenta combien il était au-dessous de mon rang d'appartenir à un Israélite. On proposa de sa part à don Issacar de me céder à monseigneur. Don Issacar, qui est le banquier de la cour et homme de crédit, n'en voulut rien faire. L'inquisiteur le menaça d'un auto-da-fé. Enfin mon Juif, intimidé, conclut un marché, par lequel la maison et moi leur appartiendraient à tous deux en commun : que le Juif aurait pour lui les lundis, mercredis et le jour du sabbat, et que l'inquisiteur aurait les autres jours de la semaine. Il y a six mois que cette convention subsiste. Ce n'a pas été sans querelles ; car souvent il a été indécis si la nuit du samedi au dimanche appartenait à l'ancienne loi ou à la nouvelle[2]. Pour moi, j'ai résisté[3] jusqu'à présent à toutes les deux, et je crois que c'est pour cette raison que j'ai toujours été aimée.

« Enfin, pour détourner le fléau des tremblements de terre, et pour intimider don Issacar, il plut à monseigneur l'inquisiteur de célébrer un auto-da-fé. Il me fit l'honneur de m'y inviter. Je fus très bien placée ; on servit aux dames des rafraîchissements entre la messe et l'exécution. Je fus, à la vérité, saisie d'horreur en voyant brûler ces deux Juifs et cet honnête Biscayen qui avait épousé sa

1. D'un mal sort un bien supérieur… Cunégonde a été à l'école de Pangloss (chapitre I).

2. À la loi juive ou à la loi chrétienne. La nuit de samedi à dimanche fait litige entre les deux religions, dont les deux jours sacrés ne coïncident pas !

3. Cliché des grands romans sentimentaux du XVIIe siècle, toujours lus au XVIIIe siècle, en résumé ou *in extenso*. La vertu des héroïnes y résistait aux pires mésaventures, contrairement à Cunégonde.

commère ; mais quelle fut ma surprise, mon effroi, mon trouble, quand je vis, dans un san-benito et sous une mitre, une figure qui ressemblait à celle de Pangloss ! Je me frottai les yeux, je regardai attentivement, je le vis pendre ; je tombai en faiblesse. À peine reprenais-je mes sens que je vous vis dépouillé tout nu : ce fut là le comble de l'horreur, de la consternation, de la douleur, du désespoir. Je vous dirai, avec vérité, que votre peau est encore plus blanche et d'un incarnat plus parfait que celle de mon capitaine des Bulgares. Cette vue redoubla tous les sentiments qui m'accablaient, qui me dévoraient. Je m'écriai, je voulus dire : "Arrêtez, barbares !" mais la voix me manqua, et mes cris auraient été inutiles. Quand vous eûtes été bien fessé : "Comment se peut-il faire, disais-je, que l'aimable Candide et le sage Pangloss se trouvent à Lisbonne, l'un pour recevoir cent coups de fouet, et l'autre pour être pendu par l'ordre de monseigneur l'inquisiteur dont je suis la bien-aimée ? Pangloss m'a donc bien cruellement trompée quand il me disait que tout va le mieux du monde."

« Agitée, éperdue, tantôt hors de moi-même, et tantôt prête de[1] mourir de faiblesse, j'avais la tête remplie du massacre de mon père, de ma mère, de mon frère, de l'insolence de mon vilain soldat bulgare, du coup de couteau qu'il me donna, de ma servitude, de mon métier de cuisinière, de mon capitaine bulgare, de mon vilain don Issacar, de mon abominable inquisiteur, de la pendaison du docteur Pangloss, de ce grand *miserere* en faux-bourdon[2] pendant lequel on vous fessait, et surtout du baiser que je vous avais donné derrière un paravent, le jour que je vous avais vu pour la dernière fois. Je louai Dieu qui vous ramenait à moi par tant d'épreuves. Je recommandai à ma vieille d'avoir soin de vous, et de vous amener ici dès qu'elle le pourrait. Elle a très bien exécuté ma commission ; j'ai goûté le plaisir inexprimable de vous revoir, de vous entendre, de vous parler. Vous devez avoir une faim dévorante ; j'ai grand appétit ; commençons par souper. »

1. Prête de : près de.
2. Voir *supra*, p. 54, note 2.

Les voilà qui se mettent tous deux à table ; et après le souper, ils se replacent sur ce beau canapé dont on a déjà parlé ; ils y étaient quand le signor don Issacar, l'un des maîtres de la maison, arriva. C'était le jour du sabbat. Il venait jouir de ses droits, et expliquer son tendre amour.

CHAPITRE IX

Ce qui advint de Cunégonde, de Candide,
du grand inquisiteur et d'un Juif

Cet Issacar était le plus colérique Hébreu qu'on eût vu dans Israël depuis la captivité en Babylone [1]. « Quoi ! dit-il, chienne de Galiléenne [2], ce n'est pas assez de monsieur l'inquisiteur ? Il faut que ce coquin partage aussi avec moi ? » En disant cela il tire un long poignard dont il était toujours pourvu, et ne croyant pas que son adverse partie eût des armes, il se jette sur Candide ; mais notre bon Westphalien avait reçu une belle épée de la vieille avec l'habit complet. Il tire son épée, quoiqu'il eût les mœurs fort douces, et vous étend l'Israélite roide mort sur le carreau, aux pieds de la belle Cunégonde.

« Sainte Vierge ! s'écria-t-elle, qu'allons-nous devenir ? Un homme tué chez moi ! si la justice vient, nous sommes perdus. – Si Pangloss n'avait pas été pendu, dit Candide, il nous donnerait un bon conseil dans cette extrémité, car c'était un grand philosophe. À son défaut consultons la vieille. » Elle était fort prudente, et commençait à dire son avis, quand une autre petite porte s'ouvrit. Il était une heure après minuit, c'était le commencement du dimanche. Ce jour appartenait à monseigneur l'inquisiteur. Il entre et

1. Après avoir pris Jérusalem, Nabuchodonosor II, roi de Babylone (v. 605-562 avant J.-C.), annexa le royaume et déporta la population pour briser la résistance ; cet épisode est connu sous le nom de captivité de Babylone (v. 586 avant J.-C.).

2. Jésus, au retour d'Égypte, avait résidé à Nazareth, en Galilée.

voit le fessé Candide l'épée à la main, un mort étendu par terre, Cunégonde effarée, et la vieille donnant des conseils.

Voici dans ce moment ce qui se passa dans l'âme de Candide, et comment il raisonna : « Si ce saint homme appelle du secours, il me fera infailliblement brûler ; il pourra en faire autant de Cunégonde ; il m'a fait fouetter impitoyablement ; il est mon rival ; je suis en train de tuer, il n'y a pas à balancer. » Ce raisonnement fut net et rapide, et sans donner le temps à l'inquisiteur de revenir de sa surprise, il le perce d'outre en outre, et le jette à côté du Juif. « En voici bien d'une autre [1], dit Cunégonde ; il n'y a plus de rémission [2] ; nous sommes excommuniés, notre dernière heure est venue. Comment avez-vous fait, vous qui êtes né si doux, pour tuer en deux minutes un Juif et un prélat ? – Ma belle demoiselle, répondit Candide, quand on est amoureux, jaloux et fouetté par l'Inquisition, on ne se connaît plus. »

La vieille prit alors la parole et dit : « Il y a trois chevaux andalous dans l'écurie, avec leurs selles et leurs brides : que le brave Candide les prépare ; madame a des moyadors [3] et des diamants : montons vite à cheval, quoique je ne puisse me tenir que sur une fesse, et allons à Cadix ; il fait le plus beau temps du monde, et c'est un grand plaisir de voyager pendant la fraîcheur de la nuit. »

Aussitôt Candide selle les trois chevaux. Cunégonde, la vieille et lui font trente milles d'une traite. Pendant qu'ils s'éloignaient, la Sainte-Hermandad [4] arrive dans la maison ; on enterre monseigneur dans une belle église, et on jette Issacar à la voirie [5].

Candide, Cunégonde et la vieille étaient déjà dans la petite ville d'Avacéna, au milieu des montagnes de la Sierra-Morena [6] ; et ils parlaient ainsi dans un cabaret.

1. Comprendre : « Voilà du nouveau. »
2. Action de pardonner (rémission des péchés).
3. Moyadors : ancienne monnaie d'or du Portugal.
4. Sainte-Hermandad : confrérie chargée de l'ordre public.
5. Voirie : lieu où l'on dépose ordures et immondices.
6. Avacéna : ville non identifiée. La Sierra Morena est un massif montagneux au sud de l'Espagne.

CHAPITRE X

Dans quelle détresse Candide, Cunégonde
et la vieille arrivent à Cadix,
et de leur embarquement

« Qui a donc pu me voler mes pistoles[1] et mes diamants ?
disait en pleurant Cunégonde ; de quoi vivrons-nous ? com-
ment ferons-nous ? où trouver des inquisiteurs et des Juifs
qui m'en donnent d'autres ? – Hélas ! dit la vieille, je soup-
çonne fort un révérend père cordelier qui coucha hier dans
la même auberge que nous à Badajoz[2] ; Dieu me garde de
faire un jugement téméraire ! mais il entra deux fois dans
notre chambre, et il partit longtemps avant nous. – Hélas !
dit Candide, le bon Pangloss m'avait souvent prouvé que
les biens de la terre sont communs à tous les hommes, que
chacun y a un droit égal. Ce cordelier devait bien, suivant
ces principes, nous laisser de quoi achever notre voyage. Il
ne vous reste donc rien du tout, ma belle Cunégonde – Pas
un maravédis[3], dit-elle. – Quel parti prendre ? dit Candide.
– Vendons un des chevaux, dit la vieille ; je monterai en
croupe derrière mademoiselle, quoique je ne puisse me tenir
que sur une fesse, et nous arriverons à Cadix. »

Il y avait dans la même hôtellerie un prieur de béné-
dictins ; il acheta le cheval bon marché. Candide, Cunégonde
et la vieille passèrent par Lucena, par Chillas, par Lebrixa, et
arrivèrent enfin à Cadix[4]. On y équipait une flotte, et on y
assemblait des troupes pour mettre à la raison les révérends
pères jésuites du Paraguay, qu'on accusait d'avoir fait
révolter une de leurs hordes contre les rois d'Espagne et de
Portugal, auprès de la ville du Saint-Sacrement[5]. Candide,

1. Pistoles : écus espagnols.
2. Badajoz : ville espagnole à la frontière du Portugal.
3. Maravédis : petite monnaie espagnole.
4. Noms authentiques, mais traçant un itinéraire fantaisiste.
5. L'Espagne avait promis de céder au Portugal (possesseur du Brésil)
cette ville, située dans les missions jésuites au Paraguay. On accusa les
jésuites d'avoir fomenté une révolte des Indiens. L'expédition militaire
(1755-1756) partit effectivement de Cadix.

ayant servi chez les Bulgares, fit l'exercice bulgarien devant le général de la petite armée avec tant de grâce, de célérité, d'adresse, de fierté, d'agilité, qu'on lui donna une compagnie d'infanterie à commander. Le voilà capitaine [1] ; il s'embarque avec mademoiselle Cunégonde, la vieille, deux valets et les deux chevaux andalous qui avaient appartenu à monsieur le grand inquisiteur de Portugal.

Pendant toute la traversée ils raisonnèrent beaucoup sur la philosophie du pauvre Pangloss. « Nous allons dans un autre univers, disait Candide ; c'est dans celui-là sans doute que tout est bien. Car il faut avouer qu'on pourrait gémir un peu de ce qui se passe dans le nôtre en physique et en morale. – Je vous aime de tout mon cœur, disait Cunégonde ; mais j'ai encore l'âme tout effarouchée de ce que j'ai vu, de ce que j'ai éprouvé. – Tout ira bien, répliquait Candide ; la mer de ce nouveau monde vaut déjà mieux que les mers de notre Europe ; elle est plus calme, les vents plus constants [2]. C'est certainement le nouveau monde qui est le meilleur des univers possibles. – Dieu le veuille ! disait Cunégonde ; mais j'ai été si horriblement malheureuse dans le mien que mon cœur est presque fermé à l'espérance. – Vous vous plaignez, leur dit la vieille ; hélas ! vous n'avez pas éprouvé des infortunes telles que les miennes. » Cunégonde se mit presque à rire, et trouva cette bonne femme fort plaisante de prétendre être plus malheureuse qu'elle. « Hélas ! lui dit-elle, ma bonne, à moins que vous n'ayez été violée par deux Bulgares, que vous n'ayez reçu deux coups de couteau dans le ventre, qu'on n'ait démoli deux de vos châteaux, qu'on n'ait égorgé à vos yeux deux mères et deux pères, et que vous n'ayez vu deux de vos amants fouettés dans un auto-da-fé, je ne vois pas que vous puissiez l'emporter sur moi ; ajoutez que je suis née baronne avec soixante et douze quartiers, et que j'ai été cuisinière. – Mademoiselle, répondit la vieille, vous ne savez pas quelle est ma naissance ; et si je vous montrais mon derrière, vous ne parleriez pas comme vous faites, et vous suspendriez votre jugement. » Ce discours fit naître une extrême curiosité

1. Soit à la tête d'environ cent hommes.
2. Les alizés soufflent toute l'année entre les tropiques, d'est en ouest.

dans l'esprit de Cunégonde et de Candide. La vieille leur parla en ces termes.

CHAPITRE XI

Histoire de la vieille

« Je n'ai pas eu toujours les yeux éraillés[1] et bordés d'écarlate ; mon nez n'a pas toujours touché à mon menton, et je n'ai pas toujours été servante. Je suis la fille du pape Urbain X, et de la princesse de Palestrine[2]. On m'éleva jusqu'à quatorze ans dans un palais auquel tous les châteaux de vos barons allemands n'auraient pas servi d'écurie ; et une de mes robes valait mieux que toutes les magnificences de la Westphalie. Je croissais en beauté, en grâces, en talents, au milieu des plaisirs, des respects et des espérances. J'inspirais déjà de l'amour, ma gorge[3] se formait ; et quelle gorge ! blanche, ferme, taillée comme celle de la Vénus de Médicis[4] ; et quels yeux ! quelles paupières ! quels sourcils noirs ! quelles flammes brillaient dans mes deux prunelles, et effaçaient la scintillation des étoiles, comme me disaient les poètes du quartier. Les femmes qui m'habillaient et qui me déshabillaient tombaient en extase en me regardant par-devant et par-derrière, et tous les hommes auraient voulu être à leur place.

« Je fus fiancée à un prince souverain de Massa-Carrara[5]. Quel prince ! aussi beau que moi, pétri de douceur et d'agréments, brillant d'esprit et brûlant d'amour. Je l'aimais comme on aime pour la première fois, avec idolâ-

1. Éraillés : striés de filets rouges (terme vieilli).
2. Le pape Urbain X est inconnu. La ville de Palestrina, proche de Rome, appartenait à la famille Barberini, dont est issu le pape... Urbain VIII (1623-1644).
3. Gorge : poitrine.
4. Célèbre statue grecque, achetée par les Médicis de Florence.
5. Massa-Carrara : petit duché toscan.

trie, avec emportement. Les noces furent préparées. C'était une pompe, une magnificence inouïe ; c'étaient des fêtes, des carrousels, des *opera-buffa* continuels ; et toute l'Italie fit pour moi des sonnets dont il n'y eut pas un seul de passable. Je touchais au moment de mon bonheur, quand une vieille marquise qui avait été maîtresse de mon prince l'invita à prendre du chocolat chez elle. Il mourut en moins de deux heures avec des convulsions épouvantables. Mais ce n'est qu'une bagatelle. Ma mère, au désespoir, et bien moins affligée que moi, voulut s'arracher pour quelque temps à un séjour si funeste. Elle avait une très belle terre auprès de Gaète [1]. Nous nous embarquâmes sur une galère du pays, dorée comme l'autel de Saint-Pierre de Rome. Voilà qu'un corsaire de Salé [2] fond sur nous et nous aborde. Nos soldats se défendirent comme des soldats du pape : ils se mirent tous à genoux en jetant leurs armes, et en demandant au corsaire une absolution *in articulo mortis* [3].

« Aussitôt on les dépouilla nus comme des singes, et ma mère aussi, nos filles d'honneur aussi, et moi aussi. C'est une chose admirable que la diligence avec laquelle ces messieurs déshabillent le monde. Mais ce qui me surprit davantage, c'est qu'ils nous mirent à tous le doigt dans un endroit où nous autres femmes nous ne nous laissons mettre d'ordinaire que des canules [4]. Cette cérémonie me paraissait bien étrange : voilà comme on juge de tout quand on n'est pas sorti de son pays. J'appris bientôt que c'était pour voir si nous n'avions pas caché là quelques diamants : c'est un usage établi de temps immémorial parmi les nations policées qui courent sur mer. J'ai su que messieurs les religieux chevaliers de Malte [5] n'y manquent jamais quand ils prennent des Turcs et des

1. Gaète : port au sud de Rome.
2. Salé : port marocain, nid de pirates.
3. Les soldats demandent à un corsaire musulman l'absolution de leurs péchés « à l'article de la mort ». Bayle, dans un célèbre paradoxe, avait soutenu que la religion catholique strictement appliquée interdirait l'existence d'un État réellement chrétien.
4. Canule : petit tuyau que l'on adapte au bout d'une poire à lavement.
5. Ordre militaro-religieux, établi à Malte de 1530 à 1798. Composé de nobles, il combattait les musulmans et aidait les chrétiens.

Turques ; c'est une loi du droit des gens ¹ à laquelle on n'a jamais dérogé.

« Je ne vous dirai point combien il est dur pour une jeune princesse d'être menée esclave à ² Maroc avec sa mère. Vous concevez assez tout ce que nous eûmes à souffrir dans le vaisseau corsaire. Ma mère était encore très belle ; nos filles d'honneur, nos simples femmes de chambre, avaient plus de charmes qu'on n'en peut trouver dans toute l'Afrique. Pour moi, j'étais ravissante, j'étais la beauté, la grâce même, et j'étais pucelle ; je ne le fus pas longtemps : cette fleur qui avait été réservée pour le beau prince de Massa-Carrara me fut ravie par le capitaine corsaire ; c'était un nègre abominable, qui croyait encore me faire beaucoup d'honneur. Certes, il fallait que madame la princesse de Palestrine et moi fussions bien fortes pour résister à tout ce que nous éprouvâmes jusqu'à notre arrivée à Maroc. Mais passons ; ce sont des choses si communes qu'elles ne valent pas la peine qu'on en parle.

« Maroc nageait dans le sang quand nous arrivâmes. Cinquante fils de l'empereur Muley-Ismaël avaient chacun leur parti : ce qui produisait en effet cinquante guerres civiles, de noirs contre noirs, de noirs contre basanés, de basanés contre basanés, de mulâtres contre mulâtres ³. C'était un carnage continuel dans toute l'étendue de l'empire ⁴.

« À peine fûmes-nous débarqués que des noirs d'une faction ennemie de celle de mon corsaire se présentèrent pour lui enlever son butin. Nous étions, après les diamants et l'or, ce qu'il avait de plus précieux. Je fus témoin d'un combat tel que vous n'en voyez jamais dans vos climats d'Europe. Les peuples septentrionaux n'ont pas le sang assez ardent. Ils n'ont pas la rage des femmes au point où

1. Voir p. 44, note 1.

2. Au XVIIIᵉ siècle, l'absence d'article avant « Maroc » était courante.

3. Ce sultan régna de 1672 à 1727, mais il n'eut jamais cinquante fils. En revanche, il y eut bien des guerres civiles sous son règne ; dans *Le Siècle de Louis XIV*, Voltaire le décrit comme « le tyran le plus guerrier […] qui fut alors chez les nations mahométanes » (chapitre XVIII). Il créa notamment une armée d'esclaves noirs pour soumettre les populations.

4. Il ne s'agit pas de l'Empire ottoman, auquel le Maroc, État indépendant, n'appartient pas.

elle est commune en Afrique[1]. Il semble que vos Européans[2] aient du lait dans les veines ; c'est du vitriol, c'est du feu qui coule dans celles des habitants du mont Atlas et des pays voisins. On combattit avec la fureur des lions, des tigres et des serpents de la contrée, pour savoir à qui nous aurait. Un Maure saisit ma mère par le bras droit, le lieutenant de mon capitaine la retint par le bras gauche ; un soldat maure la prit par une jambe, un de nos pirates la tenait par l'autre. Nos filles se trouvèrent presque toutes en un moment tirées ainsi à quatre soldats. Mon capitaine me tenait cachée derrière lui. Il avait le cimeterre au poing, et tuait tout ce qui s'opposait à sa rage. Enfin, je vis toutes nos Italiennes et ma mère déchirées, coupées, massacrées par les monstres qui se les disputaient. Les captifs mes compagnons, ceux qui les avaient pris, soldats, matelots, noirs, basanés, blancs, mulâtres, et enfin mon capitaine, tout fut tué ; et je demeurai mourante sur un tas de morts. Des scènes pareilles se passaient, comme on sait, dans l'étendue de plus de trois cents lieues, sans qu'on manquât aux cinq prières par jour ordonnées par Mahomet.

« Je me débarrassai avec beaucoup de peine de la foule de tant de cadavres sanglants entassés, et je me traînai sous un grand oranger au bord d'un ruisseau voisin ; j'y tombai d'effroi, de lassitude, d'horreur, de désespoir et de faim. Bientôt après, mes sens accablés se livrèrent à un sommeil qui tenait plus de l'évanouissement que du repos. J'étais dans cet état de faiblesse et d'insensibilité, entre la mort et la vie, quand je me sentis pressée de quelque chose qui s'agitait sur mon corps. J'ouvris les yeux, je vis un homme blanc et de bonne mine qui soupirait, et qui disait entre ses dents : *O che sciagura d'essere senza c...*[3] !

1. Lieu commun sur les effets du climat, où Voltaire se moque peut-être des théories de Montesquieu dans *De l'esprit des lois* (1748), car il ne croit guère à une influence décisive du climat sur les hommes (voir le dernier chapitre de l'*Essai sur les mœurs*, 1756).

2. À l'époque où Voltaire écrit *Candide*, le terme « Européen », nouveau, n'est pas encore fixé.

3. « Ô quel malheur d'être sans c... ! ». Voltaire n'avait pas coupé le mot dans les premières éditions : on lisait *coglioni* (« couilles »). Notons qu'il pratiquait l'italien, et qu'il a écrit dans cette langue des lettres d'amour à sa nièce, Mme Denis.

CHAPITRE XII

Suite des malheurs de la vieille

« Étonnée et ravie d'entendre la langue de ma patrie, et non moins surprise des paroles que proférait cet homme, je lui répondis qu'il y avait de plus grands malheurs que celui dont il se plaignait. Je l'instruisis en peu de mots des horreurs que j'avais essuyées, et je retombai en faiblesse. Il m'emporta dans une maison voisine, me fit mettre au lit, me fit donner à manger, me servit, me consola, me flatta, me dit qu'il n'avait rien vu de si beau que moi, et que jamais il n'avait tant regretté ce que personne ne pouvait lui rendre. "Je suis né à Naples, me dit-il, on y chaponne deux ou trois mille enfants tous les ans[1] ; les uns en meurent, les autres acquièrent une voix plus belle que celle des femmes, les autres vont gouverner les États. On me fit cette opération avec un très grand succès, et j'ai été musicien[2] de la chapelle de madame la princesse de Palestrine. – De ma mère ! m'écriai-je. – De votre mère ! s'écria-t-il en pleurant. Quoi ! vous seriez cette jeune princesse que j'ai élevée jusqu'à l'âge de six ans, et qui promettait déjà d'être aussi belle que vous êtes ? – C'est moi-même ; ma mère est à quatre cents pas d'ici, coupée en quartiers sous un tas de morts…"

« Je lui contai tout ce qui m'était arrivé ; il me conta aussi ses aventures, et m'apprit comment il avait été envoyé chez le roi de Maroc par une puissance chrétienne, pour conclure avec ce monarque un traité, par lequel on lui fournirait de la poudre, des canons et des vaisseaux, pour l'aider à exterminer le commerce des autres chrétiens. "Ma mission est faite, me dit cet honnête eunuque ; je vais m'embarquer à Ceuta[3], et je vous ramènerai en Italie. *Ma che sciagura d'essere senza c… !*"

1. Voltaire exagère évidemment le nombre d'enfants que l'on castrait pour leur conserver une voix de soprano.

2. Musicien : au sens de « chanteur ».

3. Ceuta : port en face de Gibraltar.

« Je le remerciai avec des larmes d'attendrissement ; et au lieu de me mener en Italie, il me conduisit à Alger, et me vendit au dey de cette province. À peine fus-je vendue que cette peste qui a fait le tour de l'Afrique, de l'Asie et de l'Europe, se déclara dans Alger avec fureur. Vous avez vu des tremblements de terre ; mais, mademoiselle, avez-vous jamais eu la peste ? – Jamais, répondit la baronne.

– Si vous l'aviez eue, reprit la vieille, vous avoueriez qu'elle est bien au-dessus d'un tremblement de terre. Elle est fort commune en Afrique ; j'en fus attaquée. Figurez-vous quelle situation pour la fille d'un pape, âgée de quinze ans, qui en trois mois de temps avait éprouvé la pauvreté, l'esclavage, avait été violée presque tous les jours, avait vu couper sa mère en quatre, avait essuyé la faim et la guerre, et mourait pestiférée dans Alger. Je n'en mourus pourtant pas. Mais mon eunuque et le dey, et presque tout le sérail d'Alger, périrent.

« Quand les premiers ravages de cette épouvantable peste furent passés, on vendit les esclaves du dey. Un marchand m'acheta et me mena à Tunis, il me vendit à un autre marchand, qui me revendit à Tripoli ; de Tripoli je fus revendue à Alexandrie, d'Alexandrie revendue à Smyrne, de Smyrne à Constantinople. J'appartins enfin à un aga des janissaires[1], qui fut bientôt commandé pour aller défendre Azof[2] contre les Russes qui l'assiégeaient.

« L'aga, qui était un très galant homme, mena avec lui tout son sérail, et nous logea dans un petit fort sur les Palus-Méotides[3], gardé par deux eunuques noirs et vingt soldats. On tua prodigieusement de Russes, mais ils nous le rendirent bien. Azof fut mis à feu et à sang, et on ne pardonna ni au sexe ni à l'âge ; il ne resta que notre petit fort ; les ennemis voulurent nous prendre par famine. Les vingt janissaires avaient juré de ne se jamais rendre. Les extrémités de la faim où ils furent réduits les contraignirent à manger nos deux eunuques, de peur de violer leur serment.

1. Un aga des janissaires : un général de janissaires, soldats d'élite de l'armée ottomane, recrutés à l'origine parmi les chrétiens.

2. Azof : port de la mer Noire, conquis sur les Turcs par le tsar Pierre le Grand en 1696-1697.

3. Palus-Méotides : nom antique de la mer d'Azov, encore employé au XVIIIᵉ siècle.

Au bout de quelques jours, ils résolurent de manger les femmes.

« Nous avions un iman[1] très pieux et très compatissant, qui leur fit un beau sermon par lequel il leur persuada de ne nous pas tuer tout à fait. "Coupez, dit-il, seulement une fesse à chacune de ces dames, vous ferez très bonne chère ; s'il faut y revenir, vous en aurez encore autant dans quelques jours ; le ciel vous saura gré d'une action si charitable, et vous serez secourus."

« Il avait beaucoup d'éloquence ; il les persuada. On nous fit cette horrible opération. L'iman nous appliqua le même baume qu'on met aux enfants qu'on vient de circoncire. Nous étions toutes à la mort.

« À peine les janissaires eurent-ils fait le repas que nous leur avions fourni que les Russes arrivent sur des bateaux plats ; il ne réchappa pas un janissaire. Les Russes ne firent aucune attention à l'état où nous étions. Il y a partout des chirurgiens français : un d'eux, qui était fort adroit, prit soin de nous ; il nous guérit, et je me souviendrai toute ma vie que, quand les plaies furent bien fermées, il me fit des propositions. Au reste, il nous dit à toutes de nous consoler ; il nous assura que dans plusieurs sièges pareille chose était arrivée, et que c'était la loi de la guerre[2].

« Dès que mes compagnes purent marcher, on les fit aller à Moscou. J'échus en partage à un boyard qui me fit sa jardinière, et qui me donnait vingt coups de fouet par jour. Mais ce seigneur ayant été roué au bout de deux ans avec une trentaine de boyards pour quelque tracasserie de cour[3], je profitai de cette aventure ; je m'enfuis ; je traversai toute la Russie ; je fus longtemps servante de cabaret à Riga, puis à Rostock, à Vismar, à Leipsick, à Cassel, à Utrecht, à Leyde, à La Haye, à Rotterdam : j'ai vieilli dans la misère et dans l'opprobre, n'ayant que la moitié d'un derrière, me souvenant toujours que j'étais fille d'un

1. L'iman (ou imam) est le chef spirituel musulman.
2. Voltaire emprunte ce trait d'anthropophagie guerrière à... saint Jérôme.
3. Une révolte de boyards (anciens nobles russes) éclata en effet en 1698, deux ans après la prise d'Azov, et connut une terrible répression ; le supplice de la roue y fut de rigueur. Voltaire s'intéresse à l'histoire russe en 1757-1758.

pape ; je voulus cent fois me tuer, mais j'aimais encore la vie. Cette faiblesse ridicule est peut-être un de nos penchants les plus funestes ; car y a t-il rien de plus sot que de vouloir porter continuellement un fardeau qu'on veut toujours jeter par terre ? d'avoir son être en horreur, et de tenir à son être[1] ? enfin de caresser le serpent qui nous dévore, jusqu'à ce qu'il nous ait mangé le cœur ?

« J'ai vu dans les pays que le sort m'a fait parcourir, et dans les cabarets où j'ai servi, un nombre prodigieux de personnes qui avaient leur existence en exécration ; mais je n'en ai vu que douze qui aient mis volontairement fin à leur misère : trois nègres, quatre Anglais, quatre Genevois et un professeur allemand nommé Robeck[2]. J'ai fini par être servante chez le Juif don Issacar ; il me mit auprès de vous, ma belle demoiselle ; je me suis attachée à votre destinée, et j'ai été plus occupée de vos aventures que des miennes. Je ne vous aurais même jamais parlé de mes malheurs, si vous ne m'aviez pas un peu piquée, et s'il n'était d'usage dans un vaisseau de conter des histoires pour se désennuyer. Enfin, mademoiselle, j'ai de l'expérience, je connais le monde ; donnez-vous un plaisir, engagez chaque passager à vous conter son histoire ; et s'il s'en trouve un seul qui n'ait souvent maudit sa vie, qui ne se soit souvent dit à lui-même qu'il était le plus malheureux des hommes, jetez-moi dans la mer la tête la première. »

1. Question philosophique du suicide, traitée aussi par Montesquieu en 1721 (*Lettres persanes*, LXXVI) et par Rousseau (*La Nouvelle Héloïse*, lettres 21-22), etc. Le suicide, courant dans l'Antiquité, est interdit par la religion chrétienne.

2. Trois nègres, à cause de la traite des Noirs ; quatre Anglais, à cause du *spleen* ; et quatre Genevois, qui n'apparaissent que dans l'édition de 1761. Quant au professeur Robeck (1672-1739), il se noya volontairement, après avoir écrit sur la question. Le suicide reste donc une infime exception, qui minorise le mal de vivre.

CHAPITRE XIII

Comment Candide fut obligé
de se séparer de la belle Cunégonde
et de la vieille

La belle Cunégonde, ayant entendu l'histoire de la vieille, lui fit toutes les politesses qu'on devait à une personne de son rang et de son mérite. Elle accepta la proposition ; elle engagea tous les passagers l'un après l'autre à lui conter leurs aventures. Candide et elle avouèrent que la vieille avait raison. « C'est bien dommage, disait Candide, que le sage Pangloss ait été pendu contre la coutume dans un auto-da-fé ; il nous dirait des choses admirables sur le mal physique et sur le mal moral qui couvrent la terre et la mer et je me sentirais assez de force pour oser lui faire respectueusement quelques objections. »

À mesure que chacun racontait son histoire, le vaisseau avançait. On aborda dans Buenos-Ayres [1]. Cunégonde, le capitaine Candide et la vieille allèrent chez le gouverneur Don Fernando d'Ibaraa, y Figueora, y Mascarenes, y Lampourdos, y Souza. Ce seigneur avait une fierté convenable à un homme qui portait tant de noms. Il parlait aux hommes avec le dédain le plus noble, portant le nez si haut, élevant si impitoyablement la voix, prenant un ton si imposant, affectant une démarche si altière, que tous ceux qui le saluaient étaient tentés de le battre. Il aimait les femmes à la fureur. Cunégonde lui parut ce qu'il avait jamais vu de plus beau. La première chose qu'il fit fut de demander si elle n'était point la femme du capitaine. L'air dont il fit cette question alarma Candide : il n'osa pas dire qu'elle était sa femme, parce qu'en effet elle ne l'était point ; il n'osait pas dire que c'était sa sœur, parce qu'elle ne l'était pas non plus ; et quoique ce mensonge officieux eût été autrefois très à la mode chez les anciens [2], et qu'il

1. Buenos-Ayres devint en 1776 la capitale du gouvernement de Rio de la Plata, colonie espagnole.
2. Dans la Bible (Genèse, 26, 7), Abraham fit passer sa femme Sara pour sa sœur ; elle devint la concubine du Pharaon, et du roi Abimelech. Son fils Isaac fit de même avec Rébecca.

pût être utile aux modernes, son âme était trop pure pour trahir la vérité. « Mademoiselle Cunégonde, dit-il, doit me faire l'honneur de m'épouser, et nous supplions Votre Excellence de daigner faire notre noce. »

Don Fernando d'Ibaraa, y Figueora, y Mascarenes, y Lampourdos, y Souza, relevant sa moustache, sourit amèrement, et ordonna au capitaine Candide d'aller faire la revue de sa compagnie. Candide obéit ; le gouverneur demeura avec mademoiselle Cunégonde. Il lui déclara sa passion, lui protesta que le lendemain il l'épouserait à la face de l'Église, ou autrement, ainsi qu'il plairait à ses charmes. Cunégonde lui demanda un quart d'heure pour se recueillir, pour consulter la vieille et pour se déterminer.

La vieille dit à Cunégonde : « Mademoiselle, vous avez soixante et douze quartiers, et pas une obole ; il ne tient qu'à vous d'être la femme du plus grand seigneur de l'Amérique méridionale, qui a une très belle moustache ; est-ce à vous de vous piquer d'une fidélité à toute épreuve ? Vous avez été violée par les Bulgares ; un Juif et un inquisiteur ont eu vos bonnes grâces : les malheurs donnent des droits. J'avoue que, si j'étais à votre place, je ne ferais aucun scrupule d'épouser monsieur le gouverneur et de faire la fortune de monsieur le capitaine Candide. » Tandis que la vieille parlait avec toute la prudence que l'âge et l'expérience donnent, on vit entrer dans le port un petit vaisseau ; il portait un alcade et des alguazils [1], et voici ce qui était arrivé.

La vieille avait très bien deviné que ce fut un cordelier à la grande manche qui vola l'argent et les bijoux de Cunégonde dans la ville de Badajoz, lorsqu'elle fuyait en hâte avec Candide. Ce moine voulut vendre quelques-unes des pierreries à un joaillier. Le marchand les reconnut pour celles du grand inquisiteur. Le cordelier, avant d'être pendu, avoua qu'il les avait volées ; il indiqua les personnes et la route qu'elles prenaient. La fuite de Cunégonde et de Candide était déjà connue. On les suivit à Cadix ; on envoya sans perdre temps un vaisseau à leur poursuite. Le vaisseau était déjà dans le port de Buenos-Ayres. Le bruit se répandit qu'un alcade allait débarquer,

1. Un alcade et des alguazils : un magistrat et des policiers.

et qu'on poursuivait les meurtriers de monseigneur le grand inquisiteur. La prudente vieille vit dans l'instant tout ce qui était à faire. « Vous ne pouvez fuir, dit-elle à Cunégonde, et vous n'avez rien à craindre ; ce n'est pas vous qui avez tué monseigneur ; et d'ailleurs le gouverneur, qui vous aime, ne souffrira pas qu'on vous maltraite ; demeurez. » Elle court sur-le-champ à Candide : « Fuyez, dit-elle, ou dans une heure vous allez être brûlé. » Il n'y avait pas un moment à perdre ; mais comment se séparer de Cunégonde, et où se réfugier ?

CHAPITRE XIV

Comment Candide et Cacambo furent reçus chez les jésuites du Paraguay

Candide avait amené de Cadix un valet tel qu'on en trouve beaucoup sur les côtes d'Espagne et dans les colonies. C'était un quart d'Espagnol[1], né d'un métis dans le Tucuman[2] ; il avait été enfant de chœur, sacristain, matelot, moine, facteur[3], soldat, laquais. Il s'appelait Cacambo, et aimait fort son maître parce que son maître était un fort bon homme. Il sella au plus vite les deux chevaux andalous. « Allons, mon maître, suivons le conseil de la vieille ; partons, et courons sans regarder derrière nous. » Candide versa des larmes. « Ô ma chère Cunégonde ! faut-il vous abandonner dans le temps que monsieur le gouverneur va faire nos noces ! Cunégonde amenée de si loin, que deviendrez-vous ? – Elle deviendra ce qu'elle pourra, dit Cacambo ; les femmes ne sont jamais embarrassées d'elles ; Dieu y pourvoit ; courons. – Où me mènes-tu ? où allons-nous ? que ferons-nous sans Cuné-

1. Un quart d'Espagnol : un « quarteron », né de l'union d'un Blanc et d'une mulâtresse, ou l'inverse.
2. Le Tucuman : province fondée en 1563 par les Espagnols.
3. Facteur : représentant d'une firme commerciale.

gonde ? disait Candide. – Par saint Jacques de Compos-
telle, dit Cacambo, vous alliez faire la guerre aux jésuites[1] ;
allons la faire pour eux : je sais assez les chemins, je vous
mènerai dans leur royaume, ils seront charmés d'avoir un
capitaine qui fasse l'exercice à la bulgare ; vous ferez une
fortune prodigieuse ; quand on n'a pas son compte dans un
monde, on le trouve dans un autre. C'est un très grand
plaisir de voir et de faire des choses nouvelles.

– Tu as donc été déjà dans le Paraguay ? dit Candide.
– Eh vraiment oui ! dit Cacambo ; j'ai été cuistre[2] dans le
collège de l'Assomption[3], et je connais le gouvernement
de Los Padres comme je connais les rues de Cadix. C'est
une chose admirable que ce gouvernement. Le royaume a
déjà plus de trois cents lieues de diamètre ; il est divisé en
trente provinces. Los Padres y ont tout, et les peuples
rien ; c'est le chef-d'œuvre de la raison et de la justice.
Pour moi, je ne vois rien de si divin que Los Padres, qui
font ici la guerre au roi d'Espagne et au roi de Portugal, et
qui en Europe confessent ces rois ; qui tuent ici des Espa-
gnols, et qui à Madrid les envoient au ciel : cela me ravit ;
avançons ; vous allez être le plus heureux de tous les
hommes. Quel plaisir auront Los Padres quand ils sauront
qu'il leur vient un capitaine qui sait l'exercice bulgare ! »

Dès qu'ils furent arrivés à la première barrière,
Cacambo dit à la garde avancée qu'un capitaine demandait
à parler à monseigneur le commandant. On alla avertir la
grande garde. Un officier paraguain courut aux pieds du
commandant lui donner part de la nouvelle. Candide et
Cacambo furent d'abord désarmés ; on se saisit de leurs
deux chevaux andalous. Les deux étrangers sont introduits
au milieu de deux files de soldats ; le commandant était au
bout, le bonnet à trois cornes en tête, la robe retroussée,
l'épée au côté, l'esponton[4] à la main. Il fit un signe ; aus-
sitôt vingt-quatre soldats entourent les deux nouveaux
venus. Un sergent leur dit qu'il faut attendre, que le
commandant ne peut leur parler, que le révérend père pro-

1. La rumeur courut vers 1755-1756 qu'un jésuite s'était fait élire roi
du Paraguay.
2. Cuistre : valet.
3. Asunción : capitale du Paraguay.
4. Esponton : demi-pique.

vincial[1] ne permet pas qu'aucun Espagnol ouvre la bouche qu'en sa présence, et demeure plus de trois heures dans le pays[2]. « Et où est le révérend père provincial ? dit Cacambo. – Il est à la parade après avoir dit sa messe, répondit le sergent ; et vous ne pourrez baiser ses éperons que dans trois heures. – Mais, dit Cacambo, monsieur le capitaine, qui meurt de faim comme moi, n'est point espagnol, il est allemand ; ne pourrions-nous point déjeuner en attendant sa Révérence ? »

Le sergent alla sur-le-champ rendre compte de ce discours au commandant. « Dieu soit béni ! dit ce seigneur ; puisqu'il est allemand, je peux lui parler ; qu'on le mène dans ma feuillée[3]. » Aussitôt on conduit Candide dans un cabinet de verdure orné d'une très jolie colonnade de marbre vert et or, et de treillages qui renfermaient des perroquets, des colibris, des oiseaux-mouches, des pintades, et tous les oiseaux les plus rares. Un excellent déjeuner était préparé dans des vases[4] d'or ; et tandis que les Paraguains mangèrent du maïs dans des écuelles de bois, en plein champ, à l'ardeur du soleil, le révérend père commandant entra dans la feuillée.

C'était un très beau jeune homme, le visage plein, assez blanc, haut en couleur, le sourcil relevé, l'œil vif, l'oreille rouge, les lèvres vermeilles, l'air fier, mais d'une fierté qui n'était ni celle d'un Espagnol ni celle d'un jésuite. On rendit à Candide et à Cacambo leurs armes, qu'on leur avait saisies, ainsi que les deux chevaux andalous ; Cacambo leur fit manger l'avoine auprès de la feuillée, ayant toujours l'œil sur eux, crainte de surprise.

Candide baisa d'abord le bas de la robe du commandant, ensuite ils se mirent à table. « Vous êtes donc allemand ? lui dit le jésuite en cette langue. – Oui, mon Révérend Père », dit Candide. L'un et l'autre, en prononçant ces paroles, se regardaient avec une extrême surprise et une émotion dont ils n'étaient pas les maîtres. « Et de quel pays d'Allemagne êtes-vous ? dit le jésuite. – De la

1. Le révérend père provincial : le père supérieur jésuite des trente provinces.
2. Plus vraisemblablement, trois jours.
3. Feuillée : abri fait de feuillage.
4. Vases : au sens d'« ustensiles ».

sale province de Westphalie, dit Candide : je suis né dans le château de Thunder-ten-tronckh. – Ô ciel ! est il possible ? s'écria le commandant. – Quel miracle ! s'écria Candide. – Serait-ce vous ? dit le commandant. – Cela n'est pas possible », dit Candide. Ils se laissent tomber tous deux à la renverse, ils s'embrassent, ils versent des ruisseaux de larmes. « Quoi ! serait-ce vous, mon Révérend Père ? vous, le frère de la belle Cunégonde ! vous, qui fûtes tué par les Bulgares ! vous, le fils de monsieur le baron ! vous, jésuite au Paraguay ! Il faut avouer que ce monde est une étrange chose. Ô Pangloss ! Pangloss ! que vous seriez aise [1] si vous n'aviez pas été pendu ! »

Le commandant fit retirer les esclaves nègres [2] et les Paraguains qui servaient à boire dans des gobelets de cristal de roche. Il remercia Dieu et saint Ignace [3] mille fois ; il serrait Candide entre ses bras ; leurs visages étaient baignés de pleurs. « Vous seriez bien plus étonné, plus attendri, plus hors de vous-même, dit Candide, si je vous disais que mademoiselle Cunégonde, votre sœur, que vous avez crue éventrée, est pleine de santé. – Où ? – Dans votre voisinage, chez monsieur le gouverneur de Buenos-Ayres ; et je venais pour vous faire la guerre. » Chaque mot qu'ils prononcèrent dans cette longue conversation accumulait prodige sur prodige. Leur âme tout entière volait sur leur langue, était attentive dans leurs oreilles et étincelante dans leurs yeux. Comme ils étaient allemands, ils tinrent table longtemps, en attendant le révérend père provincial ; et le commandant parla ainsi à son cher Candide.

1. Comprendre : « que vous seriez satisfait (de voir vos théories confirmées) ».
2. Les religieux avaient droit de posséder des esclaves en Amérique du Sud.
3. Ignace de Loyola (1491-1556) : fondateur espagnol de l'ordre des Jésuites en 1540.

CHAPITRE XV

Comment Candide tua le frère de sa chère Cunégonde

« J'aurai toute ma vie présent à la mémoire le jour horrible où je vis tuer mon père et ma mère, et violer ma sœur. Quand les Bulgares furent retirés, on ne trouva point cette sœur adorable, et on mit dans une charrette ma mère, mon père et moi, deux servantes et trois petits garçons égorgés, pour nous aller enterrer dans une chapelle de jésuites, à deux lieues du château de mes pères. Un jésuite nous jeta de l'eau bénite ; elle était horriblement salée ; il en entra quelques gouttes dans mes yeux ; le père s'aperçut que ma paupière faisait un petit mouvement : il mit la main sur mon cœur et le sentit palpiter ; je fus secouru, et, au bout de trois semaines, il n'y paraissait pas. Vous savez, mon cher Candide, que j'étais fort joli, je le devins encore davantage ; aussi le révérend père Croust[1], supérieur de la maison, prit pour moi la plus tendre amitié[2] ; il me donna l'habit de novice ; quelque temps après je fus envoyé à Rome. Le père général avait besoin d'une recrue de jeunes jésuites allemands. Les souverains du Paraguay reçoivent le moins qu'ils peuvent de jésuites espagnols ; ils aiment mieux les étrangers, dont ils se croient plus maîtres. Je fus jugé propre par le révérend père général pour aller travailler dans cette vigne. Nous partîmes, un Polonais, un Tyrolien et moi. Je fus honoré, en arrivant, du sous-diaconat[3] et d'une lieutenance ; je suis aujourd'hui colonel et prêtre. Nous recevrons vigoureusement les troupes du roi d'Espagne ; je vous réponds qu'elles seront excommuniées et battues. La Providence vous envoie ici pour nous seconder. Mais est-il bien vrai que ma chère sœur Cunégonde soit dans le voisinage, chez le gouverneur de

1. Le révérend père Croust – jésuite, recteur du collège de Colmar – n'intervient dans le conte qu'en 1761, pour satisfaire une rancune voltairienne qui remonte à 1754, à l'époque où Voltaire séjourna à Colmar.
2. Allusion transparente à l'homosexualité cléricale.
3. Sous-diaconat : ordre inférieur de la prêtrise, aujourd'hui supprimé.

Buenos-Ayres ? » Candide l'assura par serment que rien n'était plus vrai. Leurs larmes recommencèrent à couler.

Le baron ne pouvait se lasser d'embrasser Candide, il l'appelait son frère, son sauveur. « Ah ! peut-être, lui dit-il, nous pourrons ensemble, mon cher Candide, entrer en vainqueurs dans la ville, et reprendre ma sœur Cunégonde. – C'est tout ce que je souhaite, dit Candide ; car je comptais l'épouser, et je l'espère encore. – Vous, insolent ! répondit le baron, vous auriez l'impudence d'épouser ma sœur qui a soixante et douze quartiers ! Je vous trouve bien effronté d'oser me parler d'un dessein si téméraire ! » Candide, pétrifié d'un tel discours, lui répondit : « Mon Révérend Père, tous les quartiers du monde n'y font rien ; j'ai tiré votre sœur des bras d'un Juif et d'un inquisiteur ; elle m'a assez d'obligations, elle veut m'épouser. Maître Pangloss m'a toujours dit que les hommes sont égaux, et assurément je l'épouserai. – C'est ce que nous verrons, coquin ! » dit le jésuite baron de Thunder-ten-tronckh, et en même temps il lui donna un grand coup du plat de son épée sur le visage. Candide dans l'instant tire la sienne et l'enfonce jusqu'à la garde dans le ventre du baron jésuite ; mais, en la retirant toute fumante, il se mit à pleurer : « Hélas ! mon Dieu, dit-il, j'ai tué mon ancien maître, mon ami, mon beau-frère ; je suis le meilleur homme du monde, et voilà déjà trois hommes que je tue ; et dans ces trois il y a deux prêtres. »

Cacambo, qui faisait sentinelle à la porte de la feuillée, accourut. « Il ne nous reste qu'à vendre cher notre vie, lui dit son maître : on va sans doute entrer dans la feuillée, il faut mourir les armes à la main. » Cacambo, qui en avait vu bien d'autres, ne perdit point la tête ; il prit la robe de jésuite que portait le baron, la mit sur le corps de Candide, lui donna le bonnet carré du mort, et le fit monter à cheval. Tout cela se fit en un clin d'œil. « Galopons, mon maître ; tout le monde vous prendra pour un jésuite qui va donner des ordres ; et nous aurons passé les frontières avant qu'on puisse courir après nous. » Il volait déjà en prononçant ces paroles, et en criant en espagnol : « Place, place pour le révérend père colonel. »

CHAPITRE XVI

*Ce qui advint aux deux voyageurs
avec deux filles, deux singes
et les sauvages nommés Oreillons*

Candide et son valet furent au-delà des barrières, et personne ne savait encore dans le camp la mort du jésuite allemand. Le vigilant Cacambo avait eu soin de remplir sa valise de pain, de chocolat, de jambon, de fruits et de quelques mesures de vin. Ils s'enfoncèrent avec leurs chevaux andalous dans un pays inconnu, où ils ne découvrirent aucune route. Enfin une belle prairie entrecoupée de ruisseaux se présenta devant eux. Nos deux voyageurs font repaître leurs montures. Cacambo propose à son maître de manger, et lui en donne l'exemple. « Comment veux-tu, disait Candide, que je mange du jambon, quand j'ai tué le fils de monsieur le baron, et que je me vois condamné à ne revoir la belle Cunégonde de ma vie ? à quoi me servira de prolonger mes misérables jours, puisque je dois les traîner loin d'elle dans les remords et dans le désespoir ? et que dira le journal de Trévoux[1] ? »

En parlant ainsi, il ne laissait pas de manger[2]. Le soleil se couchait. Les deux égarés entendirent quelques petits cris qui paraissaient poussés par des femmes. Ils ne savaient si ces cris étaient de douleur ou de joie ; mais ils se levèrent précipitamment avec cette inquiétude et cette alarme que tout inspire dans un pays inconnu. Ces clameurs partaient de deux filles toutes nues qui couraient légèrement au bord de la prairie, tandis que deux singes les suivaient en leur mordant les fesses. Candide fut touché de pitié ; il avait appris à tirer chez les Bulgares, et il aurait abattu une noisette dans un buisson sans toucher aux feuilles. Il prend son fusil espagnol à deux coups, tire, et tue les deux singes. « Dieu soit loué, mon cher Cacambo !

1. Journal jésuite fondé en 1701 à Trévoux (Ain), qui combattait les philosophes.

2. Comprendre : « il n'en mangeait pas moins ».

Les deux égarés entendirent quelques petits cris qui paraissaient poussés par des femmes.

Candide, Ch. XVI.

Gravure d'Emmanuel de Ghendt (1819),
d'après une illustration du chapitre XVI de *Candide*
par Moreau le Jeune (1741-1814)

j'ai délivré d'un grand péril ces deux pauvres créatures ; si j'ai commis un péché en tuant un inquisiteur et un jésuite, je l'ai bien réparé en sauvant la vie à deux filles. Ce sont peut-être deux demoiselles de condition[1], et cette aventure nous peut procurer de très grands avantages dans le pays. »

Il allait continuer, mais sa langue devint percluse quand il vit ces deux filles embrasser tendrement les deux singes, fondre en larmes sur leurs corps et remplir l'air des cris les plus douloureux. « Je ne m'attendais pas à tant de bonté d'âme », dit-il enfin à Cacambo ; lequel lui répliqua : « Vous avez fait là un beau chef-d'œuvre, mon maître ; vous avez tué les deux amants de ces demoiselles. – Leurs amants ! serait-il possible ? vous vous moquez de moi, Cacambo ; le moyen de vous croire ? – Mon cher maître, reprit Cacambo, vous êtes toujours étonné de tout ; pour-quoi trouvez-vous si étrange que dans quelques pays il y ait des singes qui obtiennent les bonnes grâces des dames ? Ils sont des quarts d'hommes, comme je suis un quart d'Espagnol. – Hélas ! reprit Candide, je me souviens d'avoir entendu dire à maître Pangloss qu'autrefois pareils acci-dents étaient arrivés, et que ces mélanges avaient produit des égipans, des faunes, des satyres[2] ; que plusieurs grands personnages de l'Antiquité en avaient vu ; mais je prenais cela pour des fables. – Vous devez être convaincu à présent, dit Cacambo, que c'est une vérité, et vous voyez comment en usent les personnes qui n'ont pas reçu une certaine éducation ; tout ce que je crains, c'est que ces dames ne nous fassent quelque méchante affaire. »

Ces réflexions solides engagèrent Candide à quitter la prairie et à s'enfoncer dans un bois. Il y soupa avec Cacambo ; et tous deux, après avoir maudit l'inquisiteur de Portugal, le gouverneur de Buenos-Ayres et le baron, s'endormirent sur de la mousse. À leur réveil, ils sentirent qu'ils ne pouvaient remuer ; la raison en était que pendant la nuit les Oreillons, habitants du pays, à qui les deux dames les avaient dénoncés, les avaient garrottés avec des

1. De condition : de naissance noble.
2. Satyres : figures de la mythologie antique, mi-humaines, mi-ani-males.

cordes d'écorce d'arbre. Ils étaient entourés d'une cinquantaine d'Oreillons tout nus, armés de flèches, de massues et de haches de caillou : les uns faisaient bouillir une grande chaudière ; les autres préparaient des broches, et tous criaient : « C'est un jésuite, c'est un jésuite ! nous serons vengés, et nous ferons bonne chère ; mangeons du jésuite, mangeons du jésuite ! »

« Je vous l'avais bien dit, mon cher maître, s'écria tristement Cacambo, que ces deux filles nous joueraient d'un mauvais tour. » Candide, apercevant la chaudière et les broches, s'écria : « Nous allons certainement être rôtis ou bouillis. Ah ! que dirait maître Pangloss, s'il voyait comme la pure nature est faite ? Tout est bien ; soit, mais j'avoue qu'il est bien cruel d'avoir perdu mademoiselle Cunégonde et d'être mis à la broche par des Oreillons. » Cacambo ne perdait jamais la tête. « Ne désespérez de rien, dit-il au désolé Candide ; j'entends un peu le jargon de ces peuples, je vais leur parler. – Ne manquez pas, dit Candide, de leur représenter quelle est l'inhumanité affreuse de faire cuire des hommes, et combien cela est peu chrétien. »

« Messieurs, dit Cacambo, vous comptez donc manger aujourd'hui un jésuite : c'est très bien fait ; rien n'est plus juste que de traiter ainsi ses ennemis. En effet le droit naturel nous enseigne à tuer notre prochain [1], et c'est ainsi qu'on en agit dans toute la terre. Si nous n'usons pas du droit de le manger, c'est que nous avons d'ailleurs de quoi faire bonne chère ; mais vous n'avez pas les mêmes ressources que nous ; certainement il vaut mieux manger ses ennemis que d'abandonner aux corbeaux et aux corneilles le fruit de sa victoire. Mais, messieurs, vous ne voudriez pas manger vos amis. Vous croyez aller mettre un jésuite en broche, et c'est votre défenseur, c'est l'ennemi de vos ennemis que vous allez rôtir. Pour moi, je suis né dans votre pays ; monsieur que vous voyez est mon maître, et, bien loin d'être jésuite, il vient de tuer un jésuite, il en porte les dépouilles : voilà le sujet de votre méprise. Pour

1. Le droit naturel, déduit par la raison, est censé régir l'état de nature (la « pure nature »), état présocial, prépolitique, alors que le droit positif (codes) règle les sociétés établies. Le droit naturel, supposé antérieur aux États, enseigne effectivement qu'on doit se défendre soi-même.

vérifier ce que je vous dis, prenez sa robe, portez-la à la première barrière du royaume de Los Padres ; informez-vous si mon maître n'a pas tué un officier jésuite. Il vous faudra peu de temps ; vous pourrez toujours nous manger si vous trouvez que je vous ai menti. Mais, si je vous ai dit la vérité, vous connaissez trop les principes du droit public, les mœurs et les lois, pour ne nous pas faire grâce. »

Les Oreillons trouvèrent ce discours très raisonnable ; ils députèrent deux notables pour aller en diligence s'informer de la vérité ; les deux députés s'acquittèrent de leur commission en gens d'esprit, et revinrent bientôt apporter de bonnes nouvelles. Les Oreillons délièrent leurs deux prisonniers, leur firent toutes sortes de civilités, leur offrirent des filles, leur donnèrent des rafraî-chissements, et les reconduisirent jusqu'aux confins de leurs États, en criant avec allégresse : « Il n'est point jésuite, il n'est point jésuite ! »

Candide ne se lassait point d'admirer le sujet de sa délivrance. « Quel peuple ! disait-il, quels hommes ! quelles mœurs ! si je n'avais pas eu le bonheur de donner un grand coup d'épée au travers du corps du frère de mademoiselle Cunégonde, j'étais mangé sans rémission. Mais, après tout, la pure nature est bonne[1], puisque ces gens-ci, au lieu de me manger, m'ont fait mille honnêtetés dès qu'ils ont su que je n'étais pas jésuite. »

1. Coup de patte anti-rousseauiste ? On attribue généralement à Rous-seau la théorie dite du *bon sauvage* (*Discours sur l'origine de l'inégalité parmi les hommes*, 1755). La vraie bonté naturelle impliquerait de ne pas faire tort à qui ne vous a rien fait.

CHAPITRE XVII

Arrivée de Candide et de son valet
au pays d'Eldorado,
et ce qu'ils y virent

Quand ils furent aux frontières des Oreillons : « Vous voyez, dit Cacambo à Candide, que cet hémisphère-ci ne vaut pas mieux que l'autre : croyez-moi, retournons en Europe par le plus court. — Comment y retourner ? dit Candide, et où aller ? si je vais dans mon pays, les Bulgares et les Abares y égorgent tout ; si je retourne en Portugal, j'y suis brûlé ; si nous restons dans ce pays-ci, nous risquons à tout moment d'être mis en broche. Mais comment se résoudre à quitter la partie du monde que mademoiselle Cunégonde habite ?

— Tournons vers la Cayenne[1], dit Cacambo : nous y trouverons des Français, qui vont par tout le monde ; ils pourront nous aider. Dieu aura peut-être pitié de nous. »

Il n'était pas facile d'aller à la Cayenne : ils savaient bien à peu près de quel côté il fallait marcher ; mais des montagnes, des fleuves, des précipices, des brigands, des sauvages, étaient partout de terribles obstacles. Leurs chevaux moururent de fatigue ; leurs provisions furent consumées ; ils se nourrirent un mois entier de fruits sauvages, et se trouvèrent enfin auprès d'une petite rivière bordée de cocotiers, qui soutinrent leur vie et leurs espérances.

Cacambo, qui donnait toujours d'aussi bons conseils que la vieille, dit à Candide : « Nous n'en pouvons plus, nous avons assez marché ; j'aperçois un canot vide sur le rivage, emplissons-le de cocos, jetons-nous dans cette petite barque, laissons-nous aller au courant ; une rivière mène toujours à quelque endroit habité. Si nous ne trouvons pas des choses agréables, nous trouverons du moins des choses nouvelles[2]. — Allons, dit Candide, recommandons-nous à la Providence. »

1. La Cayenne : colonie française très éloignée du Paraguay.
2. Pour la seconde fois, Cacambo prône la passion de curiosité, qui fit le péché originel et témoigne, selon les théologiens, d'une *concupiscence* intellectuelle coupable.

Ils voguèrent quelques lieues entre des bords tantôt fleuris, tantôt arides, tantôt unis, tantôt escarpés. La rivière s'élargissait toujours ; enfin elle se perdait sous une voûte de rochers épouvantables qui s'élevaient jusqu'au ciel. Les deux voyageurs eurent la hardiesse de s'abandonner aux flots sous cette voûte. Le fleuve, resserré en cet endroit, les porta avec une rapidité et un bruit horrible. Au bout de vingt-quatre heures ils revirent le jour ; mais leur canot se fracassa contre les écueils ; il fallut se traîner de rocher en rocher pendant une lieue entière ; enfin ils découvrirent un horizon immense, bordé de montagnes inaccessibles. Le pays était cultivé pour le plaisir comme pour le besoin ; partout l'utile était agréable. Les chemins étaient couverts ou plutôt ornés de voitures d'une forme et d'une matière brillante, portant des hommes et des femmes d'une beauté singulière, traînés rapidement par de gros moutons rouges[1] qui surpassaient en vitesse les plus beaux chevaux d'Andalousie, de Tétuan et de Méquinez[2].

« Voilà pourtant, dit Candide, un pays qui vaut mieux que la Westphalie[3]. » Il mit pied à terre avec Cacambo auprès du premier village qu'il rencontra. Quelques enfants du village, couverts de brocarts d'or tout déchirés, jouaient au palet à l'entrée du bourg ; nos deux hommes de l'autre monde s'amusèrent à les regarder : leurs palets étaient d'assez larges pièces rondes, jaunes, rouges, vertes, qui jetaient un éclat singulier. Il prit envie aux voyageurs d'en ramasser quelques-uns ; c'était de l'or, c'était des émeraudes, des rubis, dont le moindre aurait été le plus grand ornement du trône du Mogol[4]. « Sans doute[5], dit Cacambo, ces enfants sont les fils du roi du pays qui jouent au petit palet. » Le magister du village parut dans ce moment pour les faire rentrer à l'école. « Voilà, dit Candide, le précepteur de la famille royale. »

Les petits gueux quittèrent aussitôt le jeu, en laissant à terre leurs palets et tout ce qui avait servi à leurs divertis-

1. Les lamas.
2. Deux villes du Maroc : Tétouan, Meknès.
3. Pangloss vantait la Westphalie comme le plus beau pays du monde (chapitre I).
4. Le Mogol : l'empereur des Indes.
5. Sans doute : sans aucun doute.

sements. Candide les ramasse, court au précepteur, et les lui présente humblement, lui faisant entendre par signes que Leurs Altesses Royales avaient oublié leur or et leurs pierreries. Le magister du village, en souriant, les jeta par terre, regarda un moment la figure de Candide avec beaucoup de surprise, et continua son chemin.

Les voyageurs ne manquèrent pas de ramasser l'or, les rubis et les émeraudes. « Où sommes-nous ? s'écria Candide ; il faut que les enfants des rois de ce pays soient bien élevés, puisqu'on leur apprend à mépriser l'or et les pierreries. » Cacambo était aussi surpris que Candide. Ils approchèrent enfin de la première maison du village ; elle était bâtie comme un palais d'Europe. Une foule de monde s'empressait à la porte, et encore plus dans le logis. Une musique très agréable se faisait entendre, et une odeur délicieuse de cuisine se faisait sentir. Cacambo s'approcha de la porte, et entendit qu'on parlait péruvien ; c'était sa langue maternelle : car tout le monde sait que Cacambo était né au Tucuman, dans un village où l'on ne connaissait que cette langue. « Je vous servirai d'interprète, dit-il à Candide ; entrons, c'est ici un cabaret. »

Aussitôt deux garçons et deux filles de l'hôtellerie, vêtus de drap d'or, et les cheveux renoués avec des rubans, les invitent à se mettre à la table de l'hôte. On servit quatre potages garnis chacun de deux perroquets, un contour[1] bouilli qui pesait deux cents livres, deux singes rôtis d'un goût excellent, trois cents colibris dans un plat, et six cents oiseaux-mouches dans un autre ; des ragoûts exquis, des pâtisseries délicieuses ; le tout dans des plats d'une espèce de cristal de roche. Les garçons et les filles de l'hôtellerie versaient plusieurs liqueurs faites de canne de sucre.

Les convives étaient pour la plupart des marchands et des voituriers, tous d'une politesse extrême, qui firent quelques questions à Cacambo avec la discrétion la plus circonspecte, et qui répondirent aux siennes d'une manière à le satisfaire.

Quand le repas fut fini, Cacambo crut, ainsi que Candide, bien payer son écot en jetant sur la table de l'hôte deux de ces larges pièces d'or qu'il avait ramassées ;

1. Un contour : un condor.

l'hôte et l'hôtesse éclatèrent de rire, et se tinrent long-
temps les côtés. Enfin ils se remirent : « Messieurs, dit
l'hôte, nous voyons bien que vous êtes des étrangers ;
nous ne sommes pas accoutumés à en voir. Pardonnez-
nous si nous nous sommes mis à rire quand vous nous
avez offert en payement les cailloux de nos grands che-
mins. Vous n'avez pas sans doute de la monnaie du pays,
mais il n'est pas nécessaire d'en avoir pour dîner ici.
Toutes les hôtelleries établies pour la commodité du com-
merce sont payées par le gouvernement. Vous avez fait
mauvaise chère ici, parce que c'est un pauvre village ;
mais partout ailleurs vous serez reçus comme vous méri-
tez de l'être. » Cacambo expliquait à Candide tous les dis-
cours de l'hôte, et Candide les écoutait avec la même
admiration et le même égarement que son ami Cacambo
les rendait. « Quel est donc ce pays, disaient-ils l'un et
l'autre, inconnu à tout le reste de la terre, et où toute la
nature est d'une espèce si différente de la nôtre ? C'est
probablement le pays où tout va bien ; car il faut absolu-
ment qu'il y en ait de cette espèce. Et, quoi qu'en dît
maître Pangloss, je me suis souvent aperçu que tout allait
assez mal en Westphalie. »

CHAPITRE XVIII

Ce qu'ils virent dans le pays d'Eldorado

Cacambo témoigna à son hôte toute sa curiosité ; l'hôte
lui dit : « Je suis fort ignorant, et je m'en trouve bien ;
mais nous avons ici un vieillard retiré de la cour, qui est le
plus savant homme du royaume, et le plus communica-
tif. » Aussitôt il mène Cacambo chez le vieillard. Candide
ne jouait plus que le second personnage, et accompagnait
son valet. Ils entrèrent dans une maison fort simple, car la
porte n'était que d'argent, et les lambris des appartements
n'étaient que d'or, mais travaillés avec tant de goût que
les plus riches lambris ne l'effaçaient pas. L'antichambre

n'était à la vérité incrustée que de rubis et d'émeraudes ; mais l'ordre dans lequel tout était arrangé réparait bien cette extrême simplicité.

Le vieillard reçut les deux étrangers sur un sopha matelassé de plumes de colibri, et leur fit présenter des liqueurs dans des vases de diamant ; après quoi il satisfit à leur curiosité en ces termes :

« Je suis âgé de cent soixante et douze ans, et j'ai appris de feu mon père, écuyer du roi, les étonnantes révolutions du Pérou dont il avait été témoin. Le royaume où nous sommes est l'ancienne patrie des Incas, qui en sortirent très imprudemment pour aller subjuguer une partie du monde, et qui furent enfin détruits par les Espagnols.

« Les princes de leur famille qui restèrent dans leur pays natal furent plus sages ; ils ordonnèrent, du consentement de la nation, qu'aucun habitant ne sortirait jamais de notre petit royaume ; et c'est ce qui nous a conservé notre innocence et notre félicité. Les Espagnols ont eu une connaissance confuse de ce pays, ils l'ont appelé El Dorado[1], et un Anglais, nommé le chevalier Raleigh[2], en a même approché il y a environ cent années ; mais, comme nous sommes entourés de rochers inabordables et de précipices, nous avons toujours été jusqu'à présent à l'abri de la rapacité des nations de l'Europe, qui ont une fureur inconcevable pour les cailloux et pour la fange de notre terre, et qui, pour en avoir, nous tueraient tous jusqu'au dernier. »

La conversation fut longue ; elle roula sur la forme du gouvernement, sur les mœurs, sur les femmes, sur les spectacles publics, sur les arts. Enfin Candide, qui avait toujours du goût pour la métaphysique, fit demander par Cacambo si dans le pays il y avait une religion.

Le vieillard rougit un peu. « Comment donc, dit-il, en pouvez-vous douter ? Est-ce que vous nous prenez pour des ingrats[3] ? » Cacambo demanda humblement quelle était la religion d'Eldorado. Le vieillard rougit encore. « Est-ce qu'il peut y avoir deux religions ? dit-il ; nous

1. El Dorado : « le pays d'or » que les conquérants espagnols cherchèrent avidement.

2. Il explora l'Amazonie en 1595, à la recherche de l'Eldorado.

3. Sous-entendu « à l'égard de Dieu ».

avons, je crois, la religion de tout le monde : nous adorons
Dieu du soir jusqu'au matin[1]. – N'adorez-vous qu'un seul
Dieu ? dit Cacambo, qui servait toujours d'interprète aux
doutes de Candide. – Apparemment, dit le vieillard, qu'il
n'y en a ni deux, ni trois, ni quatre. Je vous avoue que les
gens de votre monde font des questions bien singulières. »
Candide ne se lassait pas de faire interroger ce bon
vieillard ; il voulut savoir comment on priait Dieu dans
l'Eldorado. « Nous ne le prions point, dit le bon et respec-
table sage ; nous n'avons rien à lui demander ; il nous a
donné tout ce qu'il nous faut ; nous le remercions sans
cesse. » Candide eut la curiosité de voir des prêtres ; il fit
demander où ils étaient. Le bon vieillard sourit. « Mes
amis, dit-il, nous sommes tous prêtres ; le roi et tous les
chefs de famille chantent des cantiques d'actions de grâces
solennellement tous les matins ; et cinq ou six mille musi-
ciens les accompagnent.

– Quoi ! vous n'avez point de moines qui enseignent,
qui disputent, qui gouvernent, qui cabalent[2], et qui font
brûler les gens qui ne sont pas de leur avis ? – Il faudrait
que nous fussions fous, dit le vieillard ; nous sommes tous
ici du même avis, et nous n'entendons pas ce que vous
voulez dire avec vos moines. » Candide à tous ces dis-
cours demeurait en extase, et disait en lui-même : « Ceci
est bien différent de la Westphalie et du château de mon-
sieur le baron : si notre ami Pangloss avait vu Eldorado, il
n'aurait plus dit que le château de Thunder-ten-tronckh
était ce qu'il y avait de mieux sur la terre ; il est certain
qu'il faut voyager. »

Après cette longue conversation, le bon vieillard fit
atteler un carrosse à six moutons, et donna douze de ses
domestiques aux deux voyageurs pour les conduire à la
cour : « Excusez-moi, leur dit-il, si mon âge me prive de
l'honneur de vous accompagner. Le roi vous recevra
d'une manière dont vous ne serez pas mécontents, et vous
pardonnerez sans doute aux usages du pays s'il y en a
quelques-uns qui vous déplaisent. »

1. Formule à double sens, religieux et érotique, ou simple manière de
dire ? Beaumarchais se souviendra de la formule dans *Le Mariage de
Figaro*, dans un sens purement sensuel (I, I).

2. Cabaler : comploter, intriguer.

Candide et Cacambo montent en carrosse ; les six moutons volaient, et en moins de quatre heures on arriva au palais du roi, situé à un bout de la capitale. Le portail était de deux cent vingt pieds de haut et de cent de large[1] ; il est impossible d'exprimer quelle en était la matière. On voit assez quelle supériorité prodigieuse elle devait avoir sur ces cailloux et sur ce sable que nous nommons or et pierreries.

Vingt belles filles de la garde reçurent Candide et Cacambo à la descente du carrosse, les conduisirent aux bains, les vêtirent de robes d'un tissu de duvet de colibri ; après quoi les grands officiers et les grandes officières de la couronne les menèrent à l'appartement de Sa Majesté, au milieu de deux files chacune de mille musiciens, selon l'usage ordinaire. Quand ils approchèrent de la salle du trône, Cacambo demanda à un grand officier comment il fallait s'y prendre pour saluer Sa Majesté ; si on se jetait à genoux ou ventre à terre ; si on mettait les mains sur la tête ou sur le derrière ; si on léchait la poussière de la salle ; en un mot, quelle était la cérémonie. « L'usage, dit le grand officier, est d'embrasser le roi et de le baiser des deux côtés. » Candide et Cacambo sautèrent au cou de Sa Majesté, qui les reçut avec toute la grâce imaginable et qui les pria poliment à souper.

En attendant, on leur fit voir la ville, les édifices publics élevés jusqu'aux nues, les marchés ornés de mille colonnes, les fontaines d'eau pure, les fontaines d'eau rose, celles de liqueurs de canne de sucre, qui coulaient continuellement dans de grandes places, pavées d'une espèce de pierreries qui répandaient une odeur semblable à celle du girofle et de la cannelle. Candide demanda à voir la cour de justice, le parlement ; on lui dit qu'il n'y en avait point, et qu'on ne plaidait jamais. Il s'informa s'il y avait des prisons, et on lui dit que non. Ce qui le surprit davantage, et qui lui fit le plus de plaisir, ce fut le palais des sciences, dans lequel il vit une galerie de deux mille pas, toute pleine d'instruments de mathématique et de physique.

Après avoir parcouru, toute l'après-dînée, à peu près la millième partie de la ville, on les ramena chez le roi.

1. Environ 66 mètres sur 30.

Candide se mit à table entre Sa Majesté, son valet Cacambo et plusieurs dames. Jamais on ne fit meilleure chère, et jamais on n'eut plus d'esprit à souper qu'en eut Sa Majesté. Cacambo expliquait les bons mots du roi à Candide, et quoique traduits, ils paraissaient toujours des bons mots. De tout ce qui étonnait Candide, ce n'était pas ce qui l'étonna le moins.

Ils passèrent un mois dans cet hospice. Candide ne cessait de dire à Cacambo : « Il est vrai, mon ami, encore une fois, que le château où je suis né ne vaut pas le pays où nous sommes ; mais enfin mademoiselle Cunégonde n'y est pas, et vous avez sans doute quelque maîtresse en Europe. Si nous restons ici, nous n'y serons que comme les autres ; au lieu que si nous retournons dans notre monde seulement avec douze moutons chargés de cailloux d'Eldorado, nous serons plus riches que tous les rois ensemble[1], nous n'aurons plus d'inquisiteurs à craindre, et nous pourrons aisément reprendre mademoiselle Cunégonde. »

Ce discours plut à Cacambo : on aime tant à courir, à se faire valoir chez les siens, à faire parade de ce qu'on a vu dans ses voyages, que les deux heureux résolurent de ne plus l'être et de demander leur congé à Sa Majesté.

« Vous faites une sottise, leur dit le roi ; je sais bien que mon pays est peu de chose ; mais, quand on est passablement quelque part, il faut y rester ; je n'ai pas assurément le droit de retenir des étrangers ; c'est une tyrannie qui n'est ni dans nos mœurs, ni dans nos lois : tous les hommes sont libres ; partez quand vous voudrez, mais la sortie est bien difficile. Il est impossible de remonter la rivière rapide sur laquelle vous êtes arrivés par miracle, et qui court sous des voûtes de rochers. Les montagnes qui entourent tout mon royaume ont dix mille pieds de hauteur, et sont droites comme des murailles ; elles occupent chacune en largeur un espace de plus de dix lieues ; on ne peut en descendre que par des précipices. Cependant, puisque vous voulez absolument partir, je vais donner ordre aux intendants des machines d'en faire une qui puisse vous transporter commodément. Quand on vous

1. Candide cède donc à l'amour, et à un désir d'inégalité plus inattendu dans sa bouche.

aura conduits au revers des montagnes, personne ne
pourra vous accompagner ; car mes sujets ont fait vœu de
ne jamais sortir de leur enceinte, et ils sont trop sages pour
rompre leur vœu. Demandez-moi d'ailleurs tout ce qu'il
vous plaira. – Nous ne demandons à Votre Majesté, dit
Cacambo, que quelques moutons chargés de vivres, de
cailloux, et de la boue du pays. » Le roi rit. « Je ne conçois
pas, dit-il, quel goût vos gens d'Europe ont pour notre
boue jaune ; mais emportez-en tant que vous voudrez, et
grand bien vous fasse. »

Il donna l'ordre sur-le-champ à ses ingénieurs de faire
une machine pour guinder[1] ces deux hommes extraordi-
naires hors du royaume. Trois mille bons physiciens y
travaillèrent ; elle fut prête au bout de quinze jours, et ne
coûta pas plus de vingt millions de livres sterling, monnaie
du pays[2]. On mit sur la machine Candide et Cacambo ; il
y avait deux grands moutons rouges sellés et bridés pour
leur servir de monture quand ils auraient franchi les mon-
tagnes, vingt moutons de bât chargés de vivres, trente qui
portaient des présents de ce que le pays a de plus curieux,
et cinquante chargés d'or, de pierreries et de diamants. Le
roi embrassa tendrement les deux vagabonds.

Ce fut un beau spectacle que leur départ, et la manière
ingénieuse dont ils furent hissés, eux et leurs moutons, au
haut des montagnes. Les physiciens prirent congé d'eux
après les avoir mis en sûreté, et Candide n'eut plus d'autre
désir et d'autre objet que d'aller présenter ses moutons à
mademoiselle Cunégonde. « Nous avons, dit-il, de quoi
payer le gouverneur de Buenos-Ayres, si mademoiselle
Cunégonde peut être mise à prix[3]. Marchons vers la
Cayenne, embarquons-nous, et nous verrons ensuite quel
royaume nous pourrons acheter. »

1. Guinder : hisser.
2. L'utopie doit son nom à un texte de Thomas More (1516), chance-
lier d'Angleterre (voir Dossier, p. 159).
3. Toujours galant, Candide tient Mlle Cunégonde pour inestimable.

CHAPITRE XIX

Ce qui leur arriva à Surinam,
et comment Candide
fit connaissance avec Martin

La première journée de nos deux voyageurs fut assez agréable. Ils étaient encouragés par l'idée de se voir possesseurs de plus de trésors que l'Asie, l'Europe et l'Afrique n'en pouvaient rassembler. Candide, transporté, écrivit le nom de Cunégonde sur les arbres. À la seconde journée deux de leurs moutons s'enfoncèrent dans des marais, et y furent abîmés[1] avec leurs charges ; deux autres moutons moururent de fatigue quelques jours après ; sept ou huit périrent ensuite de faim dans un désert ; d'autres tombèrent au bout de quelques jours dans des précipices. Enfin, après cent jours de marche, il ne leur resta que deux moutons. Candide dit à Cacambo : « Mon ami, vous voyez comme les richesses de ce monde sont périssables ; il n'y a rien de solide que la vertu et le bonheur de revoir mademoiselle Cunégonde. – Je l'avoue, dit Cacambo ; mais il nous reste encore deux moutons avec plus de trésors que n'en aura jamais le roi d'Espagne, et je vois de loin une ville que je soupçonne être Surinam, appartenant aux Hollandais. Nous sommes au bout de nos peines et au commencement de notre félicité. »

En approchant de la ville, ils rencontrèrent un nègre étendu par terre, n'ayant plus que la moitié de son habit, c'est-à-dire d'un caleçon de toile bleue ; il manquait à ce pauvre homme la jambe gauche et la main droite. « Eh, mon Dieu ! lui dit Candide en hollandais, que fais-tu là, mon ami, dans l'état horrible où je te vois ? – J'attends mon maître, M. Vanderdendur[2], le fameux négociant, répondit le nègre. – Est-ce M. Vanderdendur, dit Candide, qui t'a traité ainsi ? – Oui, monsieur, dit le nègre, c'est l'usage. On nous donne un caleçon de toile pour tout vête-

1. Abîmés : engloutis.
2. Voltaire songe-t-il à l'éditeur hollandais Van Duren, avec qui il eut des démêlés ?

ment deux fois l'année. Quand nous travaillons aux sucre-ries, et que la meule nous attrape le doigt, on nous coupe la main[1] ; quand nous voulons nous enfuir, on nous coupe la jambe[2] : je me suis trouvé dans les deux cas. C'est à ce prix que vous mangez du sucre en Europe. Cependant, lorsque ma mère me vendit dix écus patagons[3] sur la côte de Guinée, elle me disait : « Mon cher enfant, bénis nos fétiches, adore-les toujours, ils te feront vivre heureux, tu as l'honneur d'être esclave de nos seigneurs les blancs, et tu fais par là la fortune de ton père et de ta mère. » Hélas ! je ne sais pas si j'ai fait leur fortune, mais ils n'ont pas fait la mienne. Les chiens, les singes et les perroquets sont mille fois moins malheureux que nous. Les fétiches hollandais[4] qui m'ont converti me disent tous les dimanches que nous sommes tous enfants d'Adam, blancs et noirs. Je ne suis pas généalogiste ; mais si ces prêcheurs disent vrai, nous sommes tous cousins issus de germains. Or vous m'avouerez qu'on ne peut pas en user avec ses parents d'une manière plus horrible.

– Ô Pangloss ! s'écria Candide, tu n'avais pas deviné cette abomination ; c'en est fait, il faudra qu'à la fin je renonce à ton optimisme. – Qu'est-ce qu'optimisme[5] ? disait Cacambo. – Hélas ! dit Candide, c'est la rage de soutenir que tout est bien quand on est mal. » Et il versait des larmes en regardant son nègre, et en pleurant il entra dans Surinam[6].

La première chose dont ils s'informent, c'est s'il n'y a point au port quelque vaisseau qu'on pût envoyer à Buenos-Ayres. Celui à qui ils s'adressèrent était justement un patron espagnol, qui s'offrit à faire avec eux un marché honnête. Il leur donna rendez-vous dans un cabaret. Can-

1. On coupait en effet la main pour éviter l'infection.
2. Voltaire n'ignore pas cette disposition du *Code noir* promulgué par Louis XIV à l'usage des colonies françaises : section du jarret de l'esclave en cas de récidive d'évasion.
3. Écu patagon : monnaie d'argent de Flandre et d'Espagne.
4. Les fétiches hollandais : les pasteurs hollandais.
5. Voir Dossier, p. 156.
6. Ce passage sur le prix du sucre n'était pas initialement prévu. Il fut ajouté après lecture du livre d'Helvétius, *De l'esprit* (1758), interdit et brûlé.

dide et le fidèle Cacambo allèrent l'y attendre avec leurs deux moutons.

Candide, qui avait le cœur sur les lèvres, conta à l'Espagnol toutes ses aventures, et lui avoua qu'il voulait enlever mademoiselle Cunégonde. « Je me garderai bien de vous passer à Buenos-Ayres, dit le patron : je serais pendu et vous aussi. La belle Cunégonde est la maîtresse favorite de monseigneur. » Ce fut un coup de foudre pour Candide ; il pleura longtemps ; enfin il tira à part Cacambo : « Voici, mon cher ami, lui dit-il, ce qu'il faut que tu fasses. Nous avons chacun dans nos poches pour cinq ou six millions de diamants ; tu es plus habile que moi ; va prendre mademoiselle Cunégonde à Buenos-Ayres. Si le gouverneur fait quelques difficultés, donne-lui un million ; s'il ne se rend pas, donne-lui-en deux ; tu n'as point tué d'inquisiteur, on ne se défiera point de toi. J'équiperai un autre vaisseau ; j'irai t'attendre à Venise ; c'est un pays libre où l'on n'a rien à craindre ni des Bulgares, ni des Abares, ni des Juifs, ni des inquisiteurs[1]. » Cacambo applaudit à cette sage résolution. Il était au désespoir de se séparer d'un bon maître, devenu son ami intime ; mais le plaisir de lui être utile l'emporta sur la douleur de le quitter. Ils s'embrassèrent en versant des larmes. Candide lui recommanda de ne point oublier la bonne vieille. Cacambo partit dès le jour même : c'était un très bon homme que ce Cacambo.

Candide resta encore quelque temps à Surinam, et attendit qu'un autre patron voulût le mener en Italie, lui et les deux moutons qui lui restaient. Il prit des domestiques, et acheta tout ce qui lui était nécessaire pour un long voyage ; enfin M. Vanderdendur, maître d'un gros vaisseau, vint se présenter à lui. « Combien voulez-vous, demanda-t-il à cet homme, pour me mener en droiture à Venise, moi, mes gens, mon bagage, et les deux moutons que voilà ? » Le patron s'accorda à dix mille piastres[2]. Candide n'hésita pas.

« Oh ! oh ! dit à part soi le prudent Vanderdendur, cet étranger donne dix mille piastres tout d'un coup ! il faut

1. C'est la première fois que Candide mûrit une décision et obéit à la vertu de prudence. Effet de l'âge, de l'expérience, de l'argent ?

2. Piastres : monnaie d'argent espagnole.

qu'il soit bien riche. » Puis, revenant un moment après, il signifia qu'il ne pouvait partir à moins de vingt mille. « Eh bien ! vous les aurez », dit Candide.

« Ouais ! se dit tout bas le marchand, cet homme donne vingt mille piastres aussi aisément que dix mille. » Il revint encore, et dit qu'il ne pouvait le conduire à Venise à moins de trente mille piastres. « Vous en aurez donc trente mille », répondit Candide.

« Oh ! oh ! se dit encore le marchand hollandais, trente mille piastres ne coûtent rien à cet homme-ci ; sans doute les deux moutons portent des trésors immenses ; n'insistons pas davantage : faisons-nous d'abord payer les trente mille piastres, et puis nous verrons. » Candide vendit deux petits diamants, dont le moindre valait plus que tout l'argent que demandait le patron. Il le paya d'avance. Les deux moutons furent embarqués. Candide suivait dans un petit bateau pour joindre le vaisseau à la rade ; le patron prend son temps, met à la voile, démarre ; le vent le favorise. Candide, éperdu et stupéfait, le perd bientôt de vue. « Hélas ! cria-t-il, voilà un tour digne de l'ancien monde. » Il retourne au rivage, abîmé dans la douleur ; car enfin il avait perdu de quoi faire la fortune de vingt monarques.

Il se transporte chez le juge hollandais ; et comme il était un peu troublé, il frappe rudement à la porte ; il entre, expose son aventure, et crie un peu plus haut qu'il ne convenait. Le juge commença par lui faire payer dix mille piastres pour le bruit qu'il avait fait. Ensuite il l'écouta patiemment, lui promit d'examiner son affaire sitôt que le marchand serait revenu, et se fit payer dix mille autres piastres pour les frais de l'audience.

Ce procédé acheva de désespérer Candide ; il avait à la vérité essuyé des malheurs mille fois plus douloureux ; mais le sang-froid du juge, et celui du patron dont il était volé, alluma sa bile, et le plongea dans une noire mélancolie. La méchanceté des hommes se présentait à son esprit dans toute sa laideur ; il ne se nourrissait que d'idées tristes. Enfin, un vaisseau français étant sur le point de partir pour Bordeaux, comme il n'avait plus de moutons chargés de diamants à embarquer, il loua une chambre du vaisseau à juste prix, et fit signifier dans la ville qu'il payerait le passage, la nourriture, et donnerait deux mille

piastres à un honnête homme qui voudrait faire le voyage avec lui, à condition que cet homme serait le plus dégoûté de son état et le plus malheureux de la province.

Il se présenta une foule de prétendants qu'une flotte n'aurait pu contenir. Candide voulant choisir entre les plus apparents [1], il distingua une vingtaine de personnes qui lui paraissaient assez sociables, et qui toutes prétendaient mériter la préférence. Il les assembla dans son cabaret, et leur donna à souper, à condition que chacun ferait serment de raconter fidèlement son histoire, promettant de choisir celui qui lui paraîtrait le plus à plaindre et le plus mécontent de son état à plus juste titre, et de donner aux autres quelques gratifications.

La séance dura jusqu'à quatre heures du matin. Candide, en écoutant toutes leurs aventures, se ressouvenait de ce que lui avait dit la vieille en allant à Buenos-Ayres, et de la gageure qu'elle avait faite, qu'il n'y avait personne sur le vaisseau à qui il ne fût arrivé de très grands malheurs. Il songeait à Pangloss à chaque aventure qu'on lui contait. « Ce Pangloss, disait-il, serait bien embarrassé à démontrer son système. Je voudrais qu'il fût ici. Certainement, si tout va bien, c'est dans Eldorado, et non pas dans le reste de la terre. » Enfin il se détermina en faveur d'un pauvre savant qui avait travaillé dix ans pour les libraires [2] d'Amsterdam. Il jugea qu'il n'y avait point de métier au monde dont on dût être plus dégoûté.

Ce savant, qui était d'ailleurs un bon homme, avait été volé par sa femme, battu par son fils, et abandonné de sa fille qui s'était fait enlever par un Portugais. Il venait d'être privé d'un petit emploi duquel il subsistait ; et les prédicants de Surinam le persécutaient parce qu'ils le prenaient pour un socinien [3]. Il faut avouer que les autres étaient pour le moins aussi malheureux que lui ; mais

1. Apparents : distingués, honorables (substantif).

2. Libraires : éditeurs.

3. Socinien : adepte du socinianisme, secte protestante qui rejette certains dogmes (la Trinité, la divinité de Jésus) comme contraires à la raison. On a souvent pensé que ce portrait, détails privés à part, évoquait Bayle (1647-1706), qui remit le manichéisme à la mode et relança la querelle du mal. Leibniz lui répondit par les *Essais de théodicée* (1710), où s'énonce la doctrine dite *optimiste*. Voir Dossier, p. 143 *sq.*

Candide espérait que le savant le désennuierait dans le voyage. Tous ses autres rivaux trouvèrent que Candide leur faisait une grande injustice ; mais il les apaisa en leur donnant à chacun cent piastres.

CHAPITRE XX

Ce qui arriva sur mer à Candide et à Martin

Le vieux savant, qui s'appelait Martin, s'embarqua donc pour Bordeaux avec Candide. L'un et l'autre avaient beaucoup vu et beaucoup souffert ; et quand le vaisseau aurait dû faire voile de Surinam au Japon par le cap de Bonne-Espérance, ils auraient eu de quoi s'entretenir du mal moral et du mal physique pendant tout le voyage.

Cependant Candide avait un grand avantage sur Martin, c'est qu'il espérait toujours revoir mademoiselle Cunégonde, et que Martin n'avait rien à espérer ; de plus, il avait de l'or et des diamants ; et, quoiqu'il eût perdu cent gros moutons rouges chargés des plus grands trésors de la terre, quoiqu'il eût toujours sur le cœur la friponnerie du patron hollandais, cependant, quand il songeait à ce qui lui restait dans ses poches, et quand il parlait de Cunégonde, surtout à la fin du repas, il penchait alors pour le système de Pangloss.

« Mais vous, monsieur Martin, dit-il au savant, que pensez-vous de tout cela ? Quelle est votre idée sur le mal moral et le mal physique ? – Monsieur, répondit Martin, mes prêtres m'ont accusé d'être socinien ; mais la vérité du fait est que je suis manichéen [1]. – Vous vous moquez de

1. Le manichéisme, fondé par le Persan Manès au III[e] siècle après J.-C., et condamné par l'Église chrétienne, est l'une des grandes solutions du problème du mal ; il postule la lutte de deux principes égaux et antagonistes, le bien et le mal, l'ombre et la lumière. Bayle lui avait consacré plusieurs articles de son fameux *Dictionnaire historique et critique* (1697), et avait également critiqué la confusion erronée entre socinianisme et manichéisme, imputée ici aux pasteurs hollandais. Voir aussi *supra*, p. 98, note 3.

moi, dit Candide, il n'y a plus de manichéens dans le monde. – Il y a moi, dit Martin ; je ne sais qu'y faire, mais je ne peux penser autrement. – Il faut que vous ayez le diable au corps, dit Candide. – Il se mêle si fort des affaires de ce monde, dit Martin, qu'il pourrait bien être dans mon corps, comme partout ailleurs ; mais je vous avoue qu'en jetant la vue sur ce globe, ou plutôt sur ce globule, je pense que Dieu l'a abandonné à quelque être malfaisant ; j'en excepte toujours Eldorado. Je n'ai guère vu de ville qui ne désirât la ruine de la ville voisine, point de famille qui ne voulût exterminer quelque autre famille. Partout les faibles ont en exécration les puissants devant lesquels ils rampent, et les puissants les traitent comme des troupeaux dont on vend la laine et la chair. Un million d'assassins enrégimentés, courant d'un bout de l'Europe à l'autre, exerce le meurtre et le brigandage avec discipline pour gagner son pain, parce qu'il n'a pas de métier plus honnête ; et dans les villes qui paraissent jouir de la paix et où les arts fleurissent, les hommes sont dévorés de plus d'envie, de soins et d'inquiétudes qu'une ville assiégée n'éprouve de fléaux. Les chagrins secrets sont encore plus cruels que les misères publiques. En un mot, j'en ai tant vu, et tant éprouvé, que je suis manichéen.

– Il y a pourtant du bon, répliquait Candide. – Cela peut être, disait Martin, mais je ne le connais pas. »

Au milieu de cette dispute, on entendit un bruit de canon. Le bruit redouble de moment en moment. Chacun prend sa lunette. On aperçoit deux vaisseaux qui combattaient à la distance d'environ trois milles ; le vent les amena l'un et l'autre si près du vaisseau français qu'on eut le plaisir de voir le combat tout à son aise. Enfin l'un des deux vaisseaux lâcha à l'autre une bordée si bas et si juste qu'il le coula à fond. Candide et Martin aperçurent distinctement une centaine d'hommes sur le tillac du vaisseau qui s'enfonçait ; ils levaient tous les mains au ciel et jetaient des clameurs effroyables ; en un moment tout fut englouti.

« Eh bien ! dit Martin, voilà comme les hommes se traitent les uns les autres. – Il est vrai, dit Candide, qu'il y a quelque chose de diabolique dans cette affaire. » En parlant ainsi, il aperçut je ne sais quoi d'un rouge éclatant qui nageait auprès de son vaisseau. On détacha la chaloupe

pour voir ce que ce pouvait être : c'était un de ses moutons. Candide eut plus de joie de retrouver ce mouton qu'il n'avait été affligé d'en perdre cent tous chargés de gros diamants d'Eldorado [1].

Le capitaine français aperçut bientôt que le capitaine du vaisseau submergeant était espagnol, et que celui du vaisseau submergé était un pirate hollandais ; c'était celui-là même qui avait volé Candide. Les richesses immenses dont ce scélérat s'était emparé furent ensevelies avec lui dans la mer, et il n'y eut qu'un mouton de sauvé. « Vous voyez, dit Candide à Martin, que le crime est puni quelquefois : ce coquin de patron hollandais a eu le sort qu'il méritait. – Oui, dit Martin, mais fallait-il que les passagers qui étaient sur son vaisseau périssent aussi ? Dieu a puni ce fripon, le diable a noyé les autres. »

Cependant le vaisseau français et l'espagnol continuèrent leur route, et Candide continua ses conversations avec Martin. Ils disputèrent quinze jours de suite, et au bout de quinze jours ils étaient aussi avancés que le premier. Mais enfin ils parlaient, ils se communiquaient des idées, ils se consolaient. Candide caressait son mouton. « Puisque je t'ai retrouvé, dit-il, je pourrai bien retrouver Cunégonde. »

CHAPITRE XXI

Candide et Martin approchent
des côtes de France et raisonnent

On aperçut enfin les côtes de France. « Avez-vous jamais été en France, monsieur Martin ? dit Candide. – Oui, dit Martin, j'ai parcouru plusieurs provinces. Il y en a où la moitié des habitants est folle, quelques-unes où l'on est trop rusé, d'autres où l'on est communément assez doux et

1. Voltaire aime jouer avec les paraboles bibliques, ici celle de la brebis égarée (Luc, 15, 1-7). Mais il la renouvelle par la dernière phrase du chapitre.

assez bête, d'autres où l'on fait le bel esprit ; et dans toutes, la principale occupation est l'amour, la seconde de médire, et la troisième de dire des sottises. – Mais, monsieur Martin, avez-vous vu Paris ? – Oui, j'ai vu Paris ; il tient de toutes ces espèces-là ; c'est un chaos, c'est une presse dans laquelle tout le monde cherche le plaisir, et où presque personne ne le trouve, du moins à ce qu'il m'a paru. J'y ai séjourné peu ; j'y fus volé, en arrivant, de tout ce que j'avais, par des filous, à la foire Saint-Germain[1] ; on me prit moi-même pour un voleur, et je fus huit jours en prison ; après quoi je me fis correcteur d'imprimerie pour gagner de quoi retourner à pied en Hollande. Je connus la canaille écrivante, la canaille cabalante, et la canaille convulsionnaire[2]. On dit qu'il y a des gens fort polis dans cette ville-là ; je le veux croire.

– Pour moi, je n'ai nulle curiosité de voir la France, dit Candide ; vous devinez aisément que, quand on a passé un mois dans Eldorado, on ne se soucie plus de rien voir sur la terre que mademoiselle Cunégonde ; je vais l'attendre à Venise ; nous traverserons la France pour aller en Italie ; ne m'accompagnerez-vous pas ? – Très volontiers, dit Martin ; on dit que Venise n'est bonne que pour les nobles Vénitiens[3], mais que cependant on y reçoit très bien les étrangers quand ils ont beaucoup d'argent ; je n'en ai point, vous en avez, je vous suivrai partout. – À propos, dit Candide, pensez-vous que la terre ait été originairement une mer, comme on l'assure dans ce gros livre[4] qui appartient au capitaine du vaisseau ? – Je n'en crois rien du tout, dit Martin, non plus que de toutes les rêveries qu'on nous débite depuis quelque temps. – Mais à quelle fin ce monde a-t-il donc été formé ? dit Candide. – Pour nous faire enrager, répondit Martin. – N'êtes-vous pas bien étonné, continua Candide, de l'amour que ces deux filles du pays des Oreillons avaient pour ces deux singes, et dont je vous ai

1. Une des deux grandes foires de Paris, avec celle de Saint-Laurent. Ses attractions (du 3 février au 3 avril) attiraient nombre d'étrangers.

2. Dans l'ordre : la canaille des journalistes, celle des hommes d'Église, celle des jansénistes.

3. Venise était une république aristocratique.

4. Allusion soit à l'*Histoire des navigations* du président de Brosses (1756), soit à la *Théorie de la terre* de Buffon (1749).

conté l'aventure ? – Point du tout, dit Martin ; je ne vois pas
ce que cette passion a d'étrange ; j'ai tant vu de choses extra-
ordinaires, qu'il n'y a plus rien d'extraordinaire. – Croyez-
vous, dit Candide, que les hommes se soient toujours mutuel-
lement massacrés comme ils font aujourd'hui ? qu'ils aient
toujours été menteurs, fourbes, perfides, ingrats, brigands,
faibles, volages, lâches, envieux, gourmands, ivrognes,
avares, ambitieux, sanguinaires, calomniateurs, débauchés,
fanatiques, hypocrites et sots ? – Croyez-vous, dit Martin,
que les éperviers aient toujours mangé des pigeons quand
ils en ont trouvé ? – Oui, sans doute, dit Candide. – Eh
bien ! dit Martin, si les éperviers ont toujours eu le même
caractère, pourquoi voulez-vous que les hommes aient
changé le leur ? – Oh ! dit Candide, il y a bien de la diffé-
rence, car le libre arbitre... [1]. » En raisonnant ainsi, ils arri-
vèrent à Bordeaux.

CHAPITRE XXII [2]

Ce qui arriva en France
à Candide et à Martin

 Candide ne s'arrêta dans Bordeaux qu'autant de temps
qu'il en fallait pour vendre quelques cailloux du Dorado,
et pour s'accommoder d'une bonne chaise [3] à deux places ;
car il ne pouvait plus se passer de son philosophe Martin.
Il fut seulement très fâché de se séparer de son mouton,
qu'il laissa à l'Académie des sciences de Bordeaux,
laquelle proposa pour le sujet du prix de cette année de
trouver pourquoi la laine de ce mouton était rouge ; et le

 1. La liberté est censée différencier l'homme des autres créatures.
 2. Ce chapitre, qui fut souvent jugé le plus faible de l'ouvrage, connut
plusieurs états (voir Voltaire, *Romans et contes*, éd. F. Deloffre et J. Van
den Heuvel, Gallimard, « Bibliothèque de la Pléiade », 2001, p. 841-
853). Une longue addition, notamment, remonte à l'édition de 1761 (voir
infra, p. 105, note 1).
 3. Chaise : voiture.

prix fut adjugé à un savant du Nord, qui démontra par A plus B, moins C, divisé par Z[1], que le mouton devait être rouge, et mourir de la clavelée[2].

Cependant tous les voyageurs que Candide rencontra dans les cabarets de la route lui disaient : « Nous allons à Paris. » Cet empressement général lui donna enfin l'envie de voir cette capitale ; ce n'était pas beaucoup se détourner du chemin de Venise.

Il entra par le faubourg Saint-Marceau[3], et crut être dans le plus vilain village de la Westphalie.

À peine Candide fut-il dans son auberge qu'il fut attaqué d'une maladie légère causée par ses fatigues. Comme il avait au doigt un diamant énorme, et qu'on avait aperçu dans son équipage une cassette prodigieusement pesante, il eut aussitôt auprès de lui deux médecins qu'il n'avait pas mandés, quelques amis intimes qui ne le quittèrent pas, et deux dévotes qui faisaient chauffer ses bouillons. Martin disait : « Je me souviens d'avoir été malade aussi à Paris dans mon premier voyage ; j'étais fort pauvre : aussi n'eus-je ni amis, ni dévotes, ni médecins, et je guéris. »

Cependant, à force de médecines[4] et de saignées, la maladie de Candide devint sérieuse. Un habitué[5] du quartier vint avec douceur lui demander un billet payable au porteur pour l'autre monde[6] ; Candide n'en voulut rien faire. Les dévotes l'assurèrent que c'était une nouvelle mode ; Candide répondit qu'il n'était point homme à la mode. Martin voulut jeter l'habitué par les fenêtres. Le clerc jura qu'on n'enterrerait point Candide. Martin jura

1. Le « savant du Nord » (absent de la version initiale de ce chapitre) est sans aucun doute Maupertuis, avec qui Voltaire se querella lors de son séjour berlinois. Il le raillait de prétendre qu'« il n'y a pas d'autres preuves de l'existence de Dieu que dans Z égal à BC divisé par A plus B » (Voltaire, *Diatribe du docteur Akakia*).

2. Clavelée : maladie des bêtes à laine.

3. À l'entrée sud de Paris.

4. Médecines : remèdes.

5. Un habitué : prêtre affecté à une paroisse pour seconder le prêtre titulaire.

6. Jeu de mots sur le billet au porteur (ancêtre du chèque) et le billet de confession, signé par un prêtre non suspect de jansénisme et donnant droit à l'extrême-onction et au viatique, billet qui serait porté par le mort à son siège futur !

qu'il enterrerait le clerc s'il continuait à les importuner. La querelle s'échauffa ; Martin le prit par les épaules et le chassa rudement ; ce qui causa un grand scandale, dont on fit un procès-verbal.

Candide guérit ; et pendant sa convalescence il eut très bonne compagnie à souper chez lui. On jouait gros jeu. Candide était tout étonné que jamais les as ne lui vinssent ; et Martin ne s'en étonnait pas.

Parmi ceux qui lui faisaient les honneurs de la ville, il y avait un petit abbé périgourdin, l'un de ces gens empressés, toujours alertes, toujours serviables, effrontés, caressants, accommodants, qui guettent les étrangers à leur passage, leur content l'histoire scandaleuse de la ville, et leur offrent des plaisirs à tout prix. Celui-ci mena d'abord Candide et Martin à la comédie. On y jouait une tragédie nouvelle [1]. Candide se trouva placé auprès de quelques beaux esprits. Cela ne l'empêcha pas de pleurer à des scènes jouées parfaitement. Un des raisonneurs qui étaient à ses côtés lui dit dans un entracte : « Vous avez grand tort de pleurer : cette actrice est fort mauvaise ; l'acteur qui joue avec elle est plus mauvais acteur encore ; la pièce est encore plus mauvaise que les acteurs ; l'auteur ne sait pas un mot d'arabe, et cependant la scène est en Arabie ; et, de plus, c'est un homme qui ne croit pas aux idées innées [2] : je vous apporterai demain vingt brochures contre lui. – Monsieur, combien avez-vous de pièces de théâtre en France ? » dit Candide à l'abbé ; lequel répondit : « Cinq ou six mille. – C'est beaucoup, dit Candide ; combien y en a-t-il de bonnes ? – Quinze ou seize, répliqua l'autre. – C'est beaucoup », dit Martin.

Candide fut très content d'une actrice qui faisait la reine Élisabeth dans une assez plate tragédie que l'on joue quelquefois [3]. « Cette actrice, dit-il à Martin, me plaît beaucoup ; elle a un faux air de mademoiselle Cunégonde ; je serais

1. Le texte, à partir d'ici jusqu'à la page 111 (« et Candide lui dit qu'il demanderait bien pardon à cette belle de son infidélité, quand il la verrait à Venise »), est une addition de 1761. Voir *supra*, p. 103, note 2.
2. Allusion à une thèse de Descartes, critiquée par Locke et Voltaire. Celui-ci est sans doute l'auteur de la pièce qui se passe en Arabie (*Mahomet*, 1741).
3. Thomas Corneille, *Le Comte d'Essex* (1678).

bien aise de la saluer. » L'abbé périgourdin s'offrit à l'introduire chez elle. Candide, élevé en Allemagne, demanda quelle était l'étiquette, et comment on traitait en France les reines d'Angleterre. « Il faut distinguer, dit l'abbé ; en province, on les mène au cabaret ; à Paris, on les respecte quand elles sont belles, et on les jette à la voirie quand elles sont mortes. – Des reines à la voirie ! dit Candide. – Oui vraiment, dit Martin ; monsieur l'abbé a raison : j'étais à Paris quand mademoiselle Monime passa, comme on dit, de cette vie à l'autre[1] ; on lui refusa ce que ces gens-ci appellent les honneurs de la sépulture, c'est-à-dire de pourrir avec tous les gueux du quartier dans un vilain cimetière ; elle fut enterrée toute seule de sa bande au coin de la rue de Bourgogne ; ce qui dut lui faire une peine extrême, car elle pensait très noblement. – Cela est bien impoli, dit Candide. – Que voulez-vous ? dit Martin ; ces gens-ci sont ainsi faits. Imaginez toutes les contradictions, toutes les incompatibilités possibles, vous les verrez dans le gouvernement, dans les tribunaux, dans les églises, dans les spectacles de cette drôle de nation. – Est-il vrai qu'on rit toujours à Paris ? dit Candide. – Oui, dit l'abbé, mais c'est en enrageant ; car on s'y plaint de tout avec de grands éclats de rire ; et même on y fait en riant les actions les plus détestables.

– Quel est, dit Candide, ce gros cochon qui me disait tant de mal de la pièce où j'ai tant pleuré et des acteurs qui m'ont fait tant de plaisir ? – C'est un mal vivant, répondit l'abbé, qui gagne sa vie à dire du mal de toutes les pièces et de tous les livres ; il hait quiconque réussit, comme les eunuques haïssent les jouissants : c'est un de ces serpents de la littérature qui se nourrissent de fange et de venin ; c'est un folliculaire. – Qu'appelez-vous folliculaire ? dit Candide. – C'est, dit l'abbé, un faiseur de feuilles, un Fréron[2]. »

1. Mlle Adrienne Lecouvreur (1692-1730) débuta en 1717 dans le rôle de Monime (Racine, *Mithridate*). Excommuniée comme comédienne, elle mourut subitement sans pouvoir se confesser et fut jetée à la voirie, à l'indignation de Voltaire, qui en fit un poème.

2. « Folliculaire » est un néologisme de Voltaire, entré depuis dans la langue pour désigner un mauvais journaliste, un pamphlétaire sans talent ni scrupules. Fréron (1718-1776), directeur de *L'Année littéraire*, fut un adversaire coriace des philosophes – Voltaire aimait à parler de « *L'Âne littéraire* ».

C'est ainsi que Candide, Martin et le Périgourdin raisonnaient sur l'escalier, en voyant défiler le monde au sortir de la pièce. « Quoique je sois très empressé de revoir mademoiselle Cunégonde, dit Candide, je voudrais pourtant souper avec mademoiselle Clairon[1] ; car elle m'a paru admirable. »

L'abbé n'était pas homme à approcher de mademoiselle Clairon, qui ne voyait que bonne compagnie. « Elle est engagée pour ce soir, dit-il ; mais j'aurai l'honneur de vous mener chez une dame de qualité, et là vous connaîtrez Paris comme si vous y aviez été quatre ans. »

Candide, qui était naturellement curieux, se laissa mener chez la dame, au fond du faubourg Saint-Honoré ; on y était occupé d'un pharaon[2] ; douze tristes pontes tenaient chacun en main un petit livre de cartes, registre cornu de leurs infortunes. Un profond silence régnait, la pâleur était sur le front des pontes, l'inquiétude sur celui du banquier, et la dame du logis, assise auprès de ce banquier impitoyable, remarquait avec des yeux de lynx tous les parolis, tous les sept-et-le-va de campagne[3], dont chaque joueur cornait ses cartes ; elle les faisait décorner avec une attention sévère mais polie, et ne se fâchait point, de peur de perdre ses pratiques : la dame se faisait appeler la marquise de Parolignac. Sa fille, âgée de quinze ans, était au nombre des pontes et avertissait d'un clin d'œil des friponneries de ces pauvres gens, qui tâchaient de réparer les cruautés du sort. L'abbé périgourdin, Candide et Martin entrèrent ; personne ne se leva, ni les salua, ni les regarda ; tous étaient profondément occupés de leurs cartes. « Madame la baronne de Thunder-ten-tronckh était plus civile », dit Candide.

Cependant l'abbé s'approcha de l'oreille de la marquise, qui se leva à moitié, honora Candide d'un sourire

1. Mlle Clairon (1723-1803) : fameuse actrice qui joua dans plusieurs pièces de Voltaire. Son nom n'apparaît dans *Candide* qu'en 1761.

2. Pharaon : jeu de cartes.

3. Termes de jeu. Les « pontes » sont les joueurs associés contre le « banquier » ; le « paroli » est une mise double de la première ; le « sept-et-le-va » une mise sept fois supérieure à la précédente, et le « sept-et-le-va de campagne » est « celui que fait un joueur avant que sa carte soit venue, comme s'il avait déjà gagné » (*Encyclopédie*, articles « Pharaon » et « Paroli »).

gracieux, et Martin d'un air de tête tout à fait noble ; elle fit donner un siège et un jeu de cartes à Candide, qui perdit cinquante mille francs en deux tailles ; après quoi on soupa très gaiement, et tout le monde était étonné que Candide ne fût pas ému de sa perte ; les laquais disaient entre eux, dans leur langage de laquais : « Il faut que ce soit quelque milord anglais [1]. »

Le souper fut comme la plupart des soupers de Paris : d'abord du silence, ensuite un bruit de paroles qu'on ne distingue point, puis des plaisanteries dont la plupart sont insipides, de fausses nouvelles, de mauvais raisonnements, un peu de politique et beaucoup de médisance ; on parla même de livres nouveaux. « Avez-vous lu, dit l'abbé périgourdin, le roman du sieur Gauchat [2], docteur en théologie ? – Oui, répondit un des convives, mais je n'ai pu l'achever. Nous avons une foule d'écrits impertinents, mais tous ensemble n'approchent pas de l'impertinence de Gauchat, docteur en théologie ; je suis si rassasié de cette immensité de détestables livres qui nous inondent que je me suis mis à ponter [3] au pharaon. – Et les *Mélanges* de l'archidiacre T… [4], qu'en dites-vous ? dit l'abbé. – Ah ! dit madame de Parolignac, l'ennuyeux mortel ! comme il vous dit curieusement tout ce que le monde sait ! comme il discute pesamment ce qui ne vaut pas la peine d'être remarqué légèrement ! comme il s'approprie sans esprit l'esprit des autres ! comme il gâte ce qu'il pille ! comme il me dégoûte ! Mais il ne me dégoûtera plus : c'est assez d'avoir lu quelques pages de l'archidiacre. »

Il y avait à table un homme savant et de goût qui appuya ce que disait la marquise. On parla ensuite de tragédies ; la dame demanda pourquoi il y avait des tragédies qu'on jouait quelquefois, et qu'on ne pouvait lire. L'homme de goût expliqua très bien comment une pièce pouvait avoir quelque intérêt et n'avoir presque aucun mérite ; il prouva en peu de mots que ce n'était pas assez d'amener une ou deux de ces situations qu'on trouve dans tous les romans, et qui séduisent toujours les spectateurs, mais qu'il faut

1. Allusion au fameux flegme anglais.
2. L'abbé Gauchat (1709-1774) : adversaire des philosophes.
3. Ponter : mettre de l'argent sur les cartes contre le banquier.
4. L'abbé Trublet (1677-1770) : bête noire de Voltaire.

être neuf sans être bizarre, souvent sublime, et toujours naturel ; connaître le cœur humain et le faire parler ; être grand poète sans que jamais aucun personnage de la pièce paraisse poète ; savoir parfaitement sa langue, la parler avec pureté, avec une harmonie continue, sans que jamais la rime coûte rien au sens. « Quiconque, ajouta-t-il, n'observe pas toutes ces règles peut faire une ou deux tragédies applaudies au théâtre, mais il ne sera jamais compté au rang des bons écrivains ; il y a très peu de bonnes tragédies ; les unes sont des idylles en dialogues bien écrits et bien rimés ; les autres, des raisonnements politiques qui endorment, ou des amplifications qui rebutent ; les autres, des rêves d'énergumène, en style barbare, des propos interrompus, de longues apostrophes aux dieux, parce qu'on ne sait point parler aux hommes, des maximes fausses, des lieux communs ampoulés[1]. »

Candide écouta ce propos avec attention, et conçut une grande idée du discoureur ; et, comme la marquise avait eu soin de le placer à côté d'elle, il s'approcha de son oreille, et prit la liberté de lui demander qui était cet homme qui parlait si bien. « C'est un savant, dit la dame, qui ne ponte point, et que l'abbé m'amène quelquefois à souper ; il se connaît parfaitement en tragédies et en livres, et il a fait une tragédie sifflée et un livre dont on n'a jamais vu hors de la boutique de son libraire qu'un exemplaire qu'il m'a dédié. – Le grand homme ! dit Candide ; c'est un autre Pangloss. »

Alors, se tournant vers lui, il lui dit : « Monsieur, vous pensez sans doute que tout est au mieux dans le monde physique et dans le moral, et que rien ne pouvait être autrement ? – Moi, monsieur, lui répondit le savant, je ne pense rien de tout cela : je trouve que tout va de travers chez nous ; que personne ne sait ni quel est son rang, ni quelle est sa charge, ni ce qu'il fait, ni ce qu'il doit faire, et qu'excepté le souper, qui est assez gai et où il paraît assez d'union, tout le reste du temps se passe en querelles impertinentes : jansénistes contre molinistes[2], gens du

1. On pourrait déchiffrer une satire, dans l'ordre, des héritiers de Racine, de Corneille et de Crébillon père.
2. Molinistes : jésuites (le terme vient de Molina, jésuite espagnol du XVIᵉ siècle).

parlement contre gens d'Église, gens de lettres contre gens de lettres, courtisans contre courtisans, financiers contre le peuple, femmes contre maris, parents contre parents ; c'est une guerre éternelle. »

Candide lui répliqua : « J'ai vu pis. Mais un sage, qui depuis a eu le malheur d'être pendu, m'apprit que tout cela est à merveille ; ce sont des ombres à un beau tableau. – Votre pendu se moquait du monde, dit Martin ; vos ombres sont des taches horribles. – Ce sont les hommes qui font les taches, dit Candide, et ils ne peuvent pas s'en dispenser. – Ce n'est donc pas leur faute [1] », dit Martin. La plupart des pontes, qui n'entendaient rien à ce langage, buvaient ; et Martin raisonna avec le savant, et Candide raconta une partie de ses aventures à la dame du logis.

Après soupé, la marquise mena Candide dans son cabinet et le fit asseoir sur un canapé. « Eh bien ! lui dit-elle, vous aimez donc toujours éperdument mademoiselle Cunégonde de Thunder-ten-tronckh ? – Oui, madame », répondit Candide. La marquise lui répliqua avec un souris tendre : « Vous me répondez comme un jeune homme de Westphalie ; un Français m'aurait dit : "Il est vrai que j'ai aimé mademoiselle Cunégonde ; mais en vous voyant, madame, je crains de ne la plus aimer." – Hélas ! madame, dit Candide, je répondrai comme vous voudrez. – Votre passion pour elle, dit la marquise, a commencé en ramassant son mouchoir ; je veux que vous ramassiez ma jarretière. – De tout mon cœur », dit Candide ; et il la ramassa. « Mais je veux que vous me la remettiez », dit la dame ; et Candide la lui remit. « Voyez-vous, dit la dame, vous êtes étranger, je fais quelquefois languir mes amants de Paris quinze jours, mais je me rends à vous dès la première nuit, parce qu'il faut faire les honneurs de son pays à un jeune homme de Westphalie. » La belle, ayant aperçu deux énormes diamants aux deux mains de son jeune étranger, les loua de si bonne foi que des doigts de Candide ils passèrent aux doigts de la marquise.

Candide, en s'en retournant avec son abbé périgourdin, sentit quelques remords d'avoir fait une infidélité à made-

1. Martin est à la fois pessimiste (terme inconnu à l'époque) et fataliste.

moiselle Cunégonde ; monsieur l'abbé entra dans sa peine ; il n'avait qu'une légère part aux cinquante mille livres perdues au jeu par Candide, et à la valeur des deux brillants moitié donnés, moitié extorqués. Son dessein était de profiter, autant qu'il le pourrait, des avantages que la connaissance de Candide pouvait lui procurer. Il lui parla beaucoup de Cunégonde ; et Candide lui dit qu'il demanderait bien pardon à cette belle de son infidélité, quand il la verrait à Venise.

Le Périgourdin redoublait de politesse et d'attentions, et prenait un intérêt tendre à tout ce que Candide disait, à tout ce qu'il faisait, à tout ce qu'il voulait faire.

« Vous avez donc, monsieur, lui dit-il, un rendez-vous à Venise ? – Oui, monsieur l'abbé, dit Candide ; il faut absolument que j'aille trouver mademoiselle Cunégonde. » Alors, engagé par le plaisir de parler de ce qu'il aimait, il conta, selon son usage, une partie de ses aventures avec cette illustre Westphalienne.

« Je crois, dit l'abbé, que mademoiselle Cunégonde a bien de l'esprit, et qu'elle écrit des lettres charmantes ? – Je n'en ai jamais reçu, dit Candide ; car figurez-vous qu'ayant été chassé du château pour l'amour d'elle, je ne pus lui écrire ; que bientôt après j'appris qu'elle était morte, qu'ensuite je la retrouvai, et que je la perdis, et que je lui ai envoyé à deux mille cinq cents lieues d'ici un exprès dont j'attends la réponse. »

L'abbé écoutait attentivement, et paraissait un peu rêveur. Il prit bientôt congé des deux étrangers, après les avoir tendrement embrassés. Le lendemain Candide reçut à son réveil une lettre conçue en ces termes :

Monsieur, mon très cher amant, il y a huit jours que je suis malade en cette ville ; j'apprends que vous y êtes. Je volerais dans vos bras si je pouvais remuer. J'ai su votre passage à Bordeaux ; j'y ai laissé le fidèle Cacambo et la vieille, qui doivent bientôt me suivre. Le gouverneur de Buenos-Ayres a tout pris, mais il me reste votre cœur. Venez, votre présence me rendra la vie, ou me fera mourir de plaisir.

Cette lettre charmante, cette lettre inespérée, transporta Candide d'une joie inexprimable ; et la maladie de sa chère Cunégonde l'accabla de douleur. Partagé entre ces deux sentiments, il prend son or et ses diamants, et se fait conduire avec Martin à l'hôtel où mademoiselle Cunégonde demeurait. Il entre en tremblant d'émotion, son cœur palpite, sa voix sanglote ; il veut ouvrir les rideaux du lit, il veut faire apporter de la lumière. « Gardez-vous-en bien, lui dit la suivante, la lumière la tue » ; et soudain elle referme le rideau. « Ma chère Cunégonde, dit Candide en pleurant, comment vous portez-vous ? si vous ne pouvez me voir, parlez-moi du moins. – Elle ne peut parler », dit la suivante. La dame alors tire du lit une main potelée que Candide arrose longtemps de ses larmes, et qu'il remplit ensuite de diamants, en laissant un sac plein d'or sur le fauteuil.

Au milieu de ses transports arrive un exempt suivi de l'abbé périgourdin et d'une escouade. « Voilà donc, dit-il, ces deux étrangers suspects ? » Il les fait incontinent saisir, et ordonne à ses braves de les traîner en prison. « Ce n'est pas ainsi qu'on traite les voyageurs dans le Dorado, dit Candide. – Je suis plus manichéen que jamais, dit Martin. – Mais, monsieur, où nous menez-vous ? dit Candide. – Dans un cul de basse-fosse », dit l'exempt.

Martin, ayant repris son sang-froid, jugea que la dame qui se prétendait Cunégonde était une friponne, monsieur l'abbé périgourdin un fripon qui avait abusé au plus vite de l'innocence de Candide, et l'exempt un autre fripon dont on pouvait aisément se débarrasser.

Plutôt que de s'exposer aux procédures de la justice, Candide, éclairé par son conseil, et d'ailleurs toujours impatient de revoir la véritable Cunégonde, propose à l'exempt trois petits diamants d'environ trois mille pistoles chacun. « Ah ! monsieur, lui dit l'homme au bâton d'ivoire, eussiez-vous commis tous les crimes imaginables, vous êtes le plus honnête homme du monde ; trois diamants ! chacun de trois mille pistoles ! Monsieur ! je me ferais tuer pour vous, au lieu de vous mener dans un cachot. On arrête tous les étrangers, mais laissez-moi faire ; j'ai un frère à Dieppe en Normandie, je vais vous y

mener ; et si vous avez quelque diamant à lui donner, il aura soin de vous comme moi-même.

– Et pourquoi arrête-t-on tous les étrangers ? » dit Candide. L'abbé périgourdin prit alors la parole et dit : « C'est parce qu'un gueux du pays d'Atrébatie a entendu dire des sottises : cela seul lui a fait commettre un parricide, non pas tel que celui de 1610 au mois de mai, mais tel que celui de 1594 au mois de décembre, et tel que plusieurs autres commis dans d'autres années et dans d'autres mois par d'autres gueux qui avaient entendu dire des sottises[1]. »

L'exempt alors expliqua de quoi il s'agissait. « Ah, les monstres ! s'écria Candide ; quoi ! de telles horreurs chez un peuple qui danse et qui chante ! Ne pourrai-je sortir au plus vite de ce pays où des singes agacent des tigres ? J'ai vu des ours dans mon pays ; je n'ai vu des hommes que dans le Dorado. Au nom de Dieu, monsieur l'exempt, menez-moi à Venise, où je dois attendre mademoiselle Cunégonde. – Je ne peux vous mener qu'en Basse-Normandie », dit le barigel[2]. Aussitôt il lui fait ôter ses fers, dit qu'il s'est mépris, renvoie ses gens et emmène à Dieppe Candide et Martin, et les laisse entre les mains de son frère. Il y avait un petit vaisseau hollandais à la rade. Le Normand, à l'aide de trois autres diamants, devenu le plus serviable des hommes, embarque Candide et ses gens dans le vaisseau qui allait faire voile pour Portsmouth en Angleterre. Ce n'était pas le chemin de Venise ; mais Candide croyait être délivré de l'enfer, et il comptait bien reprendre la route de Venise à la première occasion.

1. Allusion à l'attentat de Damiens contre Louis XV (un coup de canif sans gravité), le 5 janvier 1757. On arrêta de nombreux étrangers. Damiens est né en 1715, en Artois, région dont le nom romain est Atrébatie. « Celui de 1610 » : assassinat de Henri IV par Ravaillac ; « celui de 1594 » : attentat de Jean Châtel contre Henri IV, qui fut seulement blessé. La litote « sottises » désigne donc ici le fanatisme meurtrier.

2. Barigel : chef de la police dans certaines villes italiennes. Le vocabulaire se moque de la vraisemblance (voir aussi les termes monétaires).

CHAPITRE XXIII

Candide et Martin vont sur les côtes d'Angleterre ; ce qu'ils y voient

« Ah, Pangloss ! Pangloss ! Ah, Martin ! Martin ! Ah, ma chère Cunégonde ! qu'est-ce que ce monde-ci ? disait Candide sur le vaisseau hollandais. – Quelque chose de bien fou et de bien abominable, répondait Martin. – Vous connaissez l'Angleterre ; y est-on aussi fou qu'en France ? – C'est une autre espèce de folie, dit Martin. Vous savez que ces deux nations sont en guerre pour quelques arpents de neige vers le Canada[1], et qu'elles dépensent pour cette belle guerre beaucoup plus que tout le Canada ne vaut. De vous dire précisément s'il y a plus de gens à lier dans un pays que dans un autre, c'est ce que mes faibles lumières ne me permettent pas. Je sais seulement qu'en général les gens que nous allons voir sont fort atrabilaires. »

En causant ainsi ils abordèrent à Portsmouth ; une multitude de peuple couvrait le rivage, et regardait attentivement un assez gros homme qui était à genoux, les yeux bandés, sur le tillac d'un des vaisseaux de la flotte ; quatre soldats, postés vis-à-vis de cet homme, lui tirèrent chacun trois balles dans le crâne le plus paisiblement du monde, et toute l'assemblée s'en retourna extrêmement satisfaite. « Qu'est-ce donc que tout ceci ? dit Candide, et quel démon exerce partout son empire ? » Il demanda qui était ce gros homme qu'on venait de tuer en cérémonie. « C'est un amiral[2], lui répondit-on. – Et pourquoi tuer cet amiral ? – C'est, lui dit-on, parce qu'il n'a pas fait tuer assez de monde ; il a livré un combat à un amiral français, et on a trouvé qu'il n'était pas assez près de lui. – Mais, dit Can-

1. Phrase souvent reprochée à Voltaire, qui fait allusion au conflit opposant depuis 1741 la France et l'Angleterre pour la possession de certains territoires situés à l'entrée du Saint-Laurent. Le Canada fut perdu en 1763, au traité de Paris, et évidemment pas par la faute de Voltaire.
2. Voltaire intervint en faveur de l'amiral Byng, exécuté le 14 mars 1757, pour manque de combativité face à la flotte française (devant l'île de Minorque).

dide, l'amiral français était aussi loin de l'amiral anglais que celui-ci l'était de l'autre ! – Cela est incontestable, lui répliqua-t-on ; mais dans ce pays-ci il est bon de tuer de temps en temps un amiral pour encourager les autres. »

Candide fut si étourdi et si choqué de ce qu'il voyait, et de ce qu'il entendait, qu'il ne voulut pas seulement mettre pied à terre, et qu'il fit son marché avec le patron hollandais (dût-il le voler comme celui de Surinam) pour le conduire sans délai à Venise.

Le patron fut prêt au bout de deux jours. On côtoya la France ; on passa à la vue de Lisbonne, et Candide frémit. On entra dans le détroit et dans la Méditerranée ; enfin on aborda à Venise. « Dieu soit loué ! dit Candide en embrassant Martin ; c'est ici que je reverrai la belle Cunégonde. Je compte sur Cacambo comme sur moi-même. Tout est bien, tout va bien, tout va le mieux qu'il soit possible. »

CHAPITRE XXIV

De Paquette et de frère Giroflée

Dès qu'il fut à Venise, il fit chercher Cacambo dans tous les cabarets, dans tous les cafés, chez toutes les filles de joie, et ne le trouva point. Il envoyait tous les jours à la découverte de tous les vaisseaux et de toutes les barques : nulles nouvelles de Cacambo. « Quoi ! disait-il à Martin, j'ai eu le temps de passer de Surinam à Bordeaux, d'aller de Bordeaux à Paris, de Paris à Dieppe, de Dieppe à Portsmouth, de côtoyer le Portugal et l'Espagne, de traverser toute la Méditerranée, de passer quelques mois à Venise, et la belle Cunégonde n'est point venue ! Je n'ai rencontré au lieu d'elle qu'une drôlesse et un abbé périgourdin ! Cunégonde est morte sans doute, je n'ai plus qu'à mourir. Ah ! il valait mieux rester dans le paradis du Dorado que de revenir dans cette maudite Europe. Que vous avez raison, mon cher Martin ! tout n'est qu'illusion et calamité. »

Il tomba dans une mélancolie noire, et ne prit aucune part a l'opéra *alla moda* ni aux autres divertissements du carnaval ; pas une dame ne lui donna la moindre tentation. Martin lui dit : « Vous êtes bien simple, en vérité, de vous figurer qu'un valet métis, qui a cinq ou six millions dans ses poches, ira chercher votre maîtresse au bout du monde et vous l'amènera à Venise. Il la prendra pour lui, s'il la trouve. S'il ne la trouve pas, il en prendra une autre : je vous conseille d'oublier votre valet Cacambo et votre maîtresse Cunégonde. » Martin n'était pas consolant. La mélancolie de Candide augmenta, et Martin ne cessait de lui prouver qu'il y avait peu de vertu et peu de bonheur sur la terre, excepté peut-être dans Eldorado, où personne ne pouvait aller.

En disputant sur cette matière importante, et en attendant Cunégonde, Candide aperçut un jeune théatin dans la place Saint-Marc, qui tenait sous le bras une fille. Le théatin paraissait frais, potelé, vigoureux ; ses yeux étaient brillants, son air assuré, sa mine haute, sa démarche fière. La fille était très jolie et chantait ; elle regardait amoureusement son théatin, et de temps en temps lui pinçait ses grosses joues. « Vous m'avouerez du moins, dit Candide à Martin, que ces gens-ci sont heureux. Je n'ai trouvé jusqu'à présent dans toute la terre habitable, excepté dans Eldorado, que des infortunés ; mais, pour cette fille et ce théatin, je gage que ce sont des créatures très heureuses. – Je gage que non, dit Martin. – Il n'y a qu'à les prier à dîner, dit Candide, et vous verrez si je me trompe. »

Aussitôt il les aborde, il leur fait son compliment, et les invite à venir à son hôtellerie manger des macaronis, des perdrix de Lombardie, des œufs d'esturgeon, et à boire du vin de Montepulciano, du lacrima-christi, du chypre et du samos. La demoiselle rougit, le théatin accepta la partie, et la fille le suivit en regardant Candide avec des yeux de surprise et de confusion qui furent obscurcis de quelques larmes. À peine fut-elle entrée dans la chambre de Candide qu'elle lui dit : « Eh quoi ! monsieur Candide ne reconnaît plus Paquette ! » À ces mots, Candide, qui ne l'avait pas considérée jusque-là avec attention, parce qu'il n'était occupé que de Cunégonde, lui dit : « Hélas ! ma pauvre enfant, c'est donc vous qui avez mis le docteur Pangloss dans le bel état où je l'ai vu ?

– Hélas ! monsieur, c'est moi-même, dit Paquette ; je vois que vous êtes instruit de tout. J'ai su les malheurs épouvantables arrivés à toute la maison de madame la baronne et à la belle Cunégonde. Je vous jure que ma destinée n'a guère été moins triste. J'étais fort innocente quand vous m'avez vue. Un cordelier qui était mon confesseur me séduisit aisément. Les suites en furent affreuses ; je fus obligée de sortir du château quelques temps après que monsieur le baron vous eut renvoyé à grands coups de pied dans le derrière. Si un fameux médecin n'avait pas pris pitié de moi, j'étais morte. Je fus quelque temps par reconnaissance la maîtresse de ce médecin. Sa femme, qui était jalouse à la rage, me battait tous les jours impitoyablement ; c'était une furie. Ce médecin était le plus laid de tous les hommes, et moi la plus malheureuse de toutes les créatures d'être battue continuellement pour un homme que je n'aimais pas. Vous savez, monsieur, combien il est dangereux pour une femme acariâtre d'être l'épouse d'un médecin. Celui-ci, outré des procédés de sa femme, lui donna un jour, pour la guérir d'un petit rhume, une médecine si efficace qu'elle en mourut en deux heures de temps dans des convulsions horribles. Les parents de madame intentèrent à monsieur un procès criminel ; il prit la fuite, et moi je fus mise en prison. Mon innocence ne m'aurait pas sauvée si je n'avais été un peu jolie. Le juge m'élargit à condition qu'il succéderait au médecin. Je fus bientôt supplantée par une rivale, chassée sans récompense, et obligée de continuer ce métier abominable qui vous paraît si plaisant à vous autres hommes, et qui n'est pour nous qu'un abîme de misères. J'allai exercer la profession à Venise. Ah ! monsieur, si vous pouviez vous imaginer ce que c'est que d'être obligée de caresser indifféremment un vieux marchand, un avocat, un moine, un gondolier, un abbé ; d'être exposée à toutes les insultes, à toutes les avanies ; d'être souvent réduite à emprunter une jupe pour aller se la faire lever par un homme dégoûtant ; d'être volée par l'un de ce qu'on a gagné avec l'autre ; d'être rançonnée par les officiers de justice, et de n'avoir en perspective qu'une vieillesse affreuse, un hôpital et un fumier[1],

1. Où son corps sera jeté.

vous concluriez que je suis une des plus malheureuses créatures du monde. »

Paquette ouvrait ainsi son cœur au bon Candide, dans un cabinet, en présence de Martin, qui disait à Candide : « Vous voyez que j'ai déjà gagné la moitié de la gageure. »

Frère Giroflée était resté dans la salle à manger, et buvait un coup en attendant le dîner. « Mais, dit Candide à Paquette, vous aviez l'air si gai, si content, quand je vous ai rencontrée ; vous chantiez, vous caressiez le théatin avec une complaisance naturelle ; vous m'avez paru aussi heureuse que vous prétendez être infortunée. – Ah ! monsieur, répondit Paquette, c'est encore là une des misères du métier. J'ai été hier volée et battue par un officier, et il faut aujourd'hui que je paraisse de bonne humeur pour plaire à un moine. »

Candide n'en voulut pas davantage ; il avoua que Martin avait raison. On se mit à table avec Paquette et le théatin, le repas fut assez amusant, et sur la fin on se parla avec quelque confiance. « Mon Père, dit Candide au moine, vous me paraissez jouir d'une destinée que tout le monde doit envier ; la fleur de la santé brille sur votre visage, votre physionomie annonce le bonheur ; vous avez une très jolie fille pour votre récréation, et vous paraissez très content de votre état de théatin.

– Ma foi, monsieur, dit frère Giroflée, je voudrais que tous les théatins fussent au fond de la mer. J'ai été tenté cent fois de mettre le feu au couvent, et d'aller me faire turc. Mes parents me forcèrent à l'âge de quinze ans d'endosser cette détestable robe, pour laisser plus de fortune à un maudit frère aîné que Dieu confonde ! La jalousie, la discorde, la rage, habitent dans le couvent. Il est vrai que j'ai prêché quelques mauvais sermons qui m'ont valu un peu d'argent, dont le prieur me vole la moitié : le reste me sert à entretenir des filles ; mais, quand je rentre le soir dans le monastère, je suis prêt de me casser la tête contre les murs du dortoir ; et tous mes confrères sont dans le même cas. »

Martin se tournant vers Candide avec son sang-froid ordinaire : « Eh bien ! lui dit-il, n'ai-je pas gagné la gageure tout entière ? » Candide donna deux mille piastres à Paquette et mille piastres à frère Giroflée. « Je vous

réponds, dit-il, qu'avec cela ils seront heureux. – Je n'en crois rien du tout, dit Martin ; vous les rendrez peut-être avec ces piastres beaucoup plus malheureux encore. – Il en sera ce qui pourra, dit Candide ; mais une chose me console, je vois qu'on retrouve souvent les gens qu'on ne croyait jamais retrouver ; il se pourra bien faire qu'ayant rencontré mon mouton rouge et Paquette, je rencontre aussi Cunégonde. – Je souhaite, dit Martin, qu'elle fasse un jour votre bonheur ; mais c'est de quoi je doute fort. – Vous êtes bien dur, dit Candide. – C'est que j'ai vécu, dit Martin.

– Mais regardez ces gondoliers, dit Candide ; ne chantent-ils pas sans cesse ? – Vous ne les voyez pas dans leur ménage, avec leurs femmes et leurs marmots d'enfants, dit Martin. Le doge a ses chagrins, les gondoliers ont les leurs. Il est vrai qu'à tout prendre le sort d'un gondolier est préférable à celui d'un doge ; mais je crois la différence si médiocre que cela ne vaut pas la peine d'être examiné.

– On parle, dit Candide, du sénateur Pococuranté[1] qui demeure dans ce beau palais sur la Brenta[2], et qui reçoit assez bien les étrangers. On prétend que c'est un homme qui n'a jamais eu de chagrin. – Je voudrais voir une espèce si rare », dit Martin. Candide aussitôt fit demander au seigneur Pococuranté la permission de venir le voir le lendemain.

CHAPITRE XXV

Visite chez le seigneur Pococuranté,
noble vénitien

Candide et Martin allèrent en gondole sur la Brenta et arrivèrent au palais du noble Pococuranté. Les jardins étaient bien entendus, et ornés de belles statues de marbre ; le palais, d'une belle architecture. Le maître du logis,

1. Pococuranté : « Peusoucieux », en italien (de *poco*, « peu », et *curante*, de *curare*, « prendre soin »).

2. La Brenta : rivière qui se jette dans la lagune de Venise.

homme de soixante ans, fort riche, reçut très poliment les deux curieux, mais avec très peu d'empressement, ce qui déconcerta Candide et ne déplut point à Martin.

D'abord deux filles jolies et proprement mises servirent du chocolat qu'elles firent très bien mousser. Candide ne put s'empêcher de les louer sur leur beauté, sur leur bonne grâce et sur leur adresse. « Ce sont d'assez bonnes créatures, dit le sénateur Pococuranté ; je les fais quelquefois coucher dans mon lit, car je suis bien las des dames de la ville, de leurs coquetteries, de leurs jalousies, de leurs querelles, de leurs humeurs, de leurs petitesses, de leur orgueil, de leurs sottises, et des sonnets qu'il faut faire ou commander pour elles ; mais, après tout, ces deux filles commencent fort à m'ennuyer. »

Candide, après le déjeuner, se promenant dans une longue galerie, fut surpris de la beauté des tableaux. Il demanda de quel maître étaient les deux premiers. « Ils sont de Raphaël[1], dit le sénateur ; je les achetai fort cher par vanité il y a quelques années ; on dit que c'est ce qu'il y a de plus beau en Italie, mais ils ne me plaisent point du tout : la couleur en est très rembrunie[2] ; les figures ne sont pas assez arrondies, et ne sortent point assez[3] ; les draperies ne ressemblent en rien à une étoffe ; en un mot, quoi qu'on en dise, je ne trouve point là une imitation vraie de la nature. Je n'aimerai un tableau que quand je croirai voir la nature elle-même : il n'y en a point de cette espèce[4]. J'ai beaucoup de tableaux mais je ne les regarde plus. »

Pococuranté, en attendant le dîner, se fit donner un concerto. Candide trouva la musique délicieuse. « Ce bruit, dit Pococuranté, peut amuser une demi-heure ; mais, s'il dure plus longtemps, il fatigue tout le monde, quoique personne n'ose l'avouer. La musique aujourd'hui n'est plus que l'art d'exécuter des choses difficiles, et ce qui n'est que difficile ne plaît point à la longue.

1. Raphaël (1483-1520) : peintre et architecte italien.
2. Voltaire n'invente pas ce reproche.
3. Arrondir : en peinture, faire sentir les couleurs et saillies ; donner du relief.
4. Pococuranté pousse à bout la doctrine classique d'imitation de la nature dans les arts !

« J'aimerais peut-être mieux l'opéra, si on n'avait pas trouvé le secret d'en faire un monstre qui me révolte. Ira voir qui voudra de mauvaises tragédies en musique, où les scènes ne sont faites que pour amener, très mal à propos, deux ou trois chansons ridicules qui font valoir le gosier d'une actrice ; se pâmera de plaisir qui voudra, ou qui pourra, en voyant un châtré[1] fredonner le rôle de César et de Caton[2] et se promener d'un air gauche sur des planches ; pour moi, il y a longtemps que j'ai renoncé à ces pauvretés, qui font aujourd'hui la gloire de l'Italie, et que des souverains payent si chèrement. » Candide disputa un peu, mais avec discrétion. Martin fut entièrement de l'avis du sénateur.

On se mit à table, et après un excellent dîner, on entra dans la bibliothèque. Candide, en voyant un Homère magnifiquement relié, loua l'illustrissime sur son bon goût. « Voilà, dit-il, un livre qui faisait les délices du grand Pangloss, le meilleur philosophe de l'Allemagne. – Il ne fait pas les miennes, dit froidement Pococuranté ; on me fit accroire autrefois que j'avais du plaisir en le lisant ; mais cette répétition continuelle de combats qui se ressemblent tous, ces dieux qui agissent toujours pour ne rien faire de décisif, cette Hélène qui est le sujet de la guerre, et qui à peine est une actrice de la pièce ; cette Troie qu'on assiège et qu'on ne prend point[3], tout cela me causait le plus mortel ennui. J'ai demandé quelquefois à des savants s'ils s'ennuyaient autant que moi à cette lecture. Tous les gens sincères m'ont avoué que le livre leur tombait des mains, mais qu'il fallait toujours l'avoir dans sa bibliothèque, comme un monument de l'Antiquité, et comme ces médailles rouillées qui ne peuvent être de commerce[4].

1. Un châtré : un chanteur castrat.
2. Il y eut plusieurs opéras sur Caton d'Utique et César au XVIII[e] siècle en Italie (voir par exemple Métastase, Giacomelli, etc.).
3. Car le siège aurait duré dix ans.
4. Pococuranté, comme Voltaire, est donc du côté des Modernes dans la fameuse Querelle des Anciens et des Modernes, qui date de la fin du XVII[e] siècle. Voltaire n'a jamais été fasciné par l'Antiquité, contrairement à Montesquieu, Rousseau et Diderot.

– Votre Excellence ne pense pas ainsi de Virgile [1] ? dit Candide. – Je conviens, dit Pococuranté, que le second, le quatrième et le sixième livre de son *Énéide* sont excellents ; mais pour son pieux Énée, et le fort Cloanthe, et l'ami Achates, et le petit Ascanius, et l'imbécile roi Latinus, et la bourgeoise Amata, et l'insipide Lavinia, je ne crois pas qu'il y ait rien de si froid et de plus désagréable. J'aime mieux le Tasse et les contes à dormir debout de l'Arioste [2].

– Oserais-je vous demander, monsieur, dit Candide, si vous n'avez pas un grand plaisir à lire Horace [3] ? – Il y a des maximes, dit Pococuranté, dont un homme du monde peut faire son profit, et qui, étant resserrées dans des vers énergiques, se gravent plus aisément dans la mémoire. Mais je me soucie fort peu de son voyage à Brindes, et de sa description d'un mauvais dîner, et de la querelle des crocheteurs entre je ne sais quel Pupilus, dont les paroles, dit-il, *étaient pleines de pus*, et un autre dont *les paroles étaient du vinaigre*. Je n'ai lu qu'avec un extrême dégoût ses vers grossiers contre des vieilles et contre des sorcières ; et je ne vois pas quel mérite il peut y avoir à dire à son ami Mecenas que, s'il est mis par lui au rang des poètes lyriques, il frappera les astres de son front sublime. Les sots admirent tout dans un auteur estimé. Je ne lis que pour moi ; je n'aime que ce qui est à mon usage. » Candide, qui avait été élevé à ne jamais juger de rien par lui-même, était fort étonné de ce qu'il entendait ; et Martin trouvait la façon de penser de Pococuranté assez raisonnable.

« Oh ! voici un Cicéron [4], dit Candide ; pour ce grand homme-là, je pense que vous ne vous lassez point de le

1. Virgile (70-19 avant J.-C.) : poète latin, auteur de l'*Énéide*, épopée relatant la fondation de la nation romaine par Énée. Les noms qui suivent renvoient aux personnages de l'*Énéide*.

2. Voltaire admirait ces deux auteurs. L'Arioste (1474-1533), auteur du *Roland furieux* ; le Tasse (1544-1595), auteur de la *Jérusalem délivrée*.

3. Horace (65-8 avant J.-C.) : poète satirique latin. Il évoque dans ses *Satires* (I, 7) un personnage nommé Rupilius (cf. « Pupilus », évoqué par Voltaire quelques lignes plus loin).

4. Cicéron (105-43 avant J.-C.) : avocat, homme politique et philosophe latin.

lire ? – Je ne le lis jamais, répondit le Vénitien. Que m'importe qu'il ait plaidé pour Rabirius ou pour Cluentius ? J'ai bien assez des procès que je juge ; je me serais mieux accommodé de ses œuvres philosophiques ; mais, quand j'ai vu qu'il doutait de tout, j'ai conclu que j'en savais autant que lui, et que je n'avais besoin de personne pour être ignorant.

– Ah ! voilà quatre-vingts volumes de recueils d'une académie des sciences, s'écria Martin ; il se peut qu'il y ait là du bon. – Il y en aurait, dit Pococuranté, si un seul des auteurs de ces fatras avait inventé seulement l'art de faire des épingles ; mais il n'y a dans tous ces livres que de vains systèmes et pas une seule chose utile.

– Que de pièces de théâtre je vois là ! dit Candide ; en italien, en espagnol, en français ! – Oui, dit le sénateur, il y en a trois mille, et pas trois douzaines de bonnes. Pour ces recueils de sermons, qui tous ensemble ne valent pas une page de Sénèque, et tous ces gros volumes de théologie, vous pensez bien que je ne les ouvre jamais, ni moi ni personne. »

Martin aperçut des rayons chargés de livres anglais. « Je crois, dit-il, qu'un républicain doit se plaire à la plupart de ces ouvrages, écrits si librement[1]. – Oui, répondit Pococuranté, il est beau d'écrire ce qu'on pense ; c'est le privilège de l'homme. Dans toute notre Italie, on n'écrit que ce qu'on ne pense pas ; ceux qui habitent la patrie des Césars et des Antonins n'osent avoir une idée sans la permission d'un jacobin[2]. Je serais content de la liberté qui inspire les génies anglais si la passion et l'esprit de parti ne corrompaient pas tout ce que cette précieuse liberté a d'estimable. »

Candide, apercevant un Milton[3], lui demanda s'il ne regardait pas cet auteur comme un grand homme. « Qui ? dit Pococuranté, ce barbare qui fait un long commentaire

1. Dotée d'un parlement élu votant les impôts et de l'*Habeas Corpus* (charte des droits), l'Angleterre était le pays le plus libre d'Europe, et pouvait passer pour une sorte de république monarchique.

2. Jacobin : religieux de l'ordre de saint Dominique, ordre qui joua un rôle actif dans l'Inquisition.

3. Milton (1608-1674) : célèbre poète anglais, auteur du *Paradis perdu* (1667).

du premier chapitre de la Genèse en dix livres de vers
durs ? ce grossier imitateur des Grecs, qui défigure la créa-
tion, et qui, tandis que Moïse représente l'Être éternel pro-
duisant le monde par la parole, fait prendre un grand
compas par le Messiah dans une armoire du ciel pour
tracer son ouvrage ? Moi, j'estimerais celui qui a gâté
l'enfer et le diable du Tasse ; qui déguise Lucifer tantôt en
crapaud, tantôt en pygmée ; qui lui fait rebattre cent fois
les mêmes discours ; qui le fait disputer sur la théologie ;
qui, en imitant sérieusement l'invention comique des
armes à feu de l'Arioste, fait tirer le canon dans le ciel par
les diables ? Ni moi, ni personne en Italie, n'a pu se plaire
à toutes ces tristes extravagances. Le mariage du péché et
de la mort et les couleuvres dont le péché accouche font
vomir tout homme qui a le goût un peu délicat, et sa
longue description d'un hôpital n'est bonne que pour un
fossoyeur. Ce poème obscur, bizarre et dégoûtant, fut
méprisé à sa naissance ; je le traite aujourd'hui comme il
fut traité dans sa patrie par les contemporains. Au reste, je
dis ce que je pense, et je me soucie fort peu que les autres
pensent comme moi. » Candide était affligé de ces
discours ; il respectait Homère, il aimait un peu Milton.
« Hélas ! dit-il tout bas à Martin, j'ai bien peur que cet
homme-ci n'ait un souverain mépris pour nos poètes alle-
mands [1]. – Il n'y aurait pas grand mal à cela, dit Martin. – Oh,
quel homme supérieur ! disait encore Candide entre ses
dents, quel grand génie que ce Pococuranté ! rien ne peut
lui plaire. »

Après avoir fait ainsi la revue de tous les livres, ils des-
cendirent dans le jardin. Candide en loua toutes les
beautés. « Je ne sais rien de si mauvais goût, dit le maître :
nous n'avons ici que des colifichets ; mais je vais dès
demain en faire planter un d'un dessin plus noble. »

Quand les deux curieux eurent pris congé de Son
Excellence : « Or çà, dit Candide à Martin, vous conviendrez que voilà le plus heureux de tous les hommes, car il
est au-dessus de tout ce qu'il possède. – Ne voyez-vous
pas, dit Martin, qu'il est dégoûté de tout ce qu'il possède ?

1. Poètes antérieurs à Goethe et Schiller, qui n'ont encore rien publié
en 1759.

Platon a dit, il y a longtemps, que les meilleurs estomacs ne sont pas ceux qui rebutent tous les aliments. – Mais, dit Candide, n'y a-t-il pas du plaisir à tout critiquer, à sentir des défauts où les autres hommes croient voir des beautés ? – C'est-à-dire, reprit Martin, qu'il y a du plaisir à n'avoir pas de plaisir ? – Oh bien ! dit Candide, il n'y a donc d'heureux que moi, quand je reverrai mademoiselle Cunégonde. – C'est toujours bien fait d'espérer », dit Martin.

Cependant les jours, les semaines s'écoulaient ; Cacambo ne revenait point, et Candide était si abîmé dans sa douleur qu'il ne fit pas même réflexion que Paquette et frère Giroflée n'étaient pas venus seulement le remercier.

CHAPITRE XXVI

D'un souper que Candide et Martin firent avec six étrangers, et qui ils étaient

Un soir que Candide, suivi de Martin, allait se mettre à table avec les étrangers qui logeaient dans la même hôtellerie, un homme à visage couleur de suie l'aborda par-derrière, et, le prenant par le bras, lui dit : « Soyez prêt à partir avec nous… n'y manquez pas. » Il se retourne, et voit Cacambo. Il n'y avait que la vue de Cunégonde qui pût l'étonner et lui plaire davantage. Il fut sur le point de devenir fou de joie. Il embrasse son cher ami. « Cunégonde est ici, sans doute, où est-elle ? Mène-moi vers elle, que je meure de joie avec elle. – Cunégonde n'est point ici, dit Cacambo, elle est à Constantinople. – Ah, Ciel ! à Constantinople ! mais, fût-elle à la Chine, j'y vole, partons. – Nous partirons après souper, reprit Cacambo, je ne peux vous en dire davantage ; je suis esclave, mon maître m'attend ; il faut que j'aille le servir à table : ne dites mot ; soupez et tenez-vous prêt. »

Candide, partagé entre la joie et la douleur, charmé d'avoir revu son agent fidèle, étonné de le voir esclave,

plein de l'idée de retrouver sa maîtresse, le cœur agité, l'esprit bouleversé, se mit à table avec Martin, qui voyait de sang-froid toutes ces aventures, et avec six étrangers qui étaient venus passer le carnaval à Venise.

Cacambo, qui versait à boire à l'un de ces six étrangers, s'approcha de l'oreille de son maître, sur la fin du repas, et lui dit : « Sire, Votre Majesté partira quand elle voudra, le vaisseau est prêt. » Ayant dit ces mots, il sortit. Les convives, étonnés, se regardaient sans proférer une seule parole, lorsqu'un autre domestique, s'approchant de son maître, lui dit : « Sire, la chaise de Votre Majesté est à Padoue [1], et la barque est prête. » Le maître fit un signe, et le domestique partit. Tous les convives se regardèrent encore, et la surprise commune redoubla. Un troisième valet, s'approchant aussi d'un troisième étranger, lui dit : « Sire, croyez-moi, Votre Majesté ne doit pas rester ici plus longtemps : je vais tout préparer » ; et aussitôt il disparut.

Candide et Martin ne doutèrent pas alors que ce ne fût une mascarade du carnaval. Un quatrième domestique dit au quatrième maître : « Votre Majesté partira quand elle voudra », et sortit comme les autres. Le cinquième valet en dit autant au cinquième maître. Mais le sixième valet parla différemment au sixième étranger, qui était auprès de Candide ; il lui dit : « Ma foi, sire, on ne veut plus faire crédit à Votre Majesté, ni à moi non plus ; et nous pourrions bien être coffrés cette nuit, vous et moi : je vais pourvoir à mes affaires ; adieu. »

Tous les domestiques ayant disparu, les six étrangers, Candide et Martin demeurèrent dans un profond silence. Enfin Candide le rompit. « Messieurs, dit-il, voilà une singulière plaisanterie : pourquoi êtes-vous tous rois ? Pour moi, je vous avoue que ni moi ni Martin nous ne le sommes. »

Le maître de Cacambo prit alors gravement la parole, et dit en italien : « Je ne suis point plaisant, je m'appelle Achmet III [2]. J'ai été grand sultan plusieurs années ; je détrônai mon frère ; mon neveu m'a détrôné ; on a coupé

1. Padoue : ville proche de Venise.
2. Achmet III : sultan de Turquie, de 1703 à 1730 (mort en 1736).

le cou à mes vizirs ; j'achève ma vie dans le vieux sérail[1] ; mon neveu le grand sultan Mahmoud me permet de voyager quelquefois pour ma santé, et je suis venu passer le carnaval à Venise. »

Un jeune homme qui était auprès d'Achmet parla après lui, et dit : « Je m'appelle Ivan[2] ; j'ai été empereur de toutes les Russies ; j'ai été détrôné au berceau ; mon père et ma mère ont été enfermés ; on m'a élevé en prison ; j'ai quelquefois la permission de voyager, accompagné de ceux qui me gardent, et je suis venu passer le carnaval à Venise. »

Le troisième dit : « Je suis Charles-Édouard, roi d'Angleterre[3] ; mon père m'a cédé ses droits au royaume ; j'ai combattu pour les soutenir ; on a arraché le cœur à huit cents de mes partisans, et on leur en a battu les joues. J'ai été mis en prison ; je vais à Rome faire une visite au roi mon père, détrôné ainsi que moi et mon grand-père, et je suis venu passer le carnaval à Venise. »

Le quatrième prit alors la parole et dit : « Je suis roi des Polaques[4] ; le sort de la guerre m'a privé de mes États héréditaires ; mon père a éprouvé les mêmes revers ; je me résigne à la Providence comme le sultan Achmet, l'empereur Ivan et le roi Charles-Édouard, à qui Dieu donne une longue vie, et je suis venu passer le carnaval à Venise. »

Le cinquième dit : « Je suis aussi roi des Polaques[5] ; j'ai perdu mon royaume deux fois ; mais la Providence m'a donné un autre État, dans lequel j'ai fait plus de bien que tous les rois des Sarmates ensemble n'en ont jamais pu faire sur les bords de la Vistule ; je me résigne aussi à la Providence, et je suis venu passer le carnaval à Venise. »

1. Réservé aux sultans détrônés.

2. Ivan VI : proclamé tsar l'année de sa naissance (1740), il fut déposé en 1741 et assassiné en 1764.

3. Ce fils de Jacques III Stuart, né en exil (1720-1788), tenta la reconquête du trône d'Angleterre en 1745, avec l'aide de la France (et de Voltaire, alors bien en cour), mais fut vaincu à Culloden. En tant qu'historien, Voltaire parle de cent soixante-six pendus.

4. Auguste II (1696-1763) : électeur de Saxe, élu roi de Pologne (1733-1763). En 1756, il dut quitter ses « États héréditaires », c'est-à-dire la Saxe.

5. Stanislas Leszczyński (1677-1766) : beau-père de Louis XV, élu roi de Pologne en 1704, puis 1733, mais chaque fois chassé par ses adversaires. « Sarmates », un peu plus loin, est l'ancien nom des Polonais.

Il restait au sixième monarque à parler. « Messieurs, dit-il, je ne suis pas si grand seigneur que vous ; mais enfin j'ai été roi tout comme un autre. Je suis Théodore[1] ; on m'a élu roi en Corse ; on m'a appelé *Votre Majesté*, et à présent, à peine m'appelle-t-on *Monsieur*. J'ai fait frapper de la monnaie, et je ne possède pas un denier ; j'ai eu deux secrétaires d'État, et j'ai à peine un valet ; je me suis vu sur un trône, et j'ai longtemps été à Londres en prison, sur la paille. J'ai bien peur d'être traité de même ici, quoique je sois venu comme Vos Majestés passer le carnaval à Venise. »

Les cinq autres rois écoutèrent ce discours avec une noble compassion. Chacun d'eux donna vingt sequins[2] au roi Théodore pour avoir des habits et des chemises ; et Candide lui fit présent d'un diamant de deux mille sequins. « Quel est donc, disaient les cinq rois, ce simple particulier qui est en état de donner cent fois autant que chacun de nous, et qui le donne ? »

Dans l'instant qu'on sortait de table, il arriva dans la même hôtellerie quatre altesses sérénissimes qui avaient aussi perdu leurs États par le sort de la guerre, et qui venaient passer le reste du carnaval à Venise. Mais Candide ne prit pas seulement garde à ces nouveaux venus. Il n'était occupé que d'aller trouver sa chère Cunégonde à Constantinople.

CHAPITRE XXVII

Voyage de Candide à Constantinople

Le fidèle Cacambo avait déjà obtenu du patron turc qui allait reconduire le sultan Achmet à Constantinople qu'il recevrait Candide et Martin sur son bord. L'un et l'autre

1. Théodore de Neuhoff (1694-1756) : aventurier allemand, élu roi de Corse en 1736 avec l'aide du dey d'Alger. Il s'enfuit au bout de huit mois en Angleterre, où on l'emprisonna sept ans pour dettes.
2. Sequin : monnaie d'or vénitienne.

s'y rendirent après s'être prosternés devant sa misérable Hautesse. Candide, chemin faisant, disait à Martin : « Voilà pourtant six rois détrônés, avec qui nous avons soupé, et encore dans ces six rois il y en a un à qui j'ai fait l'aumône. Peut-être y a-t-il beaucoup d'autres princes plus infortunés. Pour moi, je n'ai perdu que cent moutons, et je vole dans les bras de Cunégonde. Mon cher Martin, encore une fois, Pangloss avait raison : tout est bien. – Je le souhaite, dit Martin. – Mais, dit Candide, voilà une aventure bien peu vraisemblable que nous avons eue à Venise. On n'avait jamais vu ni ouï conter que six rois détrônés soupassent ensemble au cabaret. – Cela n'est pas plus extraordinaire, dit Martin, que la plupart des choses qui nous sont arrivées. Il est très commun que des rois soient détrônés ; et à l'égard de l'honneur que nous avons eu de souper avec eux, c'est une bagatelle qui ne mérite pas notre attention. Qu'importe avec qui l'on soupe, pourvu qu'on fasse bonne chère ? »

À peine Candide fut-il dans le vaisseau qu'il sauta au cou de son ancien valet, de son ami Cacambo. « Eh bien ! lui dit-il, que fait Cunégonde ? Est-elle toujours un prodige de beauté ? M'aime-t-elle toujours ? Comment se porte-t-elle ? Tu lui as sans doute acheté un palais à Constantinople ?

– Mon cher maître, répondit Cacambo, Cunégonde lave les écuelles sur le bord de la Propontide[1], chez un prince qui a très peu d'écuelles ; elle est esclave dans la maison d'un ancien souverain nommé Ragotski[2], à qui le Grand Turc donne trois écus par jour dans son asile ; mais ce qui est bien plus triste, c'est qu'elle a perdu sa beauté et qu'elle est devenue horriblement laide. – Ah ! belle ou laide, dit Candide, je suis honnête homme, et mon devoir est de l'aimer toujours. Mais comment peut-elle être réduite à un état si abject avec les cinq ou six millions que tu avais apportés ? – Bon, dit Cacambo, ne m'en a-t-il pas fallu donner deux millions au señor don Fernando d'Ibaraa, y Figueora, y Mascarenes, y Lampourdos, y Souza, gou-

1. La Propontide : la mer de Marmara.
2. François Ragotski (1676-1735) : prince hongrois révolté contre l'Autriche avec le soutien français (1705-1710), puis réfugié en Turquie après sa défaite. Il se retira sur les bords de la mer de Marmara.

verneur de Buenos-Ayres, pour avoir la permission de reprendre mademoiselle Cunégonde ? Et un pirate ne nous a-t-il pas bravement dépouillés de tout le reste ? Ce pirate ne nous a-t-il pas menés au cap de Matapan, à Milo, à Nicarie, à Samos, à Petra, aux Dardanelles, à Marmora, à Scutari ? Cunégonde et la vieille servent chez ce prince dont je vous ai parlé, et moi je suis esclave du sultan détrôné. – Que d'épouvantables calamités enchaînées les unes aux autres ! dit Candide. Mais, après tout, j'ai encore quelques diamants ; je délivrerai aisément Cunégonde. C'est bien dommage qu'elle soit devenue si laide. »

Ensuite, se tournant vers Martin : « Qui pensez-vous, dit-il, qui soit le plus à plaindre, de l'empereur Achmet, de l'empereur Ivan, du roi Charles-Édouard, ou de moi ? – Je n'en sais rien, dit Martin ; il faudrait que je fusse dans vos cœurs pour le savoir. – Ah ! dit Candide, si Pangloss était ici, il le saurait et nous l'apprendrait. – Je ne sais, dit Martin, avec quelles balances votre Pangloss aurait pu peser les infortunes des hommes et apprécier leurs douleurs. Tout ce que je présume, c'est qu'il y a des millions d'hommes sur la terre cent fois plus à plaindre que le roi Charles-Édouard, l'empereur Ivan et le sultan Achmet. – Cela pourrait bien être », dit Candide.

On arriva en peu de jours sur le canal de la mer Noire. Candide commença par racheter Cacambo fort cher, et, sans perdre de temps, il se jeta dans une galère, avec ses compagnons, pour aller sur le rivage de la Propontide chercher Cunégonde, quelque laide qu'elle pût être.

Il y avait dans la chiourme[1] deux forçats qui ramaient fort mal, et à qui le levanti[2] patron appliquait de temps en temps quelques coups de nerf de bœuf sur leurs épaules nues ; Candide, par un mouvement naturel, les regarda plus attentivement que les autres galériens et s'approcha d'eux avec pitié. Quelques traits de leurs visages défigurés lui parurent avoir un peu de ressemblance avec Pangloss et avec ce malheureux jésuite, ce baron, ce frère de mademoiselle Cunégonde. Cette idée l'émut et l'attrista. Il les considéra encore plus attentivement. « En vérité, dit-il à

1. Chiourme : ensemble des forçats ramant dans la galère.
2. Levanti : natif des pays du (soleil) Levant.

Cacambo, si je n'avais pas vu pendre maître Pangloss, et si je n'avais pas eu le malheur de tuer le baron, je croirais que ce sont eux qui rament dans cette galère. »

Au nom du baron et de Pangloss les deux forçats poussèrent un grand cri, s'arrêtèrent sur leur banc et laissèrent tomber leurs rames. Le levanti patron accourait sur eux, et les coups de nerf de bœuf redoublaient. « Arrêtez, arrêtez, seigneur, s'écria Candide, je vous donnerai tant d'argent que vous voudrez. – Quoi ! c'est Candide ! disait l'un des forçats. – Quoi ! c'est Candide ! disait l'autre. – Est-ce un songe ? dit Candide ; veillé-je ? suis-je dans cette galère ? Est-ce là monsieur le baron que j'ai tué ? Est-ce là maître Pangloss que j'ai vu pendre ?

– C'est nous-mêmes, c'est nous-mêmes, répondaient-ils. – Quoi ! c'est là ce grand philosophe ? disait Martin. – Eh ! Monsieur le levanti patron, dit Candide, combien voulez-vous d'argent pour la rançon de M. de Thunder-ten-tronckh, un des premiers barons de l'Empire, et de M. Pangloss, le plus profond métaphysicien d'Allemagne ? – Chien de chrétien, répondit le levanti patron, puisque ces deux chiens de forçats chrétiens sont des barons et des métaphysiciens, ce qui est sans doute une grande dignité dans leur pays, tu m'en donneras cinquante mille sequins [1]. – Vous les aurez, monsieur, ramenez-moi comme un éclair à Constantinople, et vous serez payé sur-le-champ. Mais non, menez-moi chez mademoiselle Cunégonde. » Le levanti patron, sur la première offre de Candide, avait déjà tourné la proue vers la ville, et il faisait ramer plus vite qu'un oiseau ne fend les airs.

Candide embrassa cent fois le baron et Pangloss. « Et comment ne vous ai-je pas tué, mon cher baron ? et mon cher Pangloss, comment êtes-vous en vie après avoir été pendu ? et pourquoi êtes-vous tous deux aux galères en Turquie ? Est-il bien vrai que ma chère sœur soit dans ce pays ? disait le baron. – Oui, répondait Cacambo. – Je revois donc mon cher Candide », s'écriait Pangloss. Candide leur présentait Martin et Cacambo. Ils s'embrassaient tous, ils parlaient tous à la fois. La galère volait, ils étaient

1. Candide ne semble faire aucun progrès dans l'art difficile du commerce, où Voltaire excellait.

déjà dans le port. On fit venir un Juif, à qui Candide vendit pour cinquante mille sequins un diamant de la valeur de cent mille, et qui lui jura par Abraham qu'il n'en pouvait donner davantage. Il paya incontinent la rançon du baron et de Pangloss. Celui-ci se jeta aux pieds de son libérateur et les baigna de larmes ; l'autre le remercia par un signe de tête, et lui promit de lui rendre cet argent à la première occasion. « Mais est-il bien possible que ma sœur soit en Turquie ? disait-il. – Rien n'est si possible, reprit Cacambo, puisqu'elle écure la vaisselle chez un prince de Transylvanie. » On fit aussitôt venir deux Juifs ; Candide vendit encore des diamants ; et ils repartirent tous dans une autre galère pour aller délivrer Cunégonde.

CHAPITRE XXVIII

Ce qui arriva à Candide,
à Cunégonde, à Pangloss, à Martin, etc.

« Pardon, encore une fois, dit Candide au baron ; pardon, mon Révérend Père, de vous avoir donné un grand coup d'épée au travers du corps. – N'en parlons plus, dit le baron ; je fus un peu trop vif, je l'avoue ; mais, puisque vous voulez savoir par quel hasard vous m'avez vu aux galères, je vous dirai qu'après avoir été guéri de ma blessure par le frère apothicaire du collège, je fus attaqué et enlevé par un parti espagnol ; on me mit en prison à Buenos-Ayres dans le temps que ma sœur venait d'en partir. Je demandai à retourner à Rome auprès du père général. Je fus nommé pour aller servir d'aumônier à Constantinople auprès de M. l'ambassadeur de France. Il n'y avait pas huit jours que j'étais entré en fonctions, quand je trouvai sur le soir un jeune icoglan[1] très bien fait. Il faisait fort chaud : le jeune homme voulut se baigner ; je pris cette occasion de me baigner aussi. Je ne savais pas

1. Icoglan : page turc.

que ce fût un crime capital pour un chrétien d'être trouvé
tout nu avec un jeune musulman. Un cadi me fit donner
cent coups de bâton sous la plante des pieds et me con-
damna aux galères. Je ne crois pas qu'on ait fait une plus
horrible injustice. Mais je voudrais bien savoir pourquoi
ma sœur est dans la cuisine d'un souverain de Transyl-
vanie réfugié chez les Turcs.

– Mais vous, mon cher Pangloss, dit Candide, comment
se peut-il que je vous revoie ? – Il est vrai, dit Pangloss,
que vous m'avez vu pendre ; je devais naturellement être
brûlé ; mais vous vous souvenez qu'il plut à verse lors-
qu'on allait me cuire : l'orage fut si violent qu'on déses-
péra d'allumer le feu ; je fus pendu, parce qu'on ne put
mieux faire : un chirurgien acheta mon corps, m'emporta
chez lui, et me disséqua. Il me fit d'abord une incision cru-
ciale[1] depuis le nombril jusqu'à la clavicule. On ne pou-
vait pas avoir été plus mal pendu que je l'avais été. L'exé-
cuteur des hautes œuvres de la sainte Inquisition, lequel
était sous-diacre, brûlait à la vérité les gens à merveille,
mais il n'était pas accoutumé à pendre : la corde était
mouillée et glissa mal, elle fut nouée ; enfin je respirais
encore : l'incision cruciale me fit jeter un si grand cri que
mon chirurgien tomba à la renverse, et, croyant qu'il dis-
séquait le diable, il s'enfuit en mourant de peur, et tomba
encore sur l'escalier en fuyant[2]. Sa femme accourut au
bruit, d'un cabinet voisin ; elle me vit sur la table étendu
avec mon incision cruciale : elle eut encore plus de peur
que son mari, s'enfuit et tomba sur lui. Quand ils furent un
peu revenus à eux, j'entendis la chirurgienne qui disait au
chirurgien : « Mon bon, de quoi vous avisez-vous aussi de
disséquer un hérétique ? Ne savez-vous pas que le diable
est toujours dans le corps de ces gens-là ? Je vais vite cher-
cher un prêtre pour l'exorciser. » Je frémis à ce propos, et
je ramassai le peu de forces qui me restaient, pour crier :
« Ayez pitié de moi ! » Enfin le barbier portugais s'enhar-
dit ; il recousit ma peau ; sa femme même eut soin de
moi ; je fus sur pied au bout de quinze jours. Le barbier me
trouva une condition, et me fit laquais d'un chevalier de

1. Cruciale : en forme de croix.
2. Le chirurgien s'imagine que la croix a réveillé le diable.

Malte qui allait à Venise ; mais mon maître n'ayant pas de quoi me payer, je me mis au service d'un marchand vénitien, et je le suivis à Constantinople.

« Un jour il me prit fantaisie d'entrer dans une mosquée ; il n'y avait qu'un vieil iman et une jeune dévote très jolie qui disait ses patenôtres ; sa gorge était toute découverte : elle avait entre ses deux tétons un beau bouquet de tulipes, de roses, d'anémones, de renoncules, d'hyacinthes et d'oreilles-d'ours ; elle laissa tomber son bouquet ; je le ramassai, et je le lui remis avec un empressement très respectueux. Je fus si longtemps à le lui remettre que l'iman se mit en colère, et voyant que j'étais chrétien, il cria à l'aide. On me mena chez le cadi, qui me fit donner cent coups de lattes sur la plante des pieds et m'envoya aux galères. Je fus enchaîné précisément dans la même galère et au même banc que monsieur le baron. Il y avait dans cette galère quatre jeunes gens de Marseille, cinq prêtres napolitains, et deux moines de Corfou, qui nous dirent que de pareilles aventures arrivaient tous les jours. Monsieur le baron prétendait qu'il avait essuyé une plus grande injustice que moi ; je prétendais, moi, qu'il était beaucoup plus permis de remettre un bouquet sur la gorge d'une femme que d'être tout nu avec un icoglan. Nous disputions sans cesse, et nous recevions vingt coups de nerf de bœuf par jour, lorsque l'enchaînement des événements de cet univers vous a conduit dans notre galère, et que vous nous avez rachetés.

– Eh bien ! mon cher Pangloss, lui dit Candide, quand vous avez été pendu, disséqué, roué de coups, et que vous avez ramé aux galères, avez-vous toujours pensé que tout allait le mieux du monde ? – Je suis toujours de mon premier sentiment, répondit Pangloss, car enfin je suis philosophe : il ne me convient pas de me dédire, Leibniz ne pouvant pas avoir tort, et l'harmonie préétablie étant d'ailleurs la plus belle chose du monde, aussi bien que le plein et la matière subtile [1]. »

1. L'harmonie préétablie est un célèbre axiome leibnizien, dont on voit l'efficace parodique sur le récit. Le « plein et la matière subtile » renvoient à la philosophie cartésienne (voir Voltaire, *Éléments de la philosophie de Newton*, 1738).

CHAPITRE XXIX

Comment Candide retrouva Cunégonde et la vieille

Pendant que Candide, le baron, Pangloss, Martin et Cacambo contaient leurs aventures, qu'ils raisonnaient sur les événements contingents ou non contingents de cet univers, qu'ils disputaient sur les effets et les causes, sur le mal moral et sur le mal physique, sur la liberté et la nécessité, sur les consolations que l'on peut éprouver lorsqu'on est aux galères en Turquie, ils abordèrent sur le rivage de la Propontide à la maison du prince de Transylvanie. Les premiers objets qui se présentèrent furent Cunégonde et la vieille, qui étendaient des serviettes sur des ficelles pour les faire sécher.

Le baron pâlit à cette vue. Le tendre amant Candide, en voyant sa belle Cunégonde rembrunie, les yeux éraillés, la gorge sèche, les joues ridées, les bras rouges et écaillés, recula trois pas saisi d'horreur, et avança ensuite par bon procédé. Elle embrassa Candide et son frère ; on embrassa la vieille : Candide les racheta toutes deux.

Il y avait une petite métairie dans le voisinage : la vieille proposa à Candide de s'en accommoder, en attendant que toute la troupe eût une meilleure destinée. Cunégonde ne savait pas qu'elle était enlaidie, personne ne l'en avait avertie : elle fit souvenir Candide de ses promesses avec un ton si absolu que le bon Candide n'osa pas la refuser. Il signifia donc au baron qu'il allait se marier avec sa sœur. « Je ne souffrirai jamais, dit le baron, une telle bassesse de sa part et une telle insolence de la vôtre, cette infamie ne me sera jamais reprochée : les enfants de ma sœur ne pourraient entrer dans les chapitres d'Allemagne. Non, jamais ma sœur n'épousera qu'un baron de l'Empire. » Cunégonde se jeta à ses pieds et les baigna de larmes ; il fut inflexible. « Maître fou, lui dit Candide, je t'ai réchappé des galères, j'ai payé ta rançon, j'ai payé celle de ta sœur ; elle lavait ici des écuelles, elle est laide, j'ai la

bonté d'en faire ma femme, et tu prétends encore t'y
opposer ! Je te retuerais si j'en croyais ma colère. – Tu
peux me tuer encore, dit le baron, mais tu n'épouseras pas
ma sœur de mon vivant. »

CHAPITRE XXX

Conclusion

Candide, dans le fond de son cœur, n'avait aucune envie
d'épouser Cunégonde. Mais l'impertinence extrême du
baron le déterminait à conclure le mariage, et Cunégonde
le pressait si vivement qu'il ne pouvait s'en dédire. Il con-
sulta Pangloss, Martin et le fidèle Cacambo. Pangloss fit
un beau mémoire par lequel il prouvait que le baron
n'avait nul droit sur sa sœur, et qu'elle pouvait, selon
toutes les lois de l'Empire, épouser Candide de la main
gauche [1]. Martin conclut à jeter le baron dans la mer.
Cacambo décida qu'il fallait le rendre au levanti patron et
le remettre aux galères ; après quoi on l'enverrait à Rome
au père général par le premier vaisseau. L'avis fut trouvé
fort bon ; la vieille l'approuva ; on n'en dit rien à sa sœur ;
la chose fut exécutée pour quelque argent, et on eut le
plaisir d'attraper un jésuite et de punir l'orgueil d'un baron
allemand.

Il était tout naturel d'imaginer qu'après tant de désastres,
Candide, marié avec sa maîtresse et vivant avec le philo-
sophe Pangloss, le philosophe Martin, le prudent Cacambo
et la vieille, ayant d'ailleurs rapporté tant de diamants de
la patrie des anciens Incas, mènerait la vie du monde la
plus agréable ; mais il fut tant friponné par les Juifs qu'il
ne lui resta plus rien que sa petite métairie ; sa femme,
devenant tous les jours plus laide, devint acariâtre et

1. Cérémonie spéciale de mariage, alors conservée en Allemagne. En
cas de mésalliance, un prince qui donnait à l'épouse sa main gauche
n'engageait pas absolument ses biens et titres, ni même sa parole.

insupportable ; la vieille était infirme et fut encore de plus mauvaise humeur que Cunégonde. Cacambo, qui travaillait au jardin, et qui allait vendre des légumes à Constantinople, était excédé de travail et maudissait sa destinée. Pangloss était au désespoir de ne pas briller dans quelque université d'Allemagne. Pour Martin, il était fermement persuadé qu'on est également mal partout ; il prenait les choses en patience. Candide, Martin et Pangloss disputaient quelquefois de métaphysique et de morale. On voyait souvent passer sous les fenêtres de la métairie des bateaux chargés d'effendis, de bachas, de cadis[1], qu'on envoyait en exil à Lemnos, à Mytilène, à Erzeroum. On voyait venir d'autres cadis, d'autres bachas, d'autres effendis, qui prenaient la place des expulsés et qui étaient expulsés à leur tour. On voyait des têtes proprement empaillées qu'on allait présenter à la Sublime Porte. Ces spectacles faisaient redoubler les dissertations ; et quand on ne disputait pas, l'ennui était si excessif que la vieille osa un jour leur dire : « Je voudrais savoir lequel est le pire, ou d'être violée cent fois par des pirates nègres, d'avoir une fesse coupée, de passer par les baguettes chez les Bulgares, d'être fouetté et pendu dans un auto-da-fé, d'être disséqué, de ramer en galère, d'éprouver enfin toutes les misères par lesquelles nous avons tous passé, ou bien de rester ici à ne rien faire ? – C'est une grande question », dit Candide.

Ce discours fit naître de nouvelles réflexions, et Martin surtout conclut que l'homme était né pour vivre dans les convulsions de l'inquiétude, ou dans la léthargie de l'ennui. Candide n'en convenait pas, mais il n'assurait rien. Pangloss avouait qu'il avait toujours horriblement souffert ; mais ayant soutenu une fois que tout allait à merveille, il le soutenait toujours, et n'en croyait rien.

Une chose acheva de confirmer Martin dans ses détestables principes, de faire hésiter plus que jamais Candide, et d'embarrasser Pangloss. C'est qu'ils virent un jour aborder dans leur métairie Paquette et le frère Giroflée, qui étaient dans la plus extrême misère ; ils avaient bien vite mangé leurs trois mille piastres, s'étaient quittés,

1. Trois sortes de dignitaires turcs.

s'étaient raccommodés, s'étaient brouillés, avaient été mis en prison, s'étaient enfuis, et enfin frère Giroflée s'était fait turc. Paquette continuait son métier partout, et n'y gagnait plus rien. « Je l'avais bien prévu, dit Martin à Candide, que vos présents seraient bientôt dissipés et ne les rendraient que plus misérables. Vous avez regorgé de millions de piastres, vous et Cacambo, et vous n'êtes pas plus heureux que frère Giroflée et Paquette. – Ah, ah ! dit Pangloss à Paquette, le ciel vous ramène donc ici parmi nous, ma pauvre enfant ! Savez-vous bien que vous m'avez coûté le bout du nez, un œil et une oreille ? Comme vous voilà faite ! Et qu'est-ce que ce monde ! » Cette nouvelle aventure les engagea à philosopher plus que jamais.

Il y avait dans le voisinage un derviche [1] très fameux, qui passait pour le meilleur philosophe de la Turquie ; ils allèrent le consulter ; Pangloss porta la parole, et lui dit : « Maître, nous venons vous prier de nous dire pourquoi un aussi étrange animal que l'homme a été formé. – De quoi te mêles-tu ? dit le derviche, est-ce là ton affaire ? – Mais, mon Révérend Père, dit Candide, il y a horriblement de mal sur la terre. – Qu'importe, dit le derviche, qu'il y ait du mal ou du bien ? Quand Sa Hautesse [2] envoie un vaisseau en Égypte, s'embarrasse-t-elle si les souris qui sont dans le vaisseau sont à leur aise ou non ? – Que faut-il donc faire ? dit Pangloss. – Te taire, dit le derviche. – Je me flattais, dit Pangloss, de raisonner un peu avec vous des effets et des causes, du meilleur des mondes possibles, de l'origine du mal, de la nature de l'âme et de l'harmonie préétablie. » Le derviche, à ces mots, leur ferma la porte au nez.

Pendant cette conversation, la nouvelle s'était répandue qu'on venait d'étrangler à Constantinople deux vizirs du banc et le muphti [3], et qu'on avait empalé plusieurs de leurs amis. Cette catastrophe faisait partout un grand bruit pendant quelques heures. Pangloss, Candide et Martin, en retournant à la petite métairie, rencontrèrent un bon

1. Derviche : Voltaire en fait l'équivalent oriental d'un moine mendiant.

2. Le sultan.

3. Les vizirs du banc sont des ministres siégeant à la Cour suprême, le muphti est le grand dignitaire religieux.

vieillard qui prenait le frais à sa porte sous un berceau d'orangers. Pangloss, qui était aussi curieux que raisonneur, lui demanda comment se nommait le muphti qu'on venait d'étrangler. « Je n'en sais rien, répondit le bonhomme, et je n'ai jamais su le nom d'aucun muphti ni d'aucun vizir. J'ignore absolument l'aventure dont vous me parlez ; je présume qu'en général ceux qui se mêlent des affaires publiques périssent quelquefois misérablement, et qu'ils le méritent ; mais je ne m'informe jamais de ce qu'on fait à Constantinople ; je me contente d'y envoyer vendre les fruits du jardin que je cultive. » Ayant dit ces mots, il fit entrer les étrangers dans sa maison : ses deux filles et ses deux fils leur présentèrent plusieurs sortes de sorbets qu'ils faisaient eux-mêmes, du kaïmac piqué d'écorces de cédrat confit, des oranges, des citrons, des limons, des ananas, des pistaches, du café de Moka qui n'était point mêlé avec le mauvais café de Batavia et des îles. Après quoi les deux filles de ce bon musulman parfumèrent les barbes de Candide, de Pangloss et de Martin.

« Vous devez avoir, dit Candide au Turc, une vaste et magnifique terre ? – Je n'ai que vingt arpents [1], répondit le Turc ; je les cultive avec mes enfants ; le travail éloigne de nous trois grands maux : l'ennui, le vice, et le besoin. »

Candide, en retournant dans sa métairie, fit de profondes réflexions sur le discours du Turc. Il dit à Pangloss et à Martin : « Ce bon vieillard me paraît s'être fait un sort bien préférable à celui des six rois avec qui nous avons eu l'honneur de souper. – Les grandeurs, dit Pangloss, sont fort dangereuses, selon le rapport de tous les philosophes : car enfin Églon, roi des Moabites, fut assassiné par Aod ; Absalon fut pendu par les cheveux et percé de trois dards ; le roi Nadab, fils de Jéroboam, fut tué par Baaza ; le roi Éla, par Zambri ; Ochosias, par Jéhu ; Athalia, par Joïada ; les rois Joachim, Jéchonias, Sédécias, furent esclaves [2]. Vous savez comment périrent Crésus, Astyage, Darius, Denys de Syracuse, Pyrrhus, Persée, Annibal, Jugurtha, Arioviste, César, Pompée, Néron, Othon, Vitellius, Domitien [3], Richard II d'Angle-

1. Sept à huit hectares.
2. Noms bibliques (voir Dossier, p. 170).
3. Noms antiques.

terre, Édouard II, Henri VI, Richard III, Marie Stuart, Charles I[er], les trois Henri de France, l'empereur Henri IV [1] ? Vous savez… – Je sais aussi, dit Candide, qu'il faut cultiver notre jardin. – Vous avez raison, dit Pangloss : car, quand l'homme fut mis dans le jardin d'Éden, il y fut mis *ut operaretur eum*, pour qu'il travaillât, ce qui prouve que l'homme n'est pas né pour le repos. – Travaillons sans raisonner, dit Martin ; c'est le seul moyen de rendre la vie supportable. »

Toute la petite société entra dans ce louable dessein ; chacun se mit à exercer ses talents [2]. La petite terre rapporta beaucoup. Cunégonde était à la vérité bien laide ; mais elle devint une excellente pâtissière ; Paquette broda ; la vieille eut soin du linge. Il n'y eut pas jusqu'à frère Giroflée qui ne rendît service ; il fut un très bon menuisier, et même devint honnête homme ; et Pangloss disait quelquefois à Candide : « Tous les événements sont enchaînés dans le meilleur des mondes possibles ; car enfin, si vous n'aviez pas été chassé d'un beau château à grands coups de pied dans le derrière pour l'amour de mademoiselle Cunégonde, si vous n'aviez pas été mis à l'Inquisition, si vous n'aviez pas couru l'Amérique à pied, si vous n'aviez pas donné un bon coup d'épée au baron, si vous n'aviez pas perdu tous vos moutons du bon pays d'Eldorado, vous ne mangeriez pas ici des cédrats confits et des pistaches [3]. – Cela est bien dit, répondit Candide, mais il faut cultiver notre jardin. »

1. Noms modernes.
2. Mais quels sont exactement les talents spécifiques de Candide et de Pangloss ? Que font-ils au juste dans la petite société laborieuse, à part se taire pour l'un, et parler pour l'autre ?
3. Cédrats et pistaches seraient donc les *causes finales* optimistes des tribulations du héros ! Le propos de Pangloss juxtapose deux principes : le principe vaguement leibnizien de *raison suffisante* (les aventures de Candide s'enchaînent nécessairement, causalement, l'état final est le produit de ce qui précède), et le principe *optimiste*, ou providentialiste (ces aventures obéissent en définitive à une dynamique orientée par la logique du meilleur possible).

D O S S I E R

— *De Dieu, du mal et du bien*

Il n'est évidemment pas question de faire le tour ridiculement accéléré de l'épineuse question du mal, réanimée jusqu'à l'insoutenable par les atrocités modernes. On insistera surtout, dans cette sélection de textes, sur les rapports entre le mal et Dieu. Car c'est bien l'existence de Dieu qui fait du mal un redoutable problème théologico-philosophique. Comment concilier la perfection de l'un et l'acuité de l'autre ? Le sceptique Pierre Bayle [1] remue le couteau dans la plaie, et Leibniz vole aussitôt, de tout son génie, au secours de la divinité chrétienne menacée. De là le paradoxe central de *Candide* : parler du mal sans rien dire de Dieu ! Le conte philosophique s'ordonne autour d'un énorme vide, d'un silence obsédant. Comment un auteur aussi sincèrement déiste peut-il écrire un tel texte ? D'abord parce qu'il minimise en 1758-1759 le danger athée. Ensuite parce qu'il pense que la plupart des grands problèmes métaphysiques, sinon tous, échappent à la raison humaine, et qu'il faut le faire savoir, pour cesser de ratiociner dans le vide logomachique. Enfin, parce qu'on cultivera mieux notre jardin en se taisant. Plutôt que de réfléchir en vain sur le mal et le bien, travaillons à nous rendre moins malheureux, passons de la métaphysique à la morale, de l'abstrait au concret. Les textes qui suivent nous révèlent le point essentiel, car absent : *Candide* n'existe que par l'escamotage de la question de Dieu.

DE L'ODYSSÉE DE CANDIDE À LA THÉODICÉE DE LEIBNIZ

Le récit n'avance avec cette vitesse et cette gaieté qu'à ce prix, qui jette par-dessus bord les complexes problèmes traités

1. Voir *infra*, p. 150 et 152.

par Leibniz. Au fond, Leibniz nous demande un effort grandiose – adhérer, dans la mesure du possible, au point de vue cosmique et éternel de Dieu. Voltaire, en toute conscience, nous ramène brutalement dans la subjectivité purement humaine, dans le malheur vécu, vécu en accéléré ici et maintenant. Leibniz propose le panoramique, et Voltaire le gros plan.

On le soupçonne généralement de n'avoir rien compris à Leibniz, supposé trop fort pour sa tête mesquine ! Mais il vécut des années avec une femme remarquable, Mme du Châtelet, férue de leibnizianisme, et il pouvait le lire en français, tout comme nous. La preuve irréfutable qu'il le comprend, c'est qu'il l'inverse impeccablement, en le décapitant. Avant d'écrire *Candide*, il fallait décider d'amputer la question du mal de son enjeu métaphysique essentiel. On peut appeler cela une opération de pensée silencieuse et préalable, mais capitale, parce qu'elle commande l'écriture de bout en bout. Elle se réalise parfaitement dans le premier discours de Pangloss, d'où Dieu a disparu au profit du pur enchaînement des causes et des effets (chap. I). Autrement dit, Voltaire a choisi d'exclure la théologie (la science de Dieu), sans laquelle la question du mal perdait toute raison d'être suprasensible, toute possibilité d'ébranler les consciences européennes. Leibniz compose une théodicée[1], Voltaire, bien que déiste convaincu, une odyssée comique sans participation divine.

Voici quelques extraits des *Essais de théodicée* (1710) de Leibniz, immense réflexion sur le mal et le bien au regard de Dieu :

1. Après avoir réglé les droits de la foi et de la raison d'une manière qui fait servir la raison à la foi, bien loin de lui être contraire, nous verrons comment elles exercent ces droits pour maintenir et pour accorder ensemble ce que la lumière naturelle et la lumière révélée nous apprennent de Dieu et de l'homme par rapport au mal. L'on peut distinguer les *difficultés* en deux classes. Les unes naissent de la liberté de l'homme, laquelle paraît incompatible avec la nature divine ; et cependant la liberté est jugée nécessaire pour que l'homme puisse être jugé coupable et punissable. Les autres regardent la conduite de Dieu, qui semble

1. Théodicée : justification de la bonté de Dieu par une réfutation des arguments tirés de l'existence du mal.

lui faire prendre trop de part à l'existence du mal, quand même l'homme serait libre et y prendrait aussi sa part. Et cette conduite paraît contraire à la bonté, à la sainteté et à la justice divine, puisque Dieu concourt au mal, tant physique que moral, et qu'il concourt à l'un et à l'autre d'une manière morale aussi bien que d'une manière physique, et qu'il semble que ces maux se font voir dans l'ordre de la nature, aussi bien que dans celui de la grâce, et dans la vie future et éternelle, aussi bien et même plus que dans cette vie passagère.

2. Pour représenter ces difficultés en abrégé, il faut remarquer que la liberté est combattue, en apparence, par la détermination ou par la certitude, quelle qu'elle soit, et cependant le dogme commun de nos philosophes porte que la vérité des futurs contingents est déterminée. La prescience de Dieu rend aussi tout l'avenir certain et déterminé ; mais sa providence et sa préordination, sur laquelle la prescience même paraît fondée, fait bien plus : car Dieu n'est pas comme un homme qui peut regarder les événements avec indifférence, et qui peut suspendre son jugement ; puisque rien n'existe qu'en suite des décrets de sa volonté et par l'action de sa puissance. Et quand même on ferait abstraction du concours de Dieu, tout est lié parfaitement dans l'ordre des choses, puisque rien ne saurait arriver sans qu'il y ait une cause disposée comme il faut à produire l'effet ; ce qui n'a pas moins lieu dans les actions volontaires que dans toutes les autres. Après quoi il paraît que l'homme est forcé à faire le bien et le mal qu'il fait ; et par conséquent, qu'il n'en mérite ni récompense ni châtiment, ce qui détruit la moralité des actions et choque toute la justice divine et humaine.

3. Mais quand on accorderait à l'homme cette liberté dont il se pare à son dam, la conduite de Dieu ne laisserait pas de donner matière à la critique, soutenue par la présomptueuse ignorance des hommes qui voudraient se disculper en tout ou en partie aux dépens de Dieu. L'on objecte que toute la réalité, et ce qu'on appelle la substance de l'acte, dans le péché même, est une production de Dieu, puisque toutes les créatures et toutes leurs actions tiennent de lui ce qu'elles ont de réel ; d'où l'on voudrait inférer non seulement qu'il est la cause physique du péché, mais aussi qu'il en est la cause morale, puisqu'il agit très librement, et qu'il ne fait rien sans une parfaite connaissance de la chose et des suites qu'elle peut avoir. Et il ne suffit pas de dire que Dieu s'est fait une loi de concourir avec les volontés ou résolutions de l'homme, soit dans le sentiment commun, soit dans le système des causes occasionnelles ; car outre qu'on trouvera étrange qu'il se soit fait une telle loi, dont il n'ignorait point les suites, la principale difficulté est qu'il semble que la mauvaise volonté même ne

saurait exister sans un concours, et même sans quelque prédéter-
mination de sa part, qui contribue à faire naître cette volonté dans
l'homme ou dans quelque autre créature raisonnable ; car une
action, pour être mauvaise, n'en est pas moins dépendante de
Dieu.

D'où l'on voudra conclure enfin que Dieu fait tout indifférem-
ment, le bien et le mal, si ce n'est qu'on veuille dire, avec les
Manichéens, qu'il y a deux principes, l'un bon et l'autre mauvais.
De plus, suivant le sentiment commun des théologiens et des phi-
losophes, la conservation étant une création continuelle, on dira
que l'homme est continuellement créé corrompu et péchant. Outre
qu'il y a des cartésiens modernes qui prétendent que Dieu est le
seul acteur dont les créatures ne sont que les organes purement
passifs [1], et M. Bayle n'appuie pas peu là-dessus.

4. Mais quand Dieu ne devrait concourir aux actions que d'un
concours général, ou même point du tout, du moins aux mau-
vaises, c'est assez pour l'imputation, dira-t-on, et pour le rendre
cause morale, que rien n'arrive sans sa permission. […]

5. […] Notre but est d'éloigner les hommes des fausses idées
qui leur représentent Dieu comme un prince absolu, usant d'un
pouvoir despotique, peu propre à être aimé et peu digne d'être
aimé. Ces notions sont d'autant plus mauvaises par rapport à Dieu
que l'essentiel de la piété est non seulement de le craindre, mais
encore de l'aimer sur toutes choses ; ce qui ne se peut sans qu'on
en connaisse les perfections capables d'exciter l'amour qu'il
mérite et qui fait la félicité de ceux qui l'aiment. […]

7. *Dieu est la première raison des choses* : car celles qui sont
bornées, comme tout ce que nous voyons et expérimentons, sont
contingentes et n'ont rien en elles qui rende leur existence néces-
saire, étant manifeste que le temps, l'espace et la matière, unies et
uniformes en elles-mêmes et indifférentes à tout, pouvaient rece-
voir de tout autres mouvements et figures, et dans un autre ordre.
Il faut donc chercher la *raison de l'existence du monde*, qui est
l'assemblage entier des choses *contingentes*, et il faut la chercher
dans la *substance qui porte la raison de son existence avec elle*, et
laquelle par conséquent est *nécessaire* et éternelle. Il faut aussi
que cette cause soit *intelligente* ; car ce monde qui existe étant
contingent, et une infinité d'autres mondes étant également pos-
sibles et également prétendants à l'existence, pour ainsi dire, aussi
bien que lui, il faut que la cause du monde ait eu égard ou relation
à tous ces mondes possibles, pour en déterminer un. Et cet égard
ou rapport d'une substance existante à de simples possibilités ne
peut être autre chose que l'*entendement* qui en a les idées ; et en

1. Allusion à Malebranche.

déterminer une, ne peut être autre chose que l'acte de la *volonté* qui choisit. Et c'est la *puissance* de cette substance qui en rend la volonté efficace. La puissance va à l'*être*, la sagesse ou l'entendement au *vrai*, et la volonté au *bien*. Et cette cause intelligente doit être infinie de toutes les manières et absolument parfaite en *puissance*, en *sagesse* et en *bonté*, puisqu'elle va à tout ce qui est possible. Et comme tout est lié, il n'y a pas lieu d'en admettre plus d'une. Son entendement est la source des *essences*, et sa volonté est l'origine des *existences*. Voilà en peu de mots la preuve d'un Dieu unique avec ses perfections, et par lui l'origine des choses.

8. Or, cette suprême sagesse, jointe à une bonté qui n'est pas moins infinie qu'elle, n'a pu manquer de choisir le meilleur. Car comme un moindre mal est une espèce de bien, de même un moindre bien est une espèce de mal, s'il fait obstacle à un bien plus grand ; et il y aurait quelque chose à corriger dans les actions de Dieu, s'il y avait moyen de mieux faire. Et comme dans les mathématiques, quand il n'y a point de *maximum* ni de *minimum*, rien enfin de distingué, tout se fait également ; ou quand cela ne se peut, il ne se fait rien du tout ; on peut dire de même en matière de parfaite sagesse, qui n'est pas moins réglée que les mathématiques, que s'il n'y avait pas le meilleur (*optimum*) parmi tous les mondes possibles, Dieu n'en aurait produit aucun. J'appelle *monde* toute la suite et toute la collection de toutes les choses existantes, afin qu'on ne dise point que plusieurs mondes pouvaient exister en différents temps et différents lieux. Car il faudrait les compter tous ensemble pour un monde, ou si vous voulez pour un univers. Et quand on remplirait tous les temps et tous les lieux, il demeure toujours vrai qu'on les aurait pu remplir d'une infinité de manières, et qu'il y a une infinité de mondes possibles dont il faut que Dieu ait choisi le meilleur, puisqu'il ne fait rien sans agir suivant la suprême raison.

9. Quelque adversaire ne pouvant répondre à cet argument répondra peut-être à la conclusion par un argument contraire, en disant que le monde aurait pu être sans le péché et sans les souffrances ; mais je nie qu'alors il aurait été *meilleur*. Car il faut savoir que tout est lié dans chacun des mondes possibles : l'univers, quel qu'il puisse être, est tout d'une pièce, comme un océan ; le moindre mouvement y étend son effet à quelque distance que ce soit, quoique cet effet devienne moins sensible à proportion de la distance ; de sorte que Dieu y a tout réglé par avance une fois pour toutes, ayant prévu les prières, les bonnes et les mauvaises actions, et tout le reste ; et chaque chose a contribué *idéalement* avant son existence à la résolution qui a été prise sur l'existence de toutes les choses. De sorte que rien ne peut être changé dans l'univers (non plus que dans un nombre) sauf son essence, ou si

vous voulez, sauf son *individualité numérique*. Ainsi, si le moindre mal qui arrive dans le monde y manquait, ce ne serait plus ce monde, qui, tout compté, tout rabattu, a été trouvé le meilleur par le créateur qui l'a choisi[1].

AUTOUR DU DÉSASTRE DE LISBONNE

VOLTAIRE, *POÈME SUR LE DÉSASTRE DE LISBONNE*, *OU EXAMEN DE CET AXIOME : « TOUT EST BIEN »*

Suite au tremblement de terre qui ravagea Lisbonne le 1er novembre 1755, Voltaire écrivit son célèbre *Poème sur le désastre de Lisbonne*, paru en 1756. L'auteur, comme il l'annonce dans sa préface, entend s'élever « contre les abus qu'on peut faire de cet ancien axiome *Tout est bien* ». Il s'indigne des conclusions hâtivement tirées d'une œuvre qu'il admire, l'*Essai sur l'homme* (1734), où Pope développe en vers le système leibnizien : « Les critiques ont dit "Leibniz, Pope enseignent le fatalisme", et les partisans ont dit : "Si Leibniz et Pope enseignent le fatalisme [...], c'est à cette fatalité invincible qu'il faut croire. » Voltaire, au contraire, adhère comme il le fera dans *Candide* à « cette triste et plus ancienne vérité, reconnue de tous les hommes, *qu'il y a du mal sur la terre* », parce que « le mot *Tout est bien*, pris dans un sens absolu et sans l'espérance d'un avenir, n'est qu'une insulte aux douleurs de notre vie ». Surtout, il s'interroge sur l'origine du mal moral et du mal physique, qu'aucun philosophe, dit-il, n'est jamais parvenu à expliquer :

Ô malheureux mortels ! Ô terre déplorable !
Ô de tous les mortels assemblage effroyable !
D'inutiles douleurs éternel entretien !
Philosophes trompés, qui criez, « Tout est bien » ;
Accourez, contemplez ces ruines affreuses,
Ces débris, ces lambeaux, ces cendres malheureuses,
Ces femmes, ces enfants l'un sur l'autre entassés,

1. Leibniz, *Essais de Théodicée sur la bonté de Dieu, la liberté de l'homme et l'origine du mal*, éd. J. Brunschwig, GF-Flammarion, 1969, Première partie, p. 103-109.

Sous ces marbres rompus ces membres dispersés ;
Cent mille infortunés que la terre dévore,
Qui sanglants, déchirés, et palpitants encore,
Enterrés sous leurs toits, terminent sans secours
Dans l'horreur des tourments leurs lamentables jours !
Aux cris demi-formés de leurs voix expirantes,
Au spectacle effrayant de leurs cendres fumantes,
Direz-vous, « C'est l'effet des éternelles lois
Qui d'un dieu libre et bon nécessitent le choix ? »
Direz-vous, en voyant cet amas de victimes :
« Dieu s'est vengé, leur mort est le prix de leurs crimes » ?
Quel crime, quelle faute ont commis ces enfants
Sur le sein maternel écrasés et sanglants ?
Lisbonne, qui n'est plus, eut-elle plus de vices
Que Londres, que Paris, plongés dans les délices ?
Lisbonne est abîmée, et l'on danse à Paris.
Tranquilles spectateurs, intrépides esprits,
De vos frères mourants contemplant les naufrages,
Vous recherchez en paix les causes des orages :
Mais du sort ennemi quand vous sentez les coups,
Devenus plus humains, vous pleurez comme nous.
Croyez-moi, quand la terre entrouvre ses abîmes,
Ma plainte est innocente et mes cris légitimes.
[…]
« Tout est bien, dites-vous, et tout est nécessaire. »
Quoi ! l'univers entier, sans ce gouffre infernal,
Sans engloutir Lisbonne, eût-il été plus mal ?
Êtes-vous assurés que la cause éternelle
Qui fait tout, qui sait tout, qui créa tout pour elle,
Ne pouvait nous jeter dans ces tristes climats
Sans former des volcans allumés sous nos pas ?
Borneriez-vous ainsi la suprême puissance ?
Lui défendriez-vous d'exercer sa clémence ?
L'éternel artisan n'a-t-il pas dans ses mains
Des moyens infinis tout prêts pour ses desseins ?
Je désire humblement, sans offenser mon maître,
Que ce gouffre enflammé de soufre et de salpêtre
Eût allumé ses feux dans le fond des déserts.
Je respecte mon Dieu, mais j'aime l'univers.
Quand l'homme ose gémir d'un fléau si terrible,
Il n'est point orgueilleux, hélas ! il est sensible.
Les tristes habitants de ces bords désolés
Dans l'horreur des tourments seraient-ils consolés
Si quelqu'un leur disait : « Tombez, mourez tranquilles ;
Pour le bonheur du monde on détruit vos asiles ;

D'autres mains vont bâtir vos palais embrasés,
D'autres peuples naîtront dans vos murs écrasés ;
Le Nord va s'enrichir de vos pertes fatales ;
Tous vos maux sont un bien dans les lois générales ;
Dieu vous voit du même œil que les vils vermisseaux
Dont vous serez la proie au fond de vos tombeaux ? »
À des infortunés quel horrible langage !
Cruels, à mes douleurs n'ajoutez point l'outrage.
Non, ne présentez plus à mon cœur agité
Ces immuables lois de la nécessité,
Cette chaîne des corps, des esprits, et des mondes.
Ô rêves des savants ! ô chimères profondes !
Dieu tient en main la chaîne, et n'est point enchaîné ;
Par son choix bienfaisant tout est déterminé :
Il est libre, il est juste, il n'est point implacable.
Pourquoi donc souffrons-nous sous un maître équitable ?
Voilà le nœud fatal qu'il fallait délier.
Guérirez-vous nos maux en osant les nier ?
[…]
Leibniz ne m'apprend point par quels nœuds invisibles,
Dans le mieux ordonné des univers possibles,
Un désordre éternel, un chaos de malheurs,
Mêle à nos vains plaisirs de réelles douleurs,
Ni pourquoi l'innocent, ainsi que le coupable,
Subit également ce mal inévitable.
Je ne conçois pas plus comment tout serait bien :
Je suis comme un docteur ; hélas ! je ne sais rien.
Platon dit qu'autrefois l'homme avait eu des ailes,
Un corps impénétrable aux atteintes mortelles ;
La douleur, le trépas, n'approchaient point de lui.
De cet état brillant qu'il diffère aujourd'hui !
Il rampe, il souffre, il meurt ; tout ce qui naît expire ;
De la destruction la nature est l'empire.
Un faible composé de nerfs et d'ossements
Ne peut être insensible au choc des éléments ;
Ce mélange de sang, de liqueurs, et de poudre,
Puisqu'il fut assemblé, fut fait pour se dissoudre ;
Et le sentiment prompt de ces nerfs délicats
Fut soumis aux douleurs, ministres du trépas :
C'est là ce que m'apprend la voix de la nature.
J'abandonne Platon, je rejette Épicure.
Bayle en sait plus qu'eux tous ; je vais le consulter :
La balance à la main, Bayle enseigne à douter[1],

1. La « balance » renvoie aux sceptiques.

Assez sage, assez grand pour être sans système,
Il les a tous détruits, et se combat lui-même :
Semblable à cet aveugle en butte aux Philistins,
Qui tomba sous les murs abattus par ses mains.
Que peut donc de l'esprit la plus vaste étendue ?
Rien : le livre du sort se ferme à notre vue.
L'homme, étranger à soi, de l'homme est ignoré.
Que suis-je, où suis-je, où vais-je, et d'où suis-je tiré ? […]

RÉPONSE AU POÈME DE VOLTAIRE

Le texte suivant, extrait de la *Correspondance littéraire* de Grimm et Diderot (juillet 1756), périodique manuscrit sur la vie culturelle française expédié de Paris à quelques dizaines de riches et puissants abonnés européens, porte sur la philosophie de Voltaire dans son *Poème sur le désastre de Lisbonne*. Il exprime une perspective athée ou agnostique sur le bien et le mal, envisagés du point de vue ni de Dieu (Leibniz) ni de l'homme (Voltaire), mais de la nature. On ne sait qui, de Grimm ou de Diderot, en est l'auteur.

Juillet 1756

Quand Leibniz et milord Shaftesbury, et leur interprète auprès du peuple, le célèbre Pope[1], me disent : « Tout est bien », je leur demande : « Qu'en savez-vous ? » Il n'y a pas apparence qu'ils me répondent jamais à cette petite question. Mais lorsque M. de Voltaire leur nie ce principe, parce que Lisbonne a été renversée par un tremblement de terre, il est beaucoup moins philosophe qu'eux, en ce qu'il regarde le malheur et la destruction d'un certain nombre d'individus comme un mal dans l'univers. Que savez-vous si c'en est un ? lui dirai-je. Quel est votre orgueil de vous compter pour quelque chose dans l'immensité et d'attaquer l'ordre général sur l'anéantissement de quelques êtres auxquels vous vous intéressez par un retour involontaire sur vous et sur votre faiblesse, parce que vous êtes de leur espèce, ou parce qu'ayant une vie et le sentiment de votre existence comme eux, vous vous sentez exposé aux mêmes dangers ? Je ne suis point orgueilleux, dites-vous, je suis sensible : soit ; il vous est donc permis de dire qu'il y a dans ce monde un bonheur et un malheur relatifs à chaque individu ; mais ne dites point que ce bonheur ou

1. Tous trois évoqués par Voltaire dans la Préface et les notes du *Poème sur le désastre de Lisbonne*.

ce malheur soit un bien ou un mal dans l'univers ; puisque vous n'en savez rien, et qu'il paraît même absolument indifférent pour chaque espèce d'êtres. Pour peu qu'on réfléchisse, on trouvera ici la source de tous les paralogismes sur la fameuse question de l'origine du mal. Vous remarquez que Bayle a laissé cette dispute indécise, après avoir exposé toutes les opinions qui partagent les écoles[1] ; c'est que Bayle était philosophe. Il y a du bonheur et du malheur dans le monde : personne n'en peut douter. Le bien et le mal sont deux mots vides de sens pour le vrai philosophe. On a confondu toutes ces idées, on a disputé, et l'on ne s'est plus entendu.

Le bonheur n'est pas un bien, le malheur n'est pas un mal dans l'ordre des choses, du moins nous n'en savons rien ; il n'est tel que par rapport à la situation particulière d'un tel individu. Or cette situation est bien nécessaire, mais elle est en même temps indifférente à l'ordre de l'univers. Le bonheur et le malheur tiennent à l'enchaînement des événements physiques et des circonstances morales, à leur fatalité, à leur concours inévitable. Le bien et le mal, au contraire, tiennent aux lois générales qui modifient et gouvernent cet univers, et qui en assurent la durée dans la conservation de l'ordre et de l'harmonie établis. Avant que de décider s'il y a un bien et un mal moral, ne faudrait-il pas savoir quelles sont ces lois générales, quelle est la puissance qui les a établies, et qui les dirige ? Et de bonne foi, croyez-vous que nous sachions jamais rien de tout cela ? Ce qui nous a induits en erreur sur ce point est ce désir inconcevable que nous avons en nous d'être heureux. Rien ne pouvant nous détacher de notre bonheur, nous croyons que tout l'univers doit y concourir, et nous crions au mal physique et moral dès que les circonstances s'opposent à notre bien-être particulier, ou que les événements y sont contraires. Cependant, si nous voulons voir les choses telles qu'elles sont, nous trouverons que la nature fait tout pour elle-même, et ne fait rien pour nous. Elle songe uniquement au bien-être et à la conservation des espèces, et néglige absolument la conservation des individus. Elle s'inquiète peu de notre bonheur ; elle compte pour rien nos douleurs, nos souffrances, et immole sans cesse l'individu au bien de l'espèce. Voilà pourquoi nous sommes si invinciblement attachés à nous-mêmes que nous ne saurions jamais renoncer sincèrement au soin de notre conservation, lors même que la non-existence serait un plus grand bien pour nous que l'existence. C'est que, si cet attachement de l'animal à la vie connaissait des bornes, ou qu'il fût subordonné à la raison, l'espèce entière courrait bientôt risque de périr. Voilà aussi, ce me semble, la source de nos passions, de l'empire de l'imagination et

1. Voir *supra*, p. 150-151.

des illusions. Ce sont elles qui gouvernent le monde, on l'a dit avec raison. Avec quelle force nous sommes poussés à des choses peu nécessaires à notre bonheur ! avec quelle ardeur nous songeons à satisfaire nos passions ! Nous nous remuons sans cesse ; rien n'étonne notre courage ; la longueur et la difficulté de nos entreprises, la grandeur de nos travaux, rien n'épuise en nous cette soif de la gloire, cette hardiesse de génie. Est-ce pour notre bonheur individuel que nous agissons ainsi ? Combien il nous faut peu de toutes ces choses-là pour le procurer ! Placés entre deux instants, la raison et la philosophie ne nous disent-elles pas sans cesse que le repos et la jouissance paisible de notre existence sont les seuls biens pour des êtres qui doivent disparaître le lendemain, et qui ne jouiront ni de leurs travaux ni de la gloire qui en doit résulter : voilà la voix de la sagesse. Tous nos désirs, toutes nos actions sont autant d'extravagances dans ses principes. Nous ambitionnons le titre de sages ; mais nous obéissons malgré nous-mêmes à la nature qui dirige cette effervescence de génie au but général de ses vues ; qui opère, dans cette fermentation continuelle des individus, le bien-être constant de l'espèce, et qui prépare, par les travaux de la génération présente, les avantages de la génération future ; et, pendant que l'homme sacrifie à ses desseins son repos, sa santé, sa vie, tous les biens réels de son existence individuelle, elle le dédommage de tous ses sacrifices par un peu de fumée de gloire, ou par cette ivresse même qui le rend si remuant et si audacieux. Nous avons beau philosopher et appeler la sagesse à notre secours, il faut subir notre sort[1].

LA QUESTION DE DIEU ET L'OPTIMISME

APRÈS *CANDIDE* : LE RETOURNEMENT DE VOLTAIRE

Il est tout à fait instructif de voir comment, dans *Histoire de Jenni ou le Sage et l'Athée* (1775), son dernier grand récit, Voltaire, sous la pression des philosophes athées parisiens qu'il veut combattre, reprend à son tour les arguments canoniques sur la prévalence du bien dans le monde. Fini le temps où l'on avait loisir de se moquer de Pangloss. Le déiste de Ferney a rejoint le chapelain « leibnizien », qu'il avait pourtant privé d'œil et de nez dans *Candide*. Dans cet extrait d'une

1. Grimm et Diderot, *Correspondance littéraire*, Ferney, Centre international d'étude du XVIIIe siècle, 2006, p. 245-247.

très longue discussion sur l'athéisme, c'est-à-dire sur le mal et le bien terrestres, le sage et vertueux Freind défend un optimisme déiste contre le pessimisme athée de Birton, qui vient de douter de la vertu après avoir brossé un terrible tableau des maux physiques et moraux.

FREIND. Vous m'avez parlé, monsieur Birton, des guerres aussi cruelles qu'injustes dont tant de nations se sont rendues coupables ; vous avez peint les abominations des chrétiens au Mexique et au Pérou, vous pouvez y ajouter la Saint-Barthélemy de France et les massacres d'Irlande ; mais n'est-il pas des peuples entiers qui ont toujours eu l'effusion de sang en horreur ? Les bracmanes n'ont-ils pas donné de tout temps cet exemple au monde ? Et sans sortir du pays où nous sommes, n'avons-nous pas auprès de nous la Pennsylvanie, où nos philadelphiens, qu'on défigure en vain par le nom de quakers, ont toujours détesté la guerre ? N'avons-nous pas la Caroline, où le grand Locke a dicté ses lois ? Dans ces deux patries de la vertu, tous les citoyens sont égaux, toutes les consciences sont libres, toutes les religions sont bonnes, pourvu qu'on adore un Dieu ; tous les hommes y sont frères. Vous avez vu, monsieur Birton, comme au seul nom d'un descendant de Penn[1] les habitants des montagnes bleues, qui pouvaient vous exterminer, ont mis bas les armes. Ils ont senti ce que c'est que la vertu, et vous vous obstinez à l'ignorer ! Si la terre produit des poisons comme des aliments salutaires, voudrez-vous ne vous nourrir que de poisons ?

BIRTON. Ah ! monsieur, pourquoi tant de poisons ? Si Dieu a tout fait, ils sont son ouvrage ; il est le maître de tout ; il fait tout ; il dirige la main de Cromwell qui signe la mort de Charles Ier ; il conduit le bras du bourreau qui lui tranche la tête ; non, je ne puis admettre un Dieu homicide.

FREIND. Ni moi non plus. Écoutez, je vous prie ; vous conviendrez avec moi que Dieu gouverne le monde par des lois générales. Selon ces lois, Cromwell, monstre de fanatisme et d'hypocrisie, résolut la mort de Charles Ier pour son intérêt, que tous les hommes aiment nécessairement, et qu'ils n'entendent pas tous également. Selon les lois du mouvement établies par Dieu même, le bourreau coupa la tête de ce roi. Mais certainement Dieu n'assassina pas Charles Ier par un acte particulier de sa volonté. Dieu ne fut ni Cromwell, ni Jeffris, ni Ravaillac, ni Balthazar Gérard, ni le frère prêcheur Jacques Clément. Dieu ne commet, ni n'ordonne, ni ne

1. Guillaume Penn (1644-1718), célèbre quaker, fondateur de la Pennsylvanie en 1682.

permet le crime ; mais il a fait l'homme, et il a fait les lois du mouvement ; ces lois éternelles du mouvement sont également exécutées par la main de l'homme charitable qui la tend au pauvre, et par la main du scélérat qui égorge son frère. De même que Dieu n'éteignit point son soleil et n'engloutit point l'Espagne sous la mer, pour punir Cortez, Almagro et Pizarro, qui avaient inondé de sang humain la moitié d'un hémisphère, de même aussi il n'envoie point une troupe d'anges à Londres et ne fait point descendre du ciel cent mille tonneaux de vin de Bourgogne pour faire plaisir à ses chers Anglais quand ils ont fait une bonne action. Sa providence générale serait ridicule, si elle descendait dans chaque moment à chaque individu ; et cette vérité est si palpable que jamais Dieu ne punit sur-le-champ un criminel par un coup éclatant de sa toute-puissance : il laisse luire son soleil sur les bons et sur les méchants. Si quelques scélérats sont morts immédiatement après leurs crimes, ils sont morts par les lois générales qui président au monde. J'ai lu dans le gros livre d'un *Frenchman* nommé Mézeray, que Dieu avait fait mourir notre grand Henri V de la fistule à l'anus, parce qu'il avait osé s'asseoir sur le trône du roi très chrétien ; non, il mourut parce que les lois générales émanées de la toute-puissance avaient tellement arrangé la matière que la fistule à l'anus devait terminer la vie de ce héros. Tout le physique d'une mauvaise action est l'effet des lois générales imprimées par la main de Dieu à la matière ; tout le mal moral de l'action criminelle est l'effet de la liberté dont l'homme abuse.

Enfin, sans nous plonger dans les brouillards de la métaphysique, souvenons-nous que l'existence de Dieu est démontrée ; il n'y a plus à disputer sur son existence. Ôtez Dieu au monde, l'assassinat de Charles Ier en devient-il plus légitime ? Son bourreau vous en sera-t-il plus cher ? Dieu existe, il suffit ; s'il existe, il est juste. Soyez donc justes.

BIRTON. Votre petit argument sur le concours de Dieu a de la finesse et de la force, quoiqu'il ne disculpe pas Dieu entièrement d'être l'auteur du mal physique et du mal moral. Je vois que la manière dont vous excusez Dieu fait quelque impression sur l'assemblée ; mais ne pouvait-il pas faire en sorte que les lois générales n'entraînassent pas tant de malheurs particuliers ? Vous m'avez prouvé un Être éternel et puissant ; et, Dieu me pardonne ! j'ai craint un moment que vous ne me fissiez croire en Dieu. Mais j'ai de terribles objections à vous faire. Allons, Jenni, prenons courage ; ne nous laissons point abattre[1].

1. Voltaire, *Histoire de Jenni ou le Sage et l'Athée*, chap. IX, dans *Romans et contes*, éd. F. Deloffre et J. Van den Heuvel, Gallimard, « Bibliothèque de la Pléiade », 1979, p. 643-646.

QU'EST-CE QUE L'OPTIMISME ?

Il n'est pas besoin de longs discours pour définir l'optimisme en son sens originel (1737), c'est-à-dire spécialisé et technique, propre au langage philosophique : Dieu, par sa nature parfaite, veut nécessairement le meilleur *possible*, en fonction d'un contexte cosmique et de visées qui nous dépassent. Est optimiste celui qui croit en la doctrine théologico-philosophique du meilleur (*optimus*) ainsi entendu. Le propre de Voltaire et de Pangloss, dans *Candide*, est d'en faire un système purement terrestre, et purement autonome, purement philosophique, coupé de la théodicée qui lui donne sens, c'est-à-dire privé de toute référence explicite à Dieu. Ni Pangloss, ni Martin, ni Candide ne parlent en effet de Dieu ni de son rapport problématique au mal. Comme le suggère l'extrait qui précède, il n'en ira plus de même en 1775, dans *Histoire de Jenni ou le Sage et l'Athée*, le dernier grand récit voltairien, quand l'écrivain a pris conscience du danger athée.

De même que Voltaire a dé-théologisé l'optimisme dans *Candide*, le succès des mots « optimisme » et « optimiste » après *Candide* les a arrachés à la philosophie pure pour les donner de nos jours au tempérament, à la simple psychologie, à la pure opinion subjective, aux sondages d'opinion. Est dit optimiste, de nos jours, celui qui jette un regard bienveillant et exactement daté sur les courbes du chômage et les espérances gouvernementales. La conviction philosophique raisonnée s'est transformée en trait de caractère (« c'est un optimiste »), ou en opinion fluctuante : « Les Français sont moins optimistes qu'il y a un mois »…

Le *Dictionnaire de Trévoux*, production jésuite, proposait en 1752 la définition suivante, avant donc le dictionnaire de l'Académie française, qui n'accueille le mot qu'en 1762. *Candide* favorisa sans doute son emploi. Le terme pessimisme apparaîtra plus tard, et n'entrera à l'Académie qu'en 1878, un siècle après.

> OPTIMISME. Terme didactique. Du mot *optimus*, le meilleur. C'est le nom qu'on donne au système de ceux qui prétendent que tout est bien, que le monde est le meilleur que Dieu ait pu créer ; que le mieux possible se trouve dans tout ce qui est et qui arrive. Les crimes mêmes sont accessoires à la beauté et à la perfection du monde moral, parce qu'il en résulte des biens. Le crime de Tar-

quin qui viola Lucrèce produisit la liberté de Rome et par conséquent toutes les vertus de la République romaine. Voyez la Théodicée de M. Leibniz. Mais pourquoi faut-il que dans le meilleur des mondes, les vertus soient produites par des crimes ? D'ailleurs, l'*optimisme* règle Dieu comme un automate. Comment accorder cette opinion avec sa liberté ? Il paraît que ce n'est qu'un matérialisme déguisé, un spinozisme spirituel.

Quant à l'*Encyclopédie* de Diderot et d'Alembert, elle illustre la tendance bien connue des dictionnaires à se copier :

OPTIMISME (*philos*.). On appelle ainsi l'opinion des philosophes qui prétendent que ce monde-ci est le meilleur que Dieu pût créer, le meilleur des mondes possibles. Le père Malebranche, et surtout M. Leibniz, ont fort contribué à accréditer cette opinion, voyez MALEBRANCHISME et LEIBNIZIANISME. C'est principalement dans sa théodicée que le dernier de ces philosophes a expliqué et développé son système. On peut en voir une idée dans son éloge par M. de Fontenelle, *Mémoires de l'académie, année 1716*. Il prétend par exemple, que le crime de Tarquin qui viola Lucrèce, était accessoire à la beauté et à la perfection de ce monde moral, parce que ce crime a produit la liberté de Rome, et par conséquence toutes les vertus de la république romaine. Mais pourquoi les vertus de la république romaine avaient-elles besoin d'être précédées et produites par un crime ? Voilà ce qu'on ne nous dit pas, et ce qu'on serait bien embarrassé de nous dire. Et puis, comment accorder cet *optimisme* avec la liberté de Dieu, autre question non moins embarrassante ? Comment tant d'hommes s'égorgent-ils dans le meilleur des mondes possibles ? Et si c'est là le meilleur des mondes possibles, pourquoi Dieu l'a-t-il créé ? La réponse à toutes ces questions est en deux mots : *ô altitudo* ! etc. Il faut avouer que toute cette métaphysique de l'*optimisme* est bien creuse.

Le XVIII^e siècle classait généralement les utopies dans les récits de voyages, très en vogue. Qu'appelait-on alors une utopie ? Un *roman de l'État*, comme dit fort bien le mot allemand (*Staatsroman*). Une utopie classique est un récit politique, le récit de la rencontre, au cours d'un voyage, d'un État rationnellement organisé, contrairement aux États existants d'où vient le narrateur émerveillé, et où il retourne pour raconter ce qu'il a vu. La plupart des utopies, comme l'Eldorado, sont excentrées géographiquement, et non pas situées dans le futur (uchronies), comme celle du contemporain de Voltaire, Louis Sébastien Mercier, auteur de *L'An 2040*. Une utopie classique peut soit donner lieu à un récit autonome, soit s'insérer dans une œuvre qui l'englobe. Le risque narratif du genre, c'est l'absence d'aventures, d'événements, d'action, au profit d'un discours explicatif (souvent confié à un vieillard) seriné à un auditeur complaisant et passif. Seul Prévost, dans *Cleveland*, a su résoudre l'antinomie entre utopie et récit, description et péripéties. S'amusant à imiter le genre, Voltaire n'a pas à se poser le problème du ralentissement narratif, si sensible dans les chapitres XVII et XVIII.

Affirmant un principe de perfection rationnelle de l'organisation sociale, l'utopie semble porter d'elle-même condamnation de l'ordre existant, et donc implicitement de Dieu qui est censé le garantir et appeler à s'y résigner. C'est du moins ainsi que La Bruyère l'entend et la condamne dans le dernier chapitre des *Caractères*, « Des esprits forts » (libertins, athées). Toute utopie, comme par définition, serait donc critique, contestatrice en même temps qu'instauratrice d'un ordre fictionnellement nouveau et parfait. Le propre de Voltaire est de pasticher un genre, de proposer un idéal propre aux Lumières, et de détruire l'idée d'utopie, au profit d'une solution bien plus maigre, exposée dans la « Conclusion » de *Candide*. Celle-ci semble repousser toute intervention politique, toute

organisation rationnelle, volontariste et régulatrice de l'ordre social. En un mot, la métairie de Candide ignore l'existence de l'État, centrale dans les utopies classiques.

Nous proposons ici quelques passages de deux célèbres récits utopiques d'Ancien Régime, dont Voltaire a certainement eu connaissance : celui de Thomas More (1516), qui inaugure l'utopie moderne, et celui du philosophe italien Tommaso Campanella, un siècle plus tard (vers 1623), qui prend la forme d'un dialogue. On peut constater par comparaison combien, dans l'épisode de l'Eldorado, Voltaire allège et émiette la matière, évite les longues expositions didactiques, caractéristiques du genre à l'âge classique. Nous complétons ce choix de textes par une représentation graphique des voyages dans *Candide*[1].

LE RÉCIT FONDATEUR :
THOMAS MORE, *L'UTOPIE*

L'île a cinquante-quatre villes grandes et belles, identiques par la langue, les mœurs, les institutions et les lois. Elles sont toutes bâties sur le même plan et ont le même aspect, dans la mesure où le site le permet. La distance de l'une à l'autre est au minimum de vingt-quatre milles ; elle n'est jamais si grande qu'elle ne puisse être franchie en une journée de marche.

Chaque ville envoie chaque année en Amaurote trois vieillards ayant l'expérience des affaires, afin de mettre les intérêts de l'île en délibération. Située comme à l'ombilic de l'île, d'un accès facile pour tous les délégués, cette ville est considérée comme une capitale.

Les champs sont si bien répartis entre les cités que chacune a au moins douze milles de terrain à cultiver tout autour d'elle et parfois davantage, si la distance est plus grande entre elle et la voisine. Aucune ne cherche à étendre son territoire, car les habitants s'en considèrent comme les fermiers plutôt que comme les propriétaires.

Ils ont à la campagne, au milieu des champs, des demeures bien situées en des lieux choisis, équipées de tous les instruments aratoires. Les citadins y viennent habiter à tour de rôle. Un ménage agricole se compose d'au moins quarante personnes, hommes et

1. Voir aussi Présentation, p. 12 *sq.*

femmes, sans compter deux serfs attachés à la glèbe. Un homme et une femme, gens sérieux et expérimentés, servent de père ou de mère à tout ce monde. Trente ménages élisent un phylarque. Dans chaque ménage, vingt personnes chaque année retournent en ville après avoir passé deux ans à la campagne. Elles sont remplacées par autant de citadins. Ceux-ci sont instruits par les colons installés depuis un an et déjà au courant des choses de la terre. Ils serviront à leur tour d'instructeurs l'année suivante, car le ravitaillement ne doit pas souffrir de l'inexpérience des nouveaux venus. Ce roulement a été érigé en règle pour n'obliger personne à mener trop longtemps, contre son gré, une existence trop dure. Beaucoup cependant demandent à rester davantage parce qu'ils aiment la vie des champs.

Les paysans cultivent la terre, élèvent des bestiaux, procurent du bois et l'acheminent vers la ville par la voie la plus facile, par terre ou par mer. Ils élèvent des quantités incroyables de volailles, par une méthode curieuse. Les œufs ne sont pas couvés par les poules, mais tenus en grand nombre dans une chaleur égale où les poussins éclosent et grandissent. Dès qu'ils sortent de leur coquille, ils considèrent les hommes comme leur mère, courent après eux et les reconnaissent.

Ils élèvent fort peu de chevaux, et seulement d'une race très ardente, uniquement pour faire apprendre l'équitation aux jeunes gens. L'ensemble du labourage et des transports est exécuté entièrement par des bœufs. Les bœufs, pensent-ils, n'ont pas la vivacité des chevaux, mais ils sont plus patients et moins exposés aux maladies ; ils coûtent aussi moins de travail à soigner, moins d'argent à nourrir et, lorsqu'ils ont cessé de travailler, peuvent encore être utilisés comme nourriture.

La totalité du grain est utilisée pour faire du pain. Ils boivent du vin de raisin, du cidre, du poiré et de l'eau, souvent pure, parfois aussi mêlée à une décoction de miel et de réglisse qu'ils ont en abondance.

Lorsqu'ils ont évalué – et ils le font avec la plus grande exactitude – la consommation de leur ville et de la région environnante, ils font des semailles et ils élèvent du bétail en quantité très supérieure à leurs propres besoins, afin d'avoir un surplus à donner à leurs voisins.

Les ustensiles qui manquent à la campagne, ils vont les demander à la ville, où, sans contrepartie, sans formalité, ils les reçoivent des magistrats urbains. Ils se rencontrent nombreux chaque mois, pour une fête.

Quand approche le moment de la moisson, les phylarques des ménages agricoles déclarent aux magistrats urbains le nombre de citoyens dont ils ont besoin. La foule des moissonneurs arrive au

moment voulu et il suffit parfois d'une journée de soleil pour enlever toute la moisson.

[...]

On me demandera, comme on le fait toujours, de désigner une sanction plus opportune. Ce qui serait plus difficile, à mon avis, serait d'en trouver une pire. Pourquoi mettre en doute l'efficacité du système qui, nous le savons, a été longtemps approuvé des Romains, gens qui eurent comme personne la science du gouvernement ? Ceux qui étaient convaincus de grands crimes, ils les envoyaient aux carrières et aux mines, condamnés aux chaînes à perpétuité.

À vrai dire, aucune réglementation dans aucun pays ne me paraît sur ce point recommandable à l'égal de celle que j'ai consignée tandis que je voyageais en Perse, chez ces gens qu'on appelle les Polylérites. Leur pays est important, bien gouverné, libre et autonome, si ce n'est qu'il acquitte un tribut annuel au roi des Perses. Comme il est éloigné de la mer, presque renfermé dans ses montagnes, et qu'une terre abondante en produits de toutes sortes satisfait à tous leurs besoins, ils voyagent rarement hors de chez eux et voient venir peu d'étrangers. Une vieille tradition les détourne de chercher à étendre leurs frontières, que les montagnes d'une part et, d'autre part, le tribut qu'ils payent au monarque suffisent à garantir contre toute menace. Libres de toute charge militaire, ce qui leur fait perdre en prestige ce qu'ils gagnent en bonheur, ils sont heureux, faute d'être célèbres ; je doute que leur nom soit connu en dehors de leur voisinage immédiat.

Eh bien, ceux qui chez eux sont convaincus de vol restituent l'objet dérobé à son propriétaire et non, comme cela se fait le plus souvent ailleurs, au prince, car ils estiment que celui-ci n'y a pas plus droit que le voleur lui-même. Si l'objet a cessé d'exister, les biens du voleur sont réalisés, la valeur est restituée, le surplus est laissé à la femme et aux enfants. Quant aux voleurs, ils sont condamnés aux travaux forcés.

Si le vol a été commis sans circonstances aggravantes, ils ne sont pas enfermés dans une prison ni chargés d'entraves. Ils s'occupent librement des entreprises publiques. S'ils boudent à la besogne et se montrent paresseux, on ne les jette pas dans les chaînes, on recourt au fouet pour les stimuler. Ceux qui se donnent bravement de la peine n'ont à craindre aucun mauvais traitement. C'est pour la nuit seulement qu'après un appel nominal on les enferme dans leurs dortoirs. S'ils n'étaient astreints à un labeur continuel, leur vie n'aurait rien de pénible. Ils sont en effet convenablement nourris : ceux qui travaillent pour l'État, par le trésor, de façon différente selon les endroits. Leur entretien en effet est parfois assuré par l'aumône, et cette ressource, encore qu'incer-

taine, est la plus abondante de toutes, tant ce peuple est charitable. Ailleurs, un crédit spécial leur est affecté, ou, encore, un impôt est frappé par tête à leur profit. Il arrive aussi qu'ils ne travaillent pas pour l'État ; un homme privé qui a besoin d'un ouvrier peut embaucher un condamné sur la place publique, pour un salaire fixé, un peu moins élevé que ne serait celui d'un ouvrier libre. De plus, il est permis de fouetter les esclaves paresseux. Jamais de la sorte ils ne manquent de travail et, en plus de son entretien, chacun rapporte quelque chose au trésor public.

Leurs vêtements sont d'une couleur déterminée qu'ils portent tous et personne en dehors d'eux ; leurs cheveux ne sont pas rasés, mais un peu raccourcis au-dessus des oreilles dont l'une est marquée d'une échancrure. Leurs amis peuvent leur donner à manger et à boire, et aussi des vêtements de leur couleur particulière. Mais un cadeau d'argent vaudrait la peine capitale à celui qui le donnerait et à celui qui l'accepterait. Un homme libre courrait le même risque s'il recevait de l'argent d'un condamné, et un esclave – c'est ainsi qu'on les désigne – s'il touchait à des armes.

Les esclaves portent dans chaque province un insigne particulier ; il leur est interdit sous peine de mort de s'en dépouiller, comme aussi d'être découverts en dehors des limites de leur province ou d'entrer en conversation avec un esclave d'une autre province. Préparer une évasion comporte le même danger que la fuite elle-même. Un esclave qui intervient comme complice dans un plan de ce genre sera mis à mort ; un homme libre y perdra la liberté. Des récompenses au contraire ont été fixées pour le dénonciateur ; de l'argent pour l'homme libre, la liberté pour l'esclave ; pour l'un et l'autre, le pardon et l'impunité. Car on veut qu'il soit moins dangereux de se repentir d'un projet coupable que de le mettre à exécution.

C'est ainsi que la loi règle ce problème : on voit aussitôt combien elle est tout ensemble humaine et opportune. Elle sévit pour empêcher les actes tout en sauvant les hommes, qu'elle traite de telle sorte qu'ils soient forcés de se bien conduire et qu'ils aient tout le reste de leur vie pour réparer le mal qu'ils ont commis.

On redoute si peu au surplus de les voir retomber dans leurs errements passés qu'un voyageur au moment de son départ ne se confie à aucun guide plus volontiers qu'à des esclaves, qui seront remplacés par d'autres à la frontière de chaque province. Ces hommes en effet sont dans les conditions les plus fâcheuses pour accomplir un brigandage : pas d'armes dans les mains ; de l'argent suffirait à les dénoncer comme voleurs ; un châtiment tout prêt pour celui qui se ferait prendre ; aucune possibilité d'évasion où que ce soit. Comment un fuyard se dissimulerait-il quand son vêtement diffère par toutes ses pièces de celui des

autres ? À moins qu'il ne s'échappe tout nu, et même alors il serait trahi par son oreille mutilée. Mais ne pourraient-ils tous ensemble comploter dangereusement contre l'État ? Comme si un groupe de compagnons pouvait avoir la moindre espérance de succès sans avoir préalablement sondé et pressenti, dans plusieurs autres provinces, les collectivités d'esclaves ! Et celles-ci sont si loin de pouvoir se conjurer qu'il est interdit à leurs membres de se rencontrer, de se parler, de se saluer. Et ils iraient confier leurs projets à leur entourage, lequel, ils le savent, serait en péril s'il garde le silence, recevrait des avantages s'il les dénonce ? Chacun en revanche, s'il est docile et patient, s'il donne l'espoir d'un amendement à venir, peut espérer retrouver un jour la liberté, car il ne se passe pas d'année que quelques condamnés ne doivent leur réhabilitation à leur bonne conduite.

J'ajoutai encore que je ne voyais aucune raison pourquoi cette méthode ne serait pas appliquée en Angleterre, avec bien plus de profit que le châtiment tant prôné par le jurisconsulte. Celui-ci répondit :

– Jamais rien de tel ne pourrait être instauré en Angleterre sans mettre l'État dans le plus grand danger.

En disant ces mots, il secouait la tête et pinçait les lèvres, avant de se confiner dans le silence.

[...]

Leurs religions varient d'une ville à l'autre, et même à l'intérieur d'une même ville. Les uns adorent le soleil, d'autres la lune ou quelque planète. Quelques-uns vénèrent comme dieu suprême un homme qui a brillé en son vivant par son courage et par sa gloire.

Le plus grand nombre toutefois et de beaucoup les plus sages, rejettent ces croyances, mais reconnaissent un dieu unique, inconnu, éternel, incommensurable, impénétrable, inaccessible à la raison humaine, répandu dans notre univers à la manière, non d'un corps, mais d'une puissance. Ils le nomment Père et rapportent à lui seul les origines, l'accroissement, les progrès, les vicissitudes, le déclin de toutes choses. Ils n'accordent d'honneurs divins qu'à lui seul.

Au reste, malgré la multiplicité de leurs croyances, les autres Utopiens tombent du moins d'accord sur l'existence d'un être suprême, créateur et protecteur du monde. Ils l'appellent tous dans la langue du pays, Mythra, sans que ce nom ait pour tous la même signification. Mais, quelle que soit la conception qu'ils se font de lui, chacun reconnaît en lui cette essence à la volonté et à la puissance, à laquelle tous les peuples, d'un consentement unanime, attribuent la création du monde.

Tous, au surplus, renoncent progressivement à cette bigarrure de croyances superstitieuses pour adhérer à une religion unique qui leur paraît plus raisonnable que toutes les autres. Celles-ci auraient sans nul doute disparu depuis longtemps si des gens sur le point de s'en détacher, devant quelque malchance fortuite, ne voyaient là un coup, non du hasard, mais du ciel, et ne pensaient dans leur frayeur que le dieu dont le culte était abandonné punissait leur impiété.

Mais ils apprirent de nous le nom, l'enseignement, la vie, les miracles du Christ ainsi que l'admirable constance de tant de martyrs dont le sang volontairement versé a rangé à sa doctrine tant de peuples dispersés sur la terre. Vous ne sauriez croire avec quel élan ils se portèrent aussitôt vers elle, soit que Dieu leur parlât en secret, soit qu'elle leur parût la plus proche de la croyance qu'eux-mêmes jugent supérieure à toutes les autres. Ce qui les toucha notamment fut d'entendre que le Christ avait conseillé aux siens de mettre toutes leurs ressources en commun et que cet usage est encore pratiqué dans les congrégations les plus véritablement chrétiennes.

Quelle que fût la force de cet argument, beaucoup d'entre eux adoptèrent notre religion et furent purifiés par l'eau sainte. Mais nous n'étions plus que quatre parmi eux, deux ayant payé leur tribut à la mort, et aucun de nous, malheureusement, n'était prêtre. Ceux qui ont été baptisés et instruits manquent encore des sacrements que requiert chez nous le ministère sacerdotal. Ils en comprennent toutefois la signification et ne désirent rien tant que de les recevoir. Ils se demandent même avec insistance si, même sans une délégation du pontife chrétien, un homme choisi parmi eux ne pourrait pas obtenir le caractère de prêtre. Ils étaient sur le point d'en désigner un, mais ne l'avaient pas encore fait au moment de mon départ.

Ceux du reste qui n'adhèrent pas à la religion chrétienne n'en détournent personne et ne gênent aucun de ceux qui la professent. Un de nos néophytes fut cependant puni en ma présence. Récemment baptisé, il prêchait le christianisme en public, malgré nos conseils, avec plus de zèle que de prudence. Il s'enflamma non seulement jusqu'à dire que notre religion est supérieure aux autres, mais à les condamner toutes sans distinction, à les traiter de mécréances et leurs fidèles d'impies et de sacrilèges promis au feu éternel. On le laissa longtemps déclamer sur ce ton, puis on l'arrêta, on l'emmena et on le condamna, non pour avoir outragé la religion, mais pour avoir excité une émeute dans leur peuple. On le punit de l'exil. Car une de leurs lois, et l'une des plus anciennes, interdit de faire tort à personne à cause de sa religion.

Utopus au début de son règne apprit qu'avant son arrivée, les habitants avaient d'âpres discussions au sujet de leurs croyances. Ils étaient divisés en sectes qui, ennemies entre elles, combattaient

séparément pour leur patrie. Elles lui donnèrent ainsi l'occasion de les vaincre toutes à la fois. Une fois victorieux, il décida que chacun professerait librement la religion de son choix, mais ne pourrait pratiquer le prosélytisme qu'en exposant, avec calme et modération, ses raisons de croire, sans attaquer acrimonieusement celles des autres et, si la persuasion restait impuissante, sans recourir à la force et aux insultes. Celui qui met un acharnement excessif à des querelles de ce genre est puni de l'exil ou de la servitude.

Utopus prit cette décision parce qu'il voyait la paix détruite par des luttes continuelles et des haines irréconciliables, et aussi parce qu'il jugeait la liberté avantageuse à la religion elle-même. Jamais il n'osa rien définir à la légère en matière de foi, se demandant si Dieu n'inspire pas lui-même aux hommes des croyances diverses, la variété et la multiplicité des cultes étant conformes à son désir. Il ne voyait en tout cas qu'un abus et une folie à vouloir obliger les autres hommes, par menaces et violence, à admettre ce qui vous paraît tel. Si vraiment une religion est vraie et les autres fausses, pourvu qu'on agît avec raison et modération, la force de la vérité, pensait-il, finirait bien un jour par prévaloir d'elle-même. Quand, au contraire, la controverse se fait violente et agressive, comme les moins bons sont aussi les plus obstinés, la religion la meilleure et la plus sainte peut fort bien se trouver étouffée par des superstitions qui rivalisent d'absurdité : comme du bon grain parmi les ronces et les broussailles. Il laissa donc la question libre et permit à chacun de croire ce qu'il voulait.

Il interdit toutefois, avec une pieuse sévérité, que personne dégradât la dignité humaine en admettant que l'âme périt avec le corps ou que le monde marche au hasard sans une providence. Les Utopiens croient donc qu'après cette vie des châtiments sanctionnent les vices et des récompenses les vertus. Celui qui pense autrement, ils ne le considèrent même pas comme un homme, étant donné qu'il ravale la sublimité de son âme à la basse matérialité animale. Ils refusent même de le ranger parmi les citoyens, car sans la crainte qui le retient, il ne ferait aucun cas des lois et coutumes de l'État. Un homme hésitera-t-il en effet à tourner subrepticement les lois ou à les ruiner par la violence, s'il ne redoute rien qui les dépasse, s'il n'a aucune espérance qui aille au-delà de son propre corps ? Celui qui pense ainsi ne doit donc attendre d'eux aucun honneur, aucune magistrature, aucun office public. Ils le méprisent, partout où il est, comme un être d'une nature basse et sans ressources, sans toutefois lui infliger aucune peine corporelle, convaincus qu'il n'est pas donné à l'homme de croire ce qu'il veut[1].

1. Thomas More, *L'Utopie*, trad. M. Delcourt, GF-Flammarion, 1987, p. 139-141, 106-111 et 213-217.

UNE UTOPIE DU XVIIᵉ SIÈCLE :
TOMMASO CAMPANELLA, *LA CITÉ DU SOLEIL*

INTERLOCUTEURS :
Le grand maître des hospitaliers.
Un capitaine de vaisseau génois, son hôte.

L'HOSPITALIER. Raconte-moi, de grâce, toutes les particularités de ce voyage.

LE GÉNOIS. Tu sais comment j'ai fait le tour du monde, et comment, étant parvenu à Taprobane, je fus contraint de descendre à terre, où, par crainte des habitants, je me cachai dans une forêt ; après l'avoir traversée je me trouvai dans une grande plaine, sous l'Équateur.

L'HOSPITALIER. Et que t'arriva-t-il ?

LE GÉNOIS. Je me vis tout à coup au milieu d'une troupe nombreuse d'hommes et de femmes armés. La plupart d'entre eux parlaient notre langue. Ils me conduisirent aussitôt à la cité du Soleil.

L'HOSPITALIER. Comment est bâtie cette cité, et comment est-elle gouvernée ?

LE GÉNOIS. Au milieu d'une vaste plaine, dont je t'ai parlé, s'élève une immense colline sur laquelle s'échelonne la plus grande partie de la ville qui s'étend bien au-delà du pied de la montagne, car elle a un diamètre de plus de deux miles et un circuit de sept. Joins à cela, pour te faire une idée de sa grandeur, qu'à cause de la convexité de la colline, elle contient plus d'édifices que si elle était dans la plaine. La cité est divisée en sept cercles immenses qui portent les noms des sept planètes. On va de l'un à l'autre de ces cercles par quatre rues et quatre portes qui correspondent aux quatre points cardinaux. La ville est ainsi bâtie que, si l'on s'emparait du premier cercle, il faudrait redoubler d'efforts pour se rendre maître du second, et encore plus pour le troisième, et ainsi de suite, car il faudrait la prendre sept fois pour la vaincre. Je pense, quant à moi, qu'on ne pourrait pas même forcer la première enceinte, tant elle est solide, flanquée de terre-pleins, munie de toutes sortes de défenses, telles que tours, bombardes et fossés.

[…] Leur souverain est un prêtre, que dans leur langue ils appellent *Soleil*. Dans la nôtre nous l'appellerions *le Métaphysicien*. Il est l'arbitre du temporel et du spirituel. Toutes discussions et toutes choses sont jugées par lui sans appel. Trois chefs l'assistent : *Pon*, *Sin* et *Mor*, noms qui veulent dire, dans leur langue, *Puissance*, *Sagesse*, *Amour*. *Puissance* est chargé des affaires de guerre et de paix, des arts militaires, et dans ces choses-là il est maître souverain, mais non cependant au-dessus de *Soleil*. Il doit surveiller les chefs et les soldats ; il a le soin des approvisionne-

ments, des fortifications, des sièges, des machines de guerre, et doit s'occuper des fabriques et des ouvriers qui sont nécessaires à tout cela. *Sagesse* est chargé des arts libéraux et mécaniques, ainsi que des sciences. Il doit surveiller les docteurs et la discipline des écoles. Autant il y a de sciences, autant il y a de subordonnés à régir. Il y a l'astrologue, le géomètre, l'historiographe, le poète, le logicien, le rhéteur, le grammairien, le médecin, le physicien, le politique, le moraliste, etc. Ils ont un seul livre, qu'ils appellent *La Sagesse*, qui résume toutes les sciences. Ils le lisent au peuple suivant le rite pythagoricien. Ce fut *Sagesse* qui fit orner tous les murs de la cité de peintures qui désignent merveilleusement toutes les sciences dans un ordre admirable. Sur les murs extérieurs du temple et sur les rideaux qu'on baisse pendant que le prêtre parle, pour que sa voix ne se perde pas, on a peint les étoiles, avec leurs vertus et leurs mouvements, exprimés par trois vers. […]

L'HOSPITALIER. Tu ne me parles pas des juges.

LE GÉNOIS. J'allais le faire. Chaque individu est sous la juridiction immédiate du chef de son emploi. Par conséquent, les magistrats qui président à chaque fonction sont les juges de tous leurs subordonnés ; ils les punissent par l'exil, le fouet, la réprimande, la privation de la table commune, l'interdiction du temple et du commerce des femmes. Lorsqu'un Solarien a tué ou blessé quelqu'un avec préméditation, on lui applique la loi du talion, c'est-à-dire : la mort, s'il a tué ; on le prive d'un œil s'il en a crevé un à sa victime, du nez, etc. La peine est atténuée, s'il n'y a pas eu de préméditation, comme dans une rixe. Cette diminution de peine ne peut cependant être faite que par les triumvirs et non par le juge. On peut même en rappeler des triumvirs au *Soleil*, non pour qu'il change la peine, mais pour qu'il fasse grâce, s'il le juge convenable. Lui seul a ce droit. Il n'y a qu'une prison dans la Cité, encore n'est-ce qu'une tour où l'on enferme les ennemis rebelles. Les accusations ne se font pas par écrit, mais sont portées seulement devant le juge, qui entend les témoins et les réponses de l'accusé. *Puissance* assiste également aux débats. La sentence est rendue séance tenante. Si le condamné en appelle au triumvir, dès le jour suivant, la première sentence est cassée ou confirmée. Enfin, le troisième jour, le *Soleil* ou accorde la grâce, ou maintient définitivement l'arrêt. Le coupable est obligé de se réconcilier avec l'accusateur et les témoins, comme avec les médecins de sa maladie, et de les embrasser en signe de paix. La peine de mort n'est infligée que par le peuple qui tue ou lapide le coupable[1].

1. Tommaso Campanella, *La Cité du Soleil ou Idée d'une république philosophique*, dans *Voyages au pays de nulle part*, éd. R. Trousson, © Robert Laffont, « Bouquins », 2000, pour la trad. fr. de J. Rosset, p. 235-236 et 238-239.

LES VOYAGES DANS *CANDIDE*

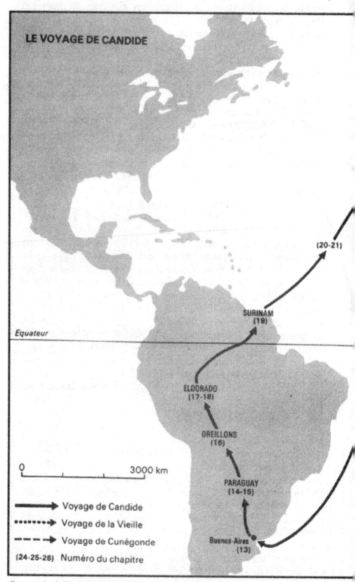

Carte extraite de *Candide* de Voltaire, © Magnard, « Textes et contextes », 1985, p. 22-23.

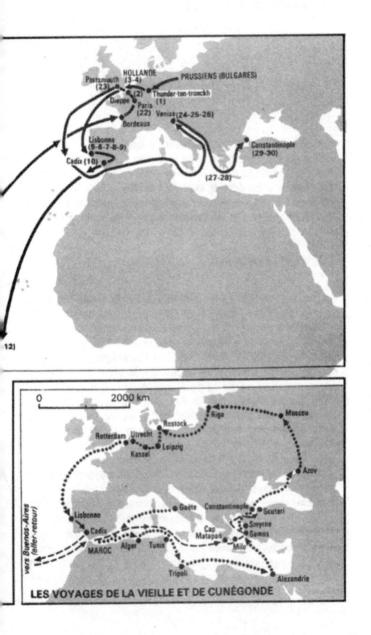

HOLLANDE (3-4) PRUSSIENS (BULGARES)
Portsmouth (23)
Dieppe (2) Thunder-ten-tronckh (1)
Paris (22)
Bordeaux Venise (24-25-26)
Lisbonne (5-6-7-8-9) Constantinople (29-30)
Cadix (10) (27-28)

(12)

0 2000 km

Rotterdam Rostock Riga Moscou
Utrecht Leipzig
Kassel Azov

vers Buenos-Aires (aller-retour)
Lisbonne Gaète Constantinople Scutari
Cadix Smyrne
MAROC Alger Tunis Cap Matapan Samos Milo
Tripoli Alexandrie

LES VOYAGES DE LA VIEILLE ET DE CUNÉGONDE

Cure sévère d'amaigrissement métaphysique, la « Conclusion » de *Candide* n'en reste pas moins une parabole, l'une des plus célèbres de la littérature française. Il convient par conséquent d'en déplier quelques strates, puisqu'il n'est pas de parabole réussie sans diverses entrées, sans empilement de sens à effeuiller. On se contentera ici de quelques pistes.

JARDIN ET PARADIS

On ne peut oublier un sens religieux, ne serait-ce que par comparaison avec le premier chapitre et l'expulsion hors du « paradis terrestre », qui jette Candide entre deux sillons gelés, après avoir effleuré la pomme avec Cunégonde. Dans les deux paradis terrestres, celui du Testament juif et celui de Voltaire (peu amateur de judaïsme), le meilleur des barons abuse cruellement de sa puissance pour une peccadille derrière un paravent – un timide coup de dent dans le fruit défendu. Cette référence biblique, Voltaire la rappelle, au nom de son personnage clérical – Pangloss fut chapelain du château –, à la fin du récit : « car quand l'homme fut mis dans le jardin d'Éden, il y fut mis, *ut operaretur eum* » (pour le travailler)[1], déclare solennellement Pangloss, toujours égal à lui-même. La longue litanie des rois assassinés rappelle, dans un pastiche sans fard, les généalogies chères à la Bible hébraïque.

Et donc la cohabitation religieuse dans la métairie – qui réunit confessions et destins au lieu d'exclure – porte sens, un sens inconnu en Eldorado, où la tolérance interconfessionnelle n'a pas lieu d'être, puisque chacun y pratique le même culte, sans divisions ni controverses, faute de prêtres. Autre

1. Allusion à la Genèse, 2, 15.

grande idée voltairienne : quand on abandonne le terrain des dogmes et rites au profit des vertus pratiques, l'accord s'installe au détriment des luttes sectaires, qu'on appelle le fanatisme. Il y aurait là un reflet plus pâle de l'unanimisme déiste de l'Eldorado, une solution à hauteur d'homme : la tolérance en acte, silencieuse et efficace.

Regardons-y de plus près. L'expulsion du baron jésuite homosexuel et la conversion laïque de frère Giroflée, ex-théatin devenu turc, en menuisier, pointent vers une constatation non explicitée : la société fondée et rassemblée près de Constantinople par le nouvel Adam (Candide) n'a au fond pas d'Église ni de prêtres ! Sa seule loi est sociale et morale : il faut travailler, cultiver ses talents, coopérer au bien commun. L'apologie du travail transforme en cure l'antique malédiction divine : « Tu travailleras à la sueur de ton front[1]. » L'oisiveté du paradis biblique s'en trouve dévalorisée. Quant à la condamnation des spéculations creuses, elle disqualifie autant et plus la théologie que la mauvaise métaphysique (mais pour Voltaire, la théologie est une métaphysique meurtrière). Si le jardin voltairien n'est pas un paradis, tant s'en faut, il n'est pas non plus judéo-chrétien. D'ailleurs, Candide a réalisé un vœu de son créateur anticlérical et judéophobe, en tuant coup sur coup, dans une sainte colère, un Juif et un inquisiteur, représentants des deux Bibles se partageant la même femme !

Allons plus loin : la *souffrance*, dans *Candide*, n'a aucune valeur rédemptrice ni purificatrice. Les rachats sont purement mercantiles ; nulle dette inexpiable envers Dieu et encore moins envers ses représentants autoproclamés. Nulle trace de péché originel, nulle culpabilité à l'égard de Dieu. Bien loin que Dieu rachète nos péchés avec son sang, sur la Croix, c'est Candide qui rachète Cacambo, Cunégonde, la vieille, Pangloss, le baron, non pas en souffrant pour eux, mais avec de l'argent, et ceux-ci s'améliorent non pas en aimant leur prochain, mais en produisant des marchandises utiles et vendables. *Candide* exprime un rejet foncièrement antichrétien de la souffrance, de l'expiation, de toute exemplarité christique, de tout tourment mystiquement inquiet de l'âme.

1. Genèse, 3, 19.

JARDIN ET SOCIÉTÉ

Revenons là encore au début. Un château miséreux écrase le paradis westphalien, gonflé d'orgueil mal placé, tandis que la petite métairie prospère sous le travail, comme faisait déjà l'Eldorado, utopiquement comblé de tous les dons. Aux privilèges et loisirs de la noblesse ont succédé les pouvoirs du labeur et de l'argent ; aux excès de l'orgueil nobiliaire, les vertus de la coopération sociale ; à une société hiérarchisée et cloisonnée, une communauté civile valorisée par la division du travail bien fait. L'utilité a remplacé le sang, d'où l'expulsion symbolique de l'orgueilleux baron, hostile aux mésalliances. Disparaissent les comportements serviles finement notés au chapitre I, et des loisirs comme la chasse, des fonctions comme celle de chapelain. C'est Candide, bâtard non reconnu, homme sans nom ni père légal, roturier emblématique, qui rachète les enfants du baron et s'installe au centre de la nouvelle société. Place à l'argent ! Place aux roturiers humiliés ! Qui reçut des coups donne l'aumône aux rois ! (Voltaire, battu autrefois par les laquais du chevalier de Rohan, concéda sa vie durant des rentes viagères aux princes européens...).

Les ministres passent, les propriétés restent. Faut-il convertir ces valeurs en valeurs *bourgeoises* ? Pourquoi pas ? Certes, c'est la terre qui produit, pas l'industrie, mais pour vendre en ville. Certes, on se détourne de la politique à saccades et des crises de cours. Mais prétendre exclure toute *politique* (au sens large) de ce dernier chapitre, c'est tout bonnement se moquer du monde, lire les yeux fermés. La métairie se désintéresse des aventures ministérielles, des intrigues de gouvernement, ignore même la question de l'État, mais cela ne signifie pas qu'elle n'a aucun sens politique.

JARDIN ET PHILOSOPHIE

On a suggéré dans la Présentation l'intérêt de rapporter *Candide* à Locke tel que Voltaire l'interprète. En retrouve-t-on la trace dans le dernier chapitre ? Il semble bien. On dira

alors que le jardin final tire symboliquement la frontière entre champ de la raison et champ de l'imagination, champ des questions accessibles et désert des errances métaphysiques emportées par l'imagination, par l'arrogance intellectuelle. Aux « romans » succède la culture des vérités expérimentales, cernables et consommables. Candide n'est pas loin d'incarner à son tour, en toute fin de parcours, la forte tranquillité, l'audacieuse et sage modestie d'un Locke, lorsque, sans tapage ni grandiloquence inutile, il disqualifie les discours, en se contentant de répéter doucement la phrase fameuse, qui est un appel à l'action utile, car raisonnable, exacte et efficace.

Avant de désigner un programme de vie concret, une morale pratique (travail, tranquillité, coopération), le jardin de Candide délimite deux usages de la raison : l'usage sublime et déraisonnable, parce qu'il est trop ambitieux (Platon, Descartes, Malebranche, Leibniz, Pangloss, Martin…), et l'usage prudent (Locke). Cette présence de Locke met en garde contre la tentation récurrente d'opposer travail manuel et travail de la raison, action et connaissance. Travailler sans raisonner n'est un programme voltairien qu'à la condition de distinguer faux et bon raisonnement. Il serait absurde d'attribuer à Voltaire, qui a fait pénétrer dans le conte jusqu'aux discussions esthétiques, l'idée saugrenue d'exclure la pensée et la lecture, qu'il a prônées toute sa vie. Tout grand roi, à ses yeux, doit cultiver ou favoriser les arts et la culture de l'esprit (*Essai sur les mœurs*). Ne plus raisonner, c'est renoncer aux méditations insolubles et sans profit, nullement ne pas penser, se transformer en machine hébétée à produire ! De telles machines – les masses paysannes incultes, écrasées de travail et de superstitions sous la coupe des prêtres – sont pour Voltaire, en pleine Europe, des *sauvages* sans noblesse.

Philosophie, morale et religion se recoupent, sont en fait inséparables, ne se distribuent pas en leçons isolées. Mais il faut sans doute partir de la philosophie pour ne pas dévier. *Candide* nous raconterait alors à nouveau, après *Micromégas*, la découverte illuminante de la philosophie lockéenne, qui semble jouer dans le conte un rôle structurant.

JARDIN ET MORALE

Le poids de la philosophie dans la structure et la genèse du récit n'efface pas ses résonances morales. On connaît l'importance de l'idée de bonheur au XVIIIᵉ siècle. Donc, nous dit et redit *Candide*, il n'existe pas de bonheur plein et durable (utopie). Mais la solution n'est pas de fuir loin du monde trompeur, des illusions factices de cette vallée de larmes, dans le sein de Dieu et la contemplation des mystères de la Croix. La fameuse formule finale semble bien rejeter toute évasion individuelle, tout dialogue inquiet entre créature et Créateur, elle s'adresse à une collectivité, une petite société qui parle pour la grande : « Il faut cultiver *notre* jardin. » Il s'agit d'échapper aux angoisses métaphysiques et existentielles, non par l'abrutissement d'un travail isolé, par un retrait solitaire hors des agitations mondaines, mais par une activité utile. Ce fut certes la découverte des couvents médiévaux, confrontés à la maladie dépressive dite « *acidia* » en latin, ou « mélancolie » dans le langage médical contemporain de Voltaire. Mais on ne saurait ramener la fin de *Candide* à cela. Le jardin n'est pas un couvent, c'est un havre, le lieu social où les énergies rassemblées trouvent enfin à s'exprimer positivement. Si proche du couvent, et si loin, car laïcisé, socialisé... Pascal conseillait de rester entre quatre murs, pour méditer enfin sur la misère humaine et sa possible rédemption. Le jardin lui répond, après déjà la XXVᵉ Lettre philosophique de 1734 (« Remarques sur les *Pensées* de M. Pascal »), critique vigoureuse du pessimisme chrétien.

Morale privée, fût-elle collective, contre morale publique et politique ? C'est peu vraisemblable. La politique que l'on rejette par la bouche du vieux Turc est celle de la cour, lieu clos des intrigues mesquines, des ambitions stériles et des vengeances cruelles. Sous peu, Voltaire fera de Ferney, devenu aujourd'hui Ferney-Voltaire, un tel jardin collectif, bruissant d'activité productive et d'améliorations matérielles. Voltaire est de ceux qui croient que la bonification des conditions de vie touche à la morale. Médecin de campagne, lui aussi, et très moderne par là, bien plus que Pascal et ses remèdes drastiquement chrétiens.

Il y a donc restriction nette des ambitions humaines, des espérances et illusions, mais nullement retrait sur l'individua-

lisme, le dialogue d'âme à âme entre la créature et son redoutable créateur. Le jardin n'est pas une figure de la famille, mais de la société, c'est un fait guère discutable. Une société, on l'a vu, fondée sur la division du travail, la production et l'échange. Le reproche d'égoïsme mesquin et rabougri souvent adressé à la « Conclusion » tombe par conséquent à plat et à côté de la question. D'autant que Candide se distingue de tous les autres personnages précisément par sa générosité, son incapacité de garder l'argent et de compter ! Certes, il est le plus souvent rétribué en ingratitude, et celle-ci dénonce sa candeur. Mais le fait demeure qu'il est le seul à se préoccuper des autres, à leur porter secours, à les recueillir en bout de course, à l'exemple de l'anabaptiste Jacques. Le seul à agir, avec Cacambo et la vieille. Optimisme et pessimisme absolus, par des chemins opposés, semblent bien mener à la passivité, au renoncement ; Pangloss et Martin bavardent, sans intervenir : le système marche tout seul, il n'y a qu'à attendre que tout aille au bien (Pangloss) ou au mal (Martin). *Tout est bien* et *tout va mal* s'annulent et s'effacent dans leur choc apparent. Quand tout est nécessaire (en bien ou en mal), tout semble justifié. Or Voltaire, cette boule d'énergie en feu, n'a aucune propension au quiétisme moral, à la contemplation mystique des choses, au retrait passif. Le jardin est appelé à dépasser l'insoluble dilemme de Martin : ou léthargie de l'ennui, ou convulsion de l'inquiétude. La solution ne peut être égotiste, puisque celle-ci a déjà été rencontrée et critiquée, à travers Pococuranté, l'homme sans soucis mais sans plaisirs, le pur consommateur blasé parfaitement inutile, car dégoûté de tout.

Il ne faudrait pas que le dilemme entre optimisme et pessimisme, qui bataille tout au long, masque une valeur fondamentale du conte : l'amour de la vie. Oui, la vie est horrible, mais rien n'égale l'absurdité de ne pas vivre tant qu'on le peut. Le long récit de la vieille ne tourne que sur cette idée, prouvée par la rareté des suicides. Tout le monde se plaint mais personne ou presque ne se tue. Dans *Candide*, le fait est qu'on ne parvient même guère à mourir ! Voltaire et ses contes ignorent le désespoir, cette grande maladie du XIX\ :sup:`e` siècle. La terre du jardin s'oppose au ciel des idées creuses bien plus qu'au reste du monde. C'est qu'au cœur de la philosophie voltairienne, il y a un même mouvement, de repli et d'ouverture, de négation et d'affirmation. Locke détruit et fonde, ouvre et

ferme, rabat les caquets et délimite la vérité accessible aux hommes, la seule qui leur importe.

JARDIN ET HISTOIRE

Le choix de Constantinople comme terme de l'odyssée en quête de la belle Hélène n'est pas innocent. Voltaire veut décentrer l'Histoire, y faire rentrer l'Orient et l'Asie, l'arracher à sa fascination européo-centriste et judéo-chrétienne – l'*Essai sur les mœurs* s'oppose explicitement sur ce point au *Discours sur l'histoire universelle* de Bossuet. Le premier et le dernier chapitres se font admirablement écho de ce point de vue aussi : monde clos contre le vaste monde des autres civilisations (derrière l'Orient turc se profile l'Asie). « Maître Pangloss le plus grand philosophe de la province, et par conséquent de toute la terre » ! « Comment peut-on être Persan ? » disait déjà Montesquieu... Du château en bulle de savon satisfaite à la métairie du bout de l'Europe, le voyage a fait traverser le monde, pris entre une nature humaine identique et une multitude de coutumes. Comme le dit l'*Essai sur les mœurs* :

> Nous avons jusqu'à présent, dans la plupart de nos histoires universelles, traité les autres hommes[1] comme s'ils n'existaient pas. [...] Nous ne sommes ni justes ni sages de les ignorer[2].

La destruction des préjugés, tâche philosophique primordiale des Lumières, appelle le dépassement de l'esprit de canton. Qui croira à l'origine divine de la noblesse quand on apprend que l'Orient n'a jamais connu de noblesse[3] ? De là l'expulsion du baron et son retour à Rome, épicentre des jésuites ?

Intention historique et politique implicite, aussi, dans l'achat d'une propriété près de Constantinople :

1. Les non-Européens.
2. Voltaire, *Essai sur les mœurs et l'esprit des nations*, éd. R. Pomeau, Garnier, 1964, p. 817.
3. *Ibid.*, p. 866.

Dans la Perse, dans l'Inde, dans toute l'Asie, tout citoyen, et l'étranger même, de quelque religion qu'il soit, excepté au Japon, peut acheter une terre qui n'est point domaine de l'État, et la laisser à sa famille. [...] C'est dans notre Europe qu'il y a encore quelques peuples dont la loi ne permet pas qu'un étranger achète un champ et un tombeau dans leur territoire[1].

En fait, le conte inscrit une loi fondamentale révélée par l'histoire universelle et la nature :

La seule loi fondamentale et immuable qui soit chez les hommes est celle-ci : « Traite les autres comme tu voudrais être traité[2]. »

Loi naturelle mal exécutée, toujours violée, mais immuable et universelle, et dont Candide se fait le porte-parole silencieux. Sa candeur généreuse est aussi le signe caché de cette loi de nature inscrite par Dieu au fond du cœur humain. Il n'est pas question d'aimer autrui comme soi-même, voire davantage, mais de le traiter aussi bien, selon une règle juridico-rationnelle de réciprocité bien comprise, une règle de droit naturel – antérieure et supérieure aux lois positives des diverses nations.

Dès lors, le jardin inscrit bien un mouvement de délimitation restrictive, et, plus souterrainement, d'élargissement sous le signe de la seule grande loi apte à régir et définir l'humanité en voie d'éclairement. Que conclure ? Que le dernier chapitre de *Candide* est bel et bien une parabole. Une parabole moins simple et moins pauvre qu'on le dit parfois, une parabole philosophique et anti-biblique. C'est que les paraboles sont rusées. Voltaire, grand lecteur ironique des deux Bibles, était payé pour le savoir. Mais savoir n'est pas faire. Combien d'écrivains ont su inventer des paraboles de cette qualité ?

1. *Ibid.*, p. 808.
2. *Ibid.*, p. 937.

Pour comprendre, autant que faire se peut, le travail artistique de Voltaire, rien ne vaut les comparaisons que permet la célébrité universelle du conte. On constatera que Voltaire l'emporte presque toujours, en fait toujours, par la densité comique et idéologique, par la vitesse ironique de l'écriture, qualités évidement inséparables. C'est que pour écrire aussi vite, frapper aussi fort, il faut derrière soi une vie d'entraînement quotidien dans tous les genres d'écriture. On considérera de ce point de vue des textes séparés par deux siècles. D'un côté l'*Histoire des voyages de Scarmentado* et la suite apocryphe, récits strictement contemporains de *Candide* ; et de l'autre *Candido* de Leonardo Sciascia (1977), pour apprécier l'énorme difficulté du pari réussi par Voltaire. Nous proposons enfin des extraits de deux adaptations théâtrales (de Serge Ganzl et de Leonard Bernstein), qui peuvent ouvrir sur des réflexions génériques.

PREMIÈRE ÉBAUCHE DE CANDIDE : L'HISTOIRE DES VOYAGES DE SCARMENTADO

L'*Histoire des voyages de Scarmentado, écrite par lui-même* (1756) peut passer pour une première ébauche par Voltaire du ton de *Candide*. Voltaire y évoque par exemple l'Inquisition espagnole, avant le célèbre chapitre de *Candide* sur celle du Portugal :

> Ensuite vint une armée de moines défilant deux à deux, blancs, noirs, gris, chaussés, déchaussés, avec barbe, sans barbe, avec capuchon pointu, et sans capuchon ; puis marchait le bourreau ; puis on voyait au milieu des alguazils et des grands environ quarante personnes couvertes de sacs sur lesquels on avait peint des diables et des flammes. C'étaient des Juifs qui n'avaient pas voulu

renoncer absolument à Moïse, c'étaient des chrétiens qui avaient épousé leurs commères, ou qui n'avaient pas adoré Notre-Dame d'Atocha, ou qui n'avaient pas voulu se défaire de leur argent comptant en faveur des frères hiéronymites. On chanta dévotement de très belles prières, après quoi on brûla à petit feu tous les coupables ; de quoi toute la famille royale parut extrêmement édifiée.

Le soir, dans le temps que j'allais me mettre au lit, arrivèrent chez moi deux familiers de l'Inquisition avec la sainte Hermandad : ils m'embrassèrent tendrement, et me menèrent, sans me dire un seul mot, dans un cachot très frais, meublé d'un lit de natte et d'un beau crucifix. Je restai là six semaines, au bout desquelles le révérend père inquisiteur m'envoya prier de venir lui parler : il me serra quelque temps entre ses bras, avec une affection toute paternelle ; il me dit qu'il était sincèrement affligé d'avoir appris que je fusse si mal logé ; mais que tous les appartements de la maison étaient remplis, et qu'une autre fois il espérait que je serais plus à mon aise. Ensuite il me demanda cordialement si je ne savais pas pourquoi j'étais là. Je dis au révérend père que c'était apparemment pour mes péchés. « Eh bien, mon cher enfant, pour quel péché ? parlez-moi avec confiance. » J'eus beau imaginer, je ne devinai point ; il me mit charitablement sur les voies.

Enfin je me souvins de mes indiscrètes paroles. J'en fus quitte pour la discipline et une amende de trente mille réales. On me mena faire révérence au grand inquisiteur : c'était un homme poli, qui me demanda comment j'avais trouvé sa petite fête. Je lui dis que cela était délicieux, et j'allai presser mes compagnons de voyage de quitter ce pays, tout beau qu'il est. Ils avaient eu le temps de s'instruire de toutes les grandes choses que les Espagnols avaient faites pour la religion. Ils avaient lu les mémoires du fameux évêque de Chiapa, par lesquels il paraît qu'on avait égorgé ou brûlé ou noyé dix millions d'infidèles en Amérique pour les convertir. Je crus que cet évêque exagérait ; mais, quand on réduirait ces sacrifices à cinq millions de victimes, cela serait encore admirable.

Le désir de voyager me pressait toujours. J'avais compté finir mon tour de l'Europe par la Turquie ; nous en prîmes la route. Je me proposai bien de ne plus dire mon avis sur les fêtes que je verrais. « Ces Turcs, dis-je à mes compagnons, sont des mécréants, qui n'ont point été baptisés, et qui par conséquent seront bien plus cruels que les révérends pères inquisiteurs. Gardons le silence quand nous serons chez les mahométans. »

J'allai donc chez eux. Je fus étrangement surpris de voir en Turquie beaucoup plus d'églises chrétiennes qu'il n'y en avait dans Candie. J'y vis jusqu'à des troupes nombreuses de moines

qu'on laissait prier la vierge Marie librement, et maudire Mahomet, ceux-ci en grec, ceux-là en latin, quelques autres en arménien. « Les bonnes gens que les Turcs ! » m'écriai-je. Les chrétiens grecs et les chrétiens latins étaient ennemis mortels dans Constantinople ; ces esclaves se persécutaient les uns les autres, comme des chiens qui se mordent dans la rue, et à qui leurs maîtres donnent des coups de bâton pour les séparer. Le grand vizir protégeait alors les Grecs. Le patriarche grec m'accusa d'avoir soupé chez le patriarche latin, et je fus condamné en plein divan à cent coups de latte sur la plante des pieds, rachetables de cinq cents sequins. Le lendemain, le grand vizir fut étranglé ; le surlendemain son successeur, qui était pour le parti des Latins, et qui ne fut étranglé qu'un mois après, me condamna à la même amende pour avoir soupé chez le patriarche grec. Je fus dans la triste nécessité de ne plus fréquenter ni l'Église grecque ni la latine[1].

LA SUITE APOCRYPHE DE 1760

Les suites apocryphes de romans à succès constituaient au XVIIIᵉ siècle un véritable genre. Celle-ci, anonyme, parut en 1760, entre la première édition de *Candide* et celle de 1761. Elle se propose un redoutable défi, qu'on laisse au lecteur le soin d'apprécier au regard du modèle. On trouve dans la *Correspondance littéraire* de Grimm le jugement suivant : « l'auteur de la copie imite bien son original dans la facilité de transporter ses personnages d'un bout de l'univers à l'autre, mais il manque de chaleur et de verve, qualités plus indispensables dans les folies et les farces que n'importe quel autre genre » (mai 1761). On verra comment le continuateur du conte voltairien échoue à l'imiter, faute de vitesse, de densité philosophique, de verve comique.

1. Voltaire, *Histoire des voyages de Scarmentado, écrite par lui-même*, dans *Romans et contes*, éd. cit., p. 137-139.

AVERTISSEMENT

On croyait que M. le docteur Ralph n'était pas dans la résolution de pousser plus loin son livre de l'Optimisme, et on l'a traduit et publié comme un ouvrage fini, mais M. le docteur Ralph, encouragé par les petites tracasseries des universités d'Allemagne, en ayant donné la seconde partie, on s'est hâté de la traduire, pour répondre à l'empressement du public, et surtout de ceux qui ne rient point des bons mots de maître Aliboron, qui savent ce que c'est qu'un Abraham Chaumeix, et ne lisent pas le journal de Trévoux[1].

CHAPITRE I

Comment Candide se sépara de la société et ce qu'il en advint

On se lasse de tout dans la vie, les richesses fatiguent celui qui les possède ; l'ambition satisfaite ne laisse que des regrets ; les douceurs de l'amour ne sont pas longtemps des douceurs ; et Candide, fait pour éprouver toutes les vicissitudes de la fortune, s'ennuya bientôt de cultiver son jardin. « Maître Pangloss, disait-il, si nous sommes dans le meilleur des mondes possibles, vous m'avouerez du moins que ce n'est pas jouir de la portion de bonheur possible, que de vivre ignoré dans un petit coin de la Propontide, n'ayant d'autres ressources que celles de mes bras, qui pourront me manquer un jour ; d'autres plaisirs que ceux que me procure mademoiselle Cunégonde, qui est fort laide et qui est ma femme, qui pis est ; d'autre compagnie que la vôtre, qui m'ennuie quelquefois ; ou celle de Martin, qui m'attriste ; ou celle de Giroflée, qui n'est honnête homme que depuis peu ; ou celle de Paquette, dont vous connaissez tout le danger ; ou celle de la vieille, qui n'a qu'une fesse et qui fait des contes à dormir debout. »

Alors Pangloss prit la parole et dit : « La philosophie nous apprend que les monades, divisibles à l'infini, s'arrangent avec une intelligence merveilleuse pour composer les différents corps que nous remarquons dans la nature. Les corps célestes sont ce qu'ils devaient être, ils sont placés où ils devaient l'être ; ils décrivent les cercles qu'ils devaient décrire : l'homme suit la pente qu'il doit suivre, il est ce qu'il doit être, il fait ce qu'il doit

1. Voir *supra*, p. 80, note 1.

faire. Vous vous plaignez, ô Candide ! parce que la monade de votre âme s'ennuie : mais l'ennui est une modification de l'âme et cela n'empêche pas que tout ne soit au mieux, et pour vous et pour les autres. Quand vous m'avez vu tout couvert de pustules, je n'en soutenais pas moins mon sentiment, car si mademoiselle Paquette ne m'avait pas fait goûter les plaisirs de l'amour et son poison, je ne vous aurais pas rencontré en Hollande ; je n'aurais pas donné lieu à l'anabaptiste Jacques de faire une œuvre méritoire ; je n'aurais pas été pendu à Lisbonne pour l'édification du prochain ; je ne serais pas ici pour vous soutenir par mes conseils et vous faire vivre et mourir dans l'opinion leibnizienne. Oui, mon cher Candide, tout est enchaîné, tout est nécessaire dans le meilleur des mondes possibles. Il faut que le bourgeois de Montauban instruise les rois ; que le vers de Quimper-Corentin critique, critique, critique ; que le Dénonciateur des Philosophes se fasse crucifier dans la rue de Saint-Denis, que le cuistre des Récollets et l'archi-diacre de Saint-Malo distillent le fiel et la calomnie dans leurs journaux chrétiens : qu'on accuse de philosophie au tribunal de Melpomène et que les philosophes continuent d'éclairer l'huma-nité, malgré les croassements des ridicules bêtes qui barbotent dans les marais de la littérature ; et dussiez-vous être chassé du plus beau des châteaux à grands coups de pied dans le derrière, réapprendre l'exercice chez les Bulgares, repasser par les baguettes, souffrir de nouveau les sales effets du zèle d'une Hol-landaise, vous renvoyer devant Lisbonne, être très cruellement refessé par l'ordre de la très sainte Inquisition, recourir les mêmes dangers chez *Los Padres*, chez les Oreillons et chez les Français ; dussiez-vous enfin essuyer toutes les calamités possibles et ne jamais mieux entendre Leibniz que je ne l'entends moi-même ; vous soutiendrez toujours que tout est bien, que tout est au mieux, que le plein, la matière subtile, l'harmonie préétablie et les monades sont les plus jolies choses du monde et que Leibniz est un grand homme pour ceux mêmes qui ne le comprennent pas. »

À ce beau discours Candide, l'être le plus doux de la nature, quoiqu'il eût tué trois hommes, dont deux étaient prêtres, ne répondit pas un mot ; mais ennuyé du docteur et de sa société, le lendemain à la pointe du jour, un bâton blanc à la main, il s'en fut, sans savoir où, cherchant un lieu où l'on ne s'ennuyât pas et où les hommes ne fussent pas des hommes, comme dans le bon pays d'Eldorado.

Candide, d'autant moins malheureux qu'il n'aimait plus made-moiselle Cunégonde, subsistant des libéralités de différents peuples, qui ne sont pas chrétiens, mais qui font l'aumône, arriva, après une marche très longue et très pénible, à Tauris sur les fron-

tières de la Perse, ville célèbre par les cruautés que les Turcs et les Persans y ont exercées tour à tour.

Exténué de fatigues, n'ayant presque plus de vêtements que ce qu'il lui en fallait pour cacher ce qui fait l'homme et que l'homme appelle la partie honteuse, Candide ne penchait guère vers l'opinion de Pangloss, quand un Persan l'aborda de l'air le plus poli, en le priant d'ennoblir sa maison par sa présence. « Vous vous moquez, lui dit Candide ; je suis un pauvre diable, qui quitte une misérable habitation que j'avais dans la Propontide, parce que j'ai épousé mademoiselle Cunégonde, qu'elle est devenue fort laide et que je m'ennuyais : en vérité, je ne suis point fait pour ennoblir la maison de personne ; je ne suis pas noble moi-même, Dieu merci ; si j'avais eu l'honneur de l'être, monsieur le baron de Thunder-ten-tronckh m'eût payé bien cher les coups de pied au cul dont il me gratifia, ou j'en serais mort de honte, ce qui aurait été assez philosophique : d'ailleurs, j'ai été fouetté très ignominieusement par les bourreaux de la très sainte Inquisition et par deux mille héros à trois sols six deniers par jour. Donnez-moi ce que vous voudrez, mais n'insultez pas à ma misère par des railleries qui vous ôteraient tout le prix de vos bienfaits. – Seigneur, répliqua le Persan, vous pouvez être un gueux, et cela paraît assez notoire, mais ma religion m'oblige à l'hospitalité : il suffit que vous soyez homme et malheureux, pour que ma prunelle soit le sentier de vos pieds ; daignez ennoblir ma maison par votre présence radieuse. – Je ferai ce que vous voudrez, répondit Candide. – Entrez donc », dit le Persan. Ils entrèrent et Candide ne se lassait pas d'admirer les attentions respectueuses que son hôte avait pour lui. Les esclaves prévenaient ses désirs ; toute la maison ne semblait occupée qu'à établir sa satisfaction. « Si cela dure, disait Candide en lui-même, tout ne va pas si mal dans ce pays-ci. » Trois jours s'étaient passés pendant lesquels les bons procédés du Persan ne s'étaient point démentis ; et Candide s'écriait déjà : « Maître Pangloss, je me suis toujours bien douté que vous aviez raison, car vous êtes un grand philosophe. »

CHAPITRE II

Ce qui arriva à Candide dans cette maison,
et comme il en sortit

Candide bien nourri, bien vêtu et ne s'ennuyant pas, redevint bientôt aussi vermeil, aussi frais, aussi beau qu'il l'était en Westphalie. Ismaël Raab, son hôte, vit ce changement avec plaisir : c'était un homme haut de six pieds, orné de deux petits yeux

extrêmement rouges, et d'un gros nez tout bourgeonné, qui annonçait assez son infraction à la loi de Mahomet : sa moustache était renommée dans la province et les mères ne souhaitaient rien tant à leurs fils qu'une pareille moustache. Raab avait des femmes, parce qu'il était riche ; mais il pensait comme on ne pense que trop dans l'Orient et dans quelques-uns des Collèges de l'Europe. « Votre Excellence est plus belle que les étoiles, dit un jour le rusé Persan au naïf Candide, en lui chatouillant légèrement le menton : vous avez dû captiver bien des cœurs : vous êtes fait pour rendre heureux et pour l'être. – Hélas ! répondit notre héros, je ne fus heureux qu'à demi, derrière un paravent, où j'étais fort mal à mon aise. Mademoiselle Cunégonde était jolie alors... » Mademoiselle Cunégonde : pauvre innocent ! « Suivez-moi, seigneur », dit le Persan. Et Candide le suivit.

Ils arrivèrent dans un réduit très agréable, au fond d'un petit bois où régnaient le silence et la volupté. Là, Ismaël Raab embrassa tendrement Candide et lui fit en peu de mots l'aveu d'un amour semblable à celui que le bel Alexis exprime si énergiquement dans les *Géorgiques* de Virgile. Candide ne pouvait pas revenir de son étonnement. « Non, s'écria-t-il, je ne souffrirai jamais une telle infamie ! Quelle cause et quel horrible effet ! J'aime mieux la mort. – Tu l'auras, dit Ismaël furieux. Comment, chien de chrétien, parce que je veux poliment te donner du plaisir... résous-toi à me satisfaire ou à endurer la mort la plus cruelle. » Candide n'hésita pas longtemps. La raison suffisante du Persan le faisait trembler ; mais il craignait la mort en philosophe.

On s'accoutume à tout. Candide bien nourri, bien soigné, mais gardé à vue, ne s'ennuyait pas absolument de son état. La bonne chère et différents divertissements exécutés par les esclaves d'Ismaël faisaient trêve à ces chagrins : il n'était malheureux que lorsqu'il pensait ; et il en est ainsi de la plupart des hommes.

Dans ce temps-là, un des plus fermes soutiens de la milice monacale de Perse, le plus docte des docteurs mahométans, qui savait l'arabe sur le bout du doigt et même le grec, qu'on parle aujourd'hui dans la patrie des Démosthène et des Sophocle, le Révérend Ed-Ivan-Baal-Denk revenait de Constantinople, où il avait été converser avec le Révérend Mamoud-Abram, sur un point de doctrine bien délicat ; savoir, si le prophète avait arraché de l'aile de l'Ange Gabriel la plume dont il se servit pour écrire l'Alcoran, ou si Gabriel lui en avait fait présent. Ils avaient disputé pendant trois jours et trois nuits avec une chaleur digne des plus beaux siècles de la controverse, et le docteur s'en revenait persuadé, comme tous les disciples d'Aly, que Mahomet avait arraché la plume ; et Mamoud-Abram était demeuré convaincu, comme le reste des sectateurs d'Omar, que le prophète était inca-

pable de cette impolitesse, et que l'ange lui avait présenté la plume de la meilleure grâce du monde.

On dit qu'il y avait à Constantinople une espèce d'esprit fort, qui insinua qu'il aurait fallu examiner d'abord s'il est vrai que l'Alcoran est écrit avec une plume de l'Ange Gabriel ; mais il fut lapidé.

L'arrivée de Candide avait fait du bruit dans Tauris : plusieurs personnes qui l'avaient entendu parler des effets contingents et non contingents s'étaient doutées qu'il était philosophe. On en parla au Révérend Ed-Ivan-Baal-Denk : il eut la curiosité de le voir ; et Raab, qui ne pouvait guère refuser une personne de cette considération, fit venir Candide en sa présence. Il parut très satisfait de la manière dont Candide parla du mal physique et du mal moral, de l'agent et du patient. « Je comprends que vous êtes un philosophe, et voilà tout. Mais c'est assez, Candide, dit le vénérable Cénobite : il ne convient pas qu'un grand homme comme vous soit traité aussi indignement qu'on me l'a dit dans le monde ; vous êtes étranger : Ismaël Raab n'a aucun droit sur vous. Je veux vous mener à la cour ; vous y recevrez un accueil favorable : le Sophi aime les sciences. Ismaël, remettez entre mes mains ce jeune philosophe, ou craignez d'encourir la disgrâce du prince et d'attirer sur vous les vengeances du ciel et des moines surtout. » Ces derniers mots épouvantèrent l'intrépide Persan, il consentit à tout ; et Candide, bénissant le ciel et les moines, sortit le même jour de Tauris avec le docteur mahométan. Ils prirent la route d'Ispahan, où ils arrivèrent chargés des bénédictions et des bienfaits des peuples.

CHAPITRE III

Réception de Candide à la cour et ce qui s'ensuivit

Le Révérend Ed-Ivan-Baal-Denk ne tarda pas à présenter Candide au roi. Sa Majesté prit un plaisir singulier à l'entendre : elle le mit aux prises avec plusieurs savants de sa cour et ces savants le traitèrent de fou, d'ignorant, d'idiot ; ce qui contribua beaucoup à persuader Sa Majesté qu'il était un grand homme. « Parce que, leur dit-elle, vous ne comprenez rien aux raisonnements de Candide, vous lui dites des sottises : mais moi, qui n'y comprends rien non plus, je vous assure que c'est un grand philosophe : j'en jure par ma moustache. » Ces mots imposèrent silence aux savants.

On logea Candide au Palais ; on lui donna des esclaves pour le servir ; on le revêtit d'un habit magnifique et le Sophi ordonna que quelque chose qu'il pût dire, personne ne fût assez osé pour prouver

qu'il eût tort[1]. Sa Majesté ne s'en tint pas là. Le vénérable moine ne cessait point de la solliciter en faveur de son protégé, et elle se résolut enfin à le mettre au nombre de ses plus intimes favoris.

« Dieu soit loué et notre saint Prophète, dit l'Iman en abordant Candide : je viens vous apprendre une nouvelle bien agréable. Que vous êtes heureux, mon cher Candide, que vous allez faire de jaloux ! Vous nagerez dans l'opulence ; vous pouvez aspirer aux plus beaux postes de l'Empire. Ne m'oubliez pas au moins, mon cher ami : songez que c'est moi qui vous ai procuré la faveur dont vous allez jouir ; que la gaieté règne sur l'horizon de votre village. Le roi vous accorde une grâce bien mendiée, et vous allez donner un spectacle dont la cour n'a pas joui depuis deux ans. – Et quelles sont les faveurs dont le prince m'honore ? demanda Candide. – Ce jour même, répondit le moine tout joyeux, vous recevrez cinquante coups de nerf de bœuf sous la plante des pieds, en présence de Sa Majesté. Les eunuques nommés pour vous parfumer vont se rendre ici : préparez-vous à supporter gaillardement cette petite épreuve et à vous rendre digne du roi des rois. – Que le roi des rois garde ses bontés, s'écria Candide en colère, s'il faut recevoir cinquante coups de nerf de bœuf pour les mériter. – C'est ainsi qu'il en use, reprit froidement le docteur, avec ceux sur qui il veut répandre ses bienfaits. Je vous aime trop pour m'en rapporter au petit dépit que vous faites paraître et je vous rendrai heureux malgré vous. »

Il n'avait pas cessé de parler, que les eunuques arrivèrent, précédés de l'exécuteur des menus plaisirs de Sa Majesté, qui était un des plus grands et des plus robustes seigneurs de la cour. Candide eut beau dire et beau faire, on lui parfuma les jambes et les pieds, suivant l'usage. Quatre eunuques le portèrent dans la place destinée pour la cérémonie, au milieu d'un double rang de soldats, au bruit des instruments de musique, des canons et des cloches de toutes les mosquées d'Ispahan. Le Sophi[2] y était déjà, accompagné de ses principaux officiers et des plus qualifiés de la cour. À l'instant on étendit Candide sur une petite sellette toute dorée, et l'exécuteur des menus plaisirs se mit à entrer en fonction. « Ô Maître Pangloss, Maître Pangloss, si vous étiez ici !… », disait

1. *Si ceci pouvait donner envie aux philosophes qui perdent leur temps à aboyer dans la cabane de Propoce, de faire un petit voyage en Perse, cet ouvrage futile rendrait un assez grand service à Messieurs les Parisiens.* Cette Note est de M. Ralph.

2. *Je me sers de ce mot* Sophi, *parce qu'il est beaucoup plus connu que celui de* Sefevi, *qui est le mot propre, à ce que prétend M. Petit de la Croix,* Sophi *signifie, selon lui,* empereur Capucin ; *mais qu'importe.* Note du Traducteur.

Candide, pleurant et criant de toutes ses forces ; ce qui aurait été jugé très indécent, si le moine n'eût fait entendre que son protégé n'en agissait ainsi que pour mieux divertir Sa Majesté. En effet, ce grand roi riait comme un fou : il prit même tant de plaisir à la chose, que les cinquante coups donnés, il en ordonna cinquante autres. Mais son Premier ministre lui ayant représenté, avec une fermeté peu commune, que cette faveur inouïe à l'égard d'un étranger pourrait aliéner les cœurs de ses sujets, il révoqua cet ordre et Candide fut reporté dans son appartement.

On le mit au lit, après lui avoir bassiné les pieds avec du vinaigre. Les Grands vinrent tour à tour le féliciter. Le Sophi y vint ensuite, et non seulement il lui donna sa main à baiser, suivant l'usage, mais encore un grand coup de poing sur les dents. Les politiques en conjecturèrent que Candide ferait une fortune presque sans exemple ; et ce qui est rare, quoique politiques, ils ne se trompèrent pas [1].

UN ROMAN : *CANDIDO*, DE LEONARDO SCIASCIA

Leonardo Sciascia (1921-1989), célèbre écrivain italien d'origine sicilienne, tente dans *Candido ou Un rêve fait en Sicile* (1977) de jouer au XXᵉ siècle avec le récit voltairien. On trouvera ici le début du roman :

Du lieu et de la nuit où Candido Munafo vint au monde et de la raison pour laquelle il reçut le prénom de Candido.

Candido Munafo naquit la nuit du 9 au 10 juillet de 1943 dans une grotte qui s'ouvrait, vaste et profonde, au pied d'une colline d'oliviers. Rien de plus facile que de venir au monde dans une grotte ou une étable cet été-là, et en particulier cette nuit-là : dans la Sicile où venaient guerroyer la Septième armée américaine du général Patton, la Huitième britannique du général Montgomery, la division allemande *Hermann Goering*, ainsi que quelque fantomatique régiment italien réduit pour de bon à l'état de fantôme. Au reste, c'est justement cette nuit que, le ciel de l'île sinistrement illuminé par des feux de bengale multicolores, les villes labou-

1. Suite apocryphe, Delarue, 1877, reprise dans *Candide*, éd. J. Goldzink, Magnard, « Texte et Contextes », 1985, p. 320-326.

rées par des bombes, les armées de Patton et de Montgomery débarquaient.

Ainsi, nul signe surnaturel et prémonitoire dans cette naissance de Candido Munafo dans une grotte ; pas plus dans le fait que cette grotte se trouvait sur le territoire de Serradifalco – la montagne du faucon –, lieu propre à prendre un envol, un envol de rapace ; et encore moins si cette nuit-là le ciel était constamment éclairé par des fusées tantôt rougeoyantes tantôt d'une blancheur brûlante et s'il était empli d'un vaste craquètement métallique, et ce métal, on aurait dit qu'il était la matière dont était faite la voûte nocturne elle-même et non les avions qui la parcouraient, ces appareils dont la trajectoire invisible aboutissait à des grappes d'explosions plus ou moins lointaines.

En revanche, c'est bien le destin – à savoir, les événements qui, à partir de ce soir-là, traverseront la Sicile et l'Italie – qui marquera le prénom qu'on lui donna : prénom chargé de destin. Fût-il né douze heures avant, dans la ville jusqu'alors jamais bombardée, il se serait nommé Bruno : le prénom du fils de Mussolini mort dans les forces aériennes mais toujours vivant dans le cœur de tous les Italiens, tels l'avocat Munafo et son épouse, Maria Grazia Munafo née Cressi, fille du général de la Milice fasciste Arturo Cressi, héros des guerres d'Éthiopie et d'Espagne, un peu moins héros, vu ses rhumatismes récents, de la guerre en cours.

Né, comme il est dit, après le premier et terrible bombardement de la ville où ils demeuraient, ses parents préférèrent choisir le prénom de Candido, que le père trouva machinalement, de manière quasi surréaliste ; que madame Maria Grazia agréa pour des motifs pas tout à fait nobles, comme étant à tel point opposé au Bruno primitivement adopté qu'il en effaçait jusqu'aux intentions. Candide ainsi qu'une page blanche, sur laquelle, le fascisme gommé, il faudrait entreprendre d'inscrire une vie nouvelle.

L'existence d'un livre portant ce nom en guise de titre, et touchant un personnage errant parmi les guerres entre Arabes et Bulgares, entre Jésuites et royaume d'Espagne, était parfaitement ignorée par Maître Francesco Maria Munafo, aussi bien que celle de François Marie Arouet, créateur de ce personnage. Inconnus également de madame Munafo, qui lisait pourtant quelques livres : à la différence de son époux, lequel n'en avait jamais lu que pour des raisons scolaires ou professionnelles. Quant à savoir comment l'un et l'autre avaient pu effectuer leurs études primaires, secondaires et supérieures sans jamais entendre parler de Voltaire et de Candide, il n'y a rien d'étonnant : ce sont là choses qui arrivent encore à présent.

Dans l'esprit de Maître Munafo, ce vocable de Candido avait surgi dès qu'avaient pris fin les explosions de ce premier et éffroyable bombardement de la ville où il résidait. Notre avocat se trouvait à proximité de la gare, au moment même où, vers quatre heures de l'après-midi, le bombardement avait soudainement commencé : il courait presque, Maître Munafo, pour ne point rater le train de Palerme où, le lendemain, aux Assises, il avait à prouver l'innocence d'un assassin. Et voilà que, tout à trac, il se trouve quasiment au beau milieu d'une espèce de corolle, dont d'épouvantables explosions, presque ponctuellement concentriques, formaient des espèces de pétales. Il se jeta, ou fut jeté, au sol, serrant contre sa poitrine sa serviette contenant les papiers du procès. Dix minutes après – durée du bombardement, ainsi qu'il l'apprendra par la suite –, il se releva, au milieu d'un silence ébaubi et peureux : un silence chargé de poussière, une poussière infinie et infiniment drue.

De prime abord, comme aveuglé, notre homme : ce furent ses pleurs, ses larmes qui lui ouvrirent les yeux sur cette pluie de poussière. Lorsque, des siècles plus tard, la poussière commença à se lever, il s'avisa qu'il n'y avait plus de rue, qu'il n'y avait plus de gare, qu'il n'y avait plus de ville. Il franchit les bords de la corolle en se laissant glisser dans l'immense fossé qui l'entourait, puis en remontant laborieusement de l'autre côté. Et il se trouva en présence d'une statue de plâtre des plus grotesques, qui n'avait de vivant, comme transplantés, atrocement arrachés à un être vivant et sur elle transplantés, que les yeux.

Il lui fallut un bon moment, à la limite de la démence, pour reconnaître, à la serviette toujours serrée contre sa poitrine, sa propre image : dans une glace chue presque intacte de l'une des maisons désormais disparues. Et c'est alors qu'il lui advint d'articuler et de répéter maintes fois le mot « Candido »[1].

Une adaptation théâtrale :
Candide, de Serge Ganzl

En 1977, le dramaturge français Serge Ganzl publie et fait jouer une adaptation théâtrale de *Candide*, conte souvent mis en scène. En voici le départ :

1. Leonado Sciascia, *Candido ou Un rêve fait en Sicile*, trad. N. Franck, © Maurice Nadeau/Les Lettres nouvelles, 1978, p. 7-10.

LE PARADIS

Au château.

Autour d'une petite table éclairée par des bougies, le baron, la baronne, le petit baron et Pangloss jouent aux cartes. Un valet en livrée tient haut levé près du baron qui y voit mal, un chandelier allumé. Non loin de la table, et pour protéger du froid est un grand paravent à motifs champêtres, représentant le château et les dépendances. Derrière le paravent, une desserte où fume du chocolat et un fauteuil Louis XV. À quelque distance Candide, à moitié endormi dans un fauteuil, se chauffe les pieds sur une chaufferette. C'est le soir. Il fait doux, humide et chaud. Les deux barons boivent du cognac. Paquette va et vient, sert du chocolat à la baronne, à Pangloss et à Candide.

LE PETIT BARON. On dit qu'il y aura la guerre.

LE BARON. Je mangerais bien une oie pour mon petit déjeuner.

PAQUETTE. Il y a trois jours qu'on a plumé la dernière, monsieur le baron.

LE PETIT BARON. J'aurais du plaisir à les massacrer et brûler leurs châteaux.

LE BARON. Il n'y a plus d'oies ?

LA BARONNE. Plus une seule. Jouez mon ami, je vous prie.

PANGLOSS. Le contraire ne m'étonnerait pas, car il faut bien reconnaître que la guerre sert celui qui la fait et donne l'occasion d'actes héroïques.

LA BARONNE *(au baron)*. Vous trichez !

LE BARON. Je ne triche pas, madame, je gagne. *(Entre Cunégonde, Candide se réveille, la regarde très intéressé.)* Ou bien un canard de Barbarie.

LE PETIT BARON. Je serai commandant, on me donnera un uniforme et je peindrai des aquarelles et des sanguines.

Cunégonde fait le tour de la table.

CUNÉGONDE. Père, il pleut dans ma chambre, sur mon lit.

LE BARON. Un canard au sang… Changez de place le lit, Cunégonde.

PANGLOSS. Placez un seau sous la fuite d'eau et dormez sur vos deux oreilles, mademoiselle.

CANDIDE. Tic tac… Tic tac… ça fera un bruit.

LE BARON. Laissez-nous Cunégonde, nous aviserons demain. *(Cunégonde sort. Candide se désintéresse de ce qui l'entoure. Il rêvasse, soupire.)* J'ai gagné !

LA BARONNE. Qu'avez-vous à soupirer Candide ?

Candide sursaute.

CANDIDE. Je boirais bien encore un chocolat.

Paquette sert en riant un chocolat à Candide. Le baron, la baronne et le petit baron se lèvent de table, sortent, précédés par le valet au chandelier.

PANGLOSS. Monsieur le baron n'a pas triché, il a gagné car c'est le meilleur homme du monde et il habite le plus beau des châteaux. Il n'y a pas d'effets sans cause.

CANDIDE. Oui, Pangloss.

Paquette va derrière le paravent, pose les tasses sur la desserte. Pangloss la rejoint, et commence à la caresser, à la déshabiller et à lui sortir les seins ; elle rit, se défend à peine.

PANGLOSS *(à Candide)*. Est-ce que les choses peuvent être différentes ? Non. Ta bouche a été créée pour avaler voluptueusement le chocolat. *(Il s'agenouille et caresse jambes et cuisses de Paquette.)* Les jambes sont visiblement taillées pour être chaussées, aussi avons-nous des chaussures.

Cunégonde revient, tenant un chandelier. Elle s'approche de Candide, lui touche l'épaule, va pour lui parler, entend le bruit que fait Pangloss qui a renversé Paquette sur le fauteuil. Elle va vers le paravent, lève le chandelier et regarde faire Pangloss.

PANGLOSS. Quant au nez, il est fait pour porter des lunettes, aussi le baron porte des lunettes. Ceux qui prétendent que tout est bien disent des bêtises, il faut dire : tout est au mieux…

CANDIDE. Si je comprends bien, le bonheur c'est d'être baron… et de t'écouter.

Paquette s'échappe en riant, Pangloss se rajuste puis s'en va. Cunégonde se tourne vers la table, songeuse, regarde Candide, puis pose le chandelier. Elle vient vers Candide.

CUNÉGONDE. Vous savez quelque chose de la leçon que pratiquait Pangloss ?

CANDIDE. Il devisait de la causalité, comme à son habitude.
CUNÉGONDE. C'est cela : la causalité.

> *Elle fait tomber son mouchoir. Candide se lève, le ramasse ; elle ne le prend pas ; il ne sait pas quoi en faire... elle lui prend la main, l'approche de ses seins. Ils sont intimidés.*

CANDIDE. Hé mademoiselle !
CUNÉGONDE. Oui Candide !
CANDIDE. C'est que...

> *Lui tenant la main, elle lui fait doucement caresser ses seins.*

CUNÉGONDE. À mon avis, c'est ainsi qu'il faut commencer.
CANDIDE. Que c'est doux de nous instruire Cunégonde, j'ai l'impression de mourir.
CUNÉGONDE. Vous devez maintenant me renverser sur le fauteuil, mon tendre ami.

> *Il est étonné, puis s'exécute...*

CANDIDE. Ma tête tourne, je rêve... je suis au paradis, ce château est un paradis... vous êtes la plus jolie des baronnettes... vous avez le plus beau cul du monde et je vous aime... *(Alors que Candide s'occupe du corps de Cunégonde, le baron revient, précédé par le valet au chandelier. Il cherche sur la table ses lunettes, les trouve, les met et sursaute quand Candide explose et crie...)* C'est ça le bonheur !

> *Le baron s'approche du couple. Il fait signe au valet d'avancer le chandelier, voit la chose. Il lève sa canne et en frappe à grands coups le dos de Candide.*

LE BARON. Ho la, du monde ! *(Cunégonde s'est relevée. Le baron continue de frapper Candide qui se protège tant bien que mal la tête. La baronne et le petit baron arrivent.)* Je vais te briser les os, et les jambes, et les bras, et le cou... *(Le petit baron retient son père, la baronne gifle Cunégonde.)* Au fumier l'insolent, dans le purin avec les porcs... Ce chien voulait abâtardir notre fille et lui voler son hymen.

> *Pangloss entre.*

CANDIDE. J'aime votre fille, monsieur le baron !

> *Le baron échappe à son fils et frappe Candide.*

CANDIDE. ... j'ai dit que j'aimais votre fille.

LE PETIT BARON. Le fou ! Il ose lever les yeux sur ma sœur qui a soixante et onze quartiers de noblesse... Sortez.

LE BARON. Allez ouste, dehors ! *(Il le poursuit en lui donnant des coups de pied au cul.)* Je vous chasse.

LA BARONNE. Il vous chasse.

> *Candide tombe, se sauve à quatre pattes, coursé par le baron qui lui donne des coups de pied. Tout à coup le baron a un malaise ; il reste la canne en suspens. Candide en profite pour se relever, prendre de la distance.*

LA BARONNE. Votre cœur mon ami... Toutes ces émotions et l'abus de graisse d'oie vont le terrasser... Aidez-le...

> *Cunégonde, le petit baron et la baronne entourent le baron, le soutiennent.*

CANDIDE. Écoutez-moi au moins... où vais-je aller ?... Je ne connais personne, que vais-je devenir ?

LE BARON. Cha... cha... cha... chassez-le !

CANDIDE. Pangloss... *(Pangloss ne répond pas)*... je ne boirai plus de chocolat...

> *Il s'en va.*

PANGLOSS. C'est donc ainsi qu'il fallait que Candide soit chassé de votre paradis, monsieur le baron ?

LA BARONNE. Taisez-vous Pangloss. Mettez votre bonnet de nuit et allez vous glisser dans votre lit.

> *Ils sortent sauf Pangloss.*

PANGLOSS. C'était mon ami.

LA GUERRE

> *Une croix, quelque calvaire dans un champ, au milieu de la tourmente de neige et le vent qui souffle en furie.*
> *Candide est dans un trou, au pied du calvaire. Seule sa tête et ses épaules dépassent. Il ouvre et ferme alternativement les yeux.*
> *Un officier et son estafette portant un fusil et un sac de victuailles passent. Ils voient Candide.*

L'OFFICIER. Il n'est sûrement pas cul-de-jatte.

LE SOLDAT. Sûrement pas, chef.

L'OFFICIER. Il doit mesurer… cinq pieds, six pouces.

LE SOLDAT. Six pieds, chef.

L'OFFICIER. Tu crois ?

LE SOLDAT. Je le crois, chef !

L'OFFICIER. Est-ce qu'il est bien dans ce trou ? Non, il n'est pas bien. *(Il fait signe au soldat de déballer les victuailles.)* C'est dur de manquer de tout.

L'officier et le soldat mangent.

L'OFFICIER. Les hommes sur toute la terre doivent s'entraider.

CANDIDE. C'est ce que disait Pangloss.

L'OFFICIER. Peut-on voir souffrir de tous les maux un homme de son allure et de sa condition ?

LE SOLDAT. Non, chef, on ne le peut pas.

L'OFFICIER. Se vider de son sang, de sa substance, geler et mourir au milieu des cadavres ?

CANDIDE. Je pense à tous ces châteaux où dorment chaudement des baronnettes.

L'OFFICIER. Partageons avec lui notre dîner. Donne-lui un morceau de pain et du petit salé… et deux pièces d'or.

CANDIDE. C'est trop, Messieurs.

L'OFFICIER. Sers-nous un verre de soldat… *(à Candide)* Trinquons, monsieur *(Ils trinquent)*… Aimez-vous ?…

CANDIDE. J'aime mademoiselle Cunégonde qui habite le plus beau des châteaux.

L'OFFICIER. Je veux dire, aimez-vous notre roi ?

CANDIDE. Non, je ne le connais pas.

L'OFFICIER. Eh bien vous allez l'aimer, car vous êtes maintenant son soldat.

Ils sortent sans ménagement Candide du trou, lui mettent sur la tête un chapeau, dans les mains un fusil et lui font faire l'exercice, en le frappant entre chaque ordre.

L'OFFICIER ET LE SOLDAT *(alternativement ou ensemble).* Pieds rapprochés… mains sur la couture du pantalon… œil droit au ras de la baïonnette, tournez droite… tournez gauche… en joue… relâchez… levez la baguette… baissez la baguette… jetez… armez… à genoux… arme à droite… arme à gauche… présentez arme…

> *Un soldat prend position, puis un deuxième, à un autre angle, puis un troisième ; ça forme un carré. Le soldat s'en va avec les victuailles.*

L'OFFICIER. Présentez arme… repos… présentez arme… repos…

> *L'officier s'en va. Candide reste un moment sans bouger, puis posément retire son chapeau, le ceinturon et les dépose avec le fusil par terre. Il se frotte les côtes et s'en va. On entend pousser des cris, puis Candide est ramené, tiré par les jambes. On l'oblige à s'agenouiller.*
> *L'officier revient.*

UN SOLDAT. Un déserteur, chef.

L'OFFICIER *(à Candide)*. Soldat, vous avez le choix entre douze balles dans la peau ou être fustigé par tout le régiment.

CANDIDE. Combien de coups de baguette me donnera chaque soldat ?

L'OFFICIER. Vingt, ce qui fait douze mille coups. On n'en réchappe pas.

CANDIDE. Ah !

> *Les soldats qui sont au carré s'approchent.*

L'OFFICIER. Pressons-nous.

CANDIDE. Un plus un, ça fait deux… je n'ai plus ni père ni mère… douze balles dans la peau contre douze mille coups, il faut choisir ! C'est cela la liberté, le choix.

Si je dis, les baguettes…

> *On lui retire sa chemise.*

Hé ! c'est que je n'ai rien décidé.

> *On le frappe. Il pousse des hurlements à chaque coup de baguette. Passe le roi.*

LE ROI. Qu'est-ce que c'est ?

L'OFFICIER. Un déserteur, Votre Majesté.

CANDIDE. Un homme à qui on veut faire déserter la vie.

LE ROI *(à Candide)*. Tu pleures ?

CANDIDE. Je pense avec douleur à l'armée qui perd un soldat.

LE ROI. Tu es métaphysicien ?

CANDIDE. Métaphysicien !… Oui, je suis métaphysicien.

LE ROI. Libérez-le.

Grands bruits de guerre, de musique de mouvements de troupe. Candide se frotte le dos, remet sa chemise.

Tu es libre de reprendre ta place dans les vaillantes armées bulgares qui vont au pas et en musique, lignes immenses jusqu'à l'horizon, massacrer les Algares avec notre discipline. En avant soldats...

Mouvements.
Commencent la guerre, les tirs d'artillerie et de mousquets.
On tire debout, on fait deux pas, on charge le fusil et on tire.
Candide a près de lui un sous-officier. Le sous-officier est blessé, il tombe à genoux.
Les soldats avancent avec le bruit de la guerre qui se déplace, puis s'estompe. Candide reste seul avec le sous-officier.

CANDIDE. Vous êtes blessé, chef !
LE SOUS-OFFICIER. Les deux armées s'avancent l'une vers l'autre au pas cadencé. Chaque roi à sa colline, sa cour, ses officiers. J'aurai vu cela, que c'est beau... un champ jonché de morts...
CANDIDE. Ah oui !...
Vous saignez beaucoup.
LE SOUS-OFFICIER. Aidez-moi à me relever. *(Candide l'aide à se relever. Il veut son fusil. Candide le lui passe.)* Nous allons ensemble marcher tout droit vers l'ennemi.

Il part en chancelant, puis tout raide.

CANDIDE. Monsieur !
Candide le regarde partir. Plusieurs soldats en rangs passent.

Candide se cache, puis réapparaît, c'est le silence. Il s'assoit en tailleur au pied du calvaire et mange une rave qu'il déterre[1].

1. Serge Ganzl, *Candide, d'après Voltaire* (création le 15 octobre 1977, mise en scène de Jean-Claude Amyl), © *L'Avant-Scène Théâtre*, novembre 1977, n° 617, p. 9-12.

CANDIDE DE LEONARD BERNSTEIN, ENTRE OPÉRETTE ET COMÉDIE MUSICALE

Le *Candide* de Leonard Bernstein (1956), compositeur américain à qui l'on doit la musique de *West Side Story*, relève aussi du théâtre, mais en combinant texte, musique et danse. Rappelons que Voltaire s'essaya quant à lui, sans forcer son talent, aux livrets pour spectacles musicaux, dans le sillage de Corneille, Molière et Quinault.

Conçu comme un hommage à l'opérette[1] européenne, le *Candide* de Bernstein n'en respecte pas moins les canons de la comédie musicale américaine. Dans le passage suivant – un passage chanté –, l'épisode de l'autodafé s'entremêle à une critique des valeurs de l'Amérique des années 1950.

LE CHŒUR

Quelle journée, quelle journée
Pour un autodafé !
Quel ciel d'été ensoleillé !
Quelle journée, quelle journée
Pour un autodafé !
C'est une belle journée pour boire
Et regarder des gens se faire frire !
Vite, vite, vite,
Regardez-les mourir
Vite, vite, vite,
Pendez-les haut et court !

UN MONTREUR D'OURS

Voyez le grand ours russe !

UN MARCHAND DE PRODUITS DE BEAUTÉ

Achetez un peigne pour vos cheveux !

LES FEMMES

Mais le prix est beaucoup trop élevé !

UN DOCTEUR

Voici des potions et des cachets
Pour vos fièvres et vos refroidissements !

1. Petit opéra-comique dont le sujet et le style, légers et faciles, sont empruntés à la comédie.

DES FEMMES

Mais nous n'avons pas d'argent,
Il n'y a donc rien que nous puissions acheter ! […]

LE CHŒUR

Vite, vite, vite,
Venez acheter !
Vite, vite, vite,
Venez essayer ! […]

Ce n'est pas juste, ce n'est pas juste,
Des choses à acheter partout,
Mais nous n'avons pas d'argent,
Il n'y a donc rien que nous puissions acheter !

PANGLOSS

Mais vous ne pouvez pas m'exécuter : je suis trop malade pour
mourir !

LE CHŒUR

Comment ça, « malade » ?

PANGLOSS

Ô ma Paquette chérie,
Elle me hante encore […]

LE GRAND INQUISITEUR

Silence !

LES INQUISITEURS

Laisserons-nous partir les pécheurs ou les jugerons-nous ?

LE CHŒUR

Jugez-les.

LES INQUISITEURS

Les prévenus sont-ils innocents ou coupables ?

LE CHŒUR

Coupables !

LES INQUISITEURS

Allons-nous les gracier ou les pendre ?

LE CHŒUR

Pendez-les.

Quelle belle journée, quelle joyeuse journée,
Quelle journée pour un jour de fête !

Il mange casher,
Il ne fait pas amende honorable,
Alors chantez un *miserere*
Et pendez ce bâtard haut et court [1] !

1. Leonard Bernstein, *Candide*, © by The Estate of Leonard Bernstein, The Leonard Bernstein Music Publishing Company LLC Boosey & Hawkes Inc. Livret de Hugh Wheeler (version révisée de 1989), traduction d'Alain Jomy parue dans le livret du coffret de disques *Candide*, de Leonard Bernstein, publié par Deutsche Grammophon (réf. 429 734-2), © 1991 Deutsche Grammophon GmbH, Hambourg. Reproduite avec l'aimable autorisation de l'éditeur. Reprise dans *L'Avant-Scène Opéra*, 2006, n° 234, p. 39-41.

CHRONOLOGIE

1694 : Baptême, le 22 novembre, de François Marie Arouet, fils cadet d'un riche bourgeois parisien. Mais Voltaire se prétendra né le 20 février, et fruit d'un adultère.

1701 : Mort de sa mère.

1704-1711 : Brillantes études au collège jésuite Louis-le-Grand. Vers précoces.

1711-1715 : Étudiant en droit, mais surtout poète (contes, épigrammes, satires).

1716-1718 : Des vers contre le Régent l'envoient de mai à octobre 1716 à Sully-sur-Loire, puis à la Bastille de mai 1717 à avril 1718. Sa tragédie *Œdipe* triomphe le 18 novembre 1718. Il prend le nom de Voltaire.

1720 : Échec d'une autre tragédie, *Artémire*.

1722 : Mort de son père, qui ne laisse pas disposer librement de sa part d'héritage. Précocement initié au libertinage philosophique par son parrain, il compose l'*Épître à Uranie*, poème déiste.

1723 : On lui interdit de publier *La Ligue ou Henri le Grand*, première version de son épopée *La Henriade* (1728), à la gloire d'Henri IV.

1724 : Nouvel insuccès d'une tragédie, *Mariamne*.

1725 : *Hérode et Mariamne* (remaniement de *Mariamne*) obtient un succès honorable. 18 août : *L'Indiscret*, sa première comédie. Pension de la reine. Il envisage un voyage en Angleterre.

1726-1727 : Bâtonné par les gens du chevalier de Rohan Chabot et avide de se venger, il est embastillé le 17 avril et part en Angleterre le 2 ou 3 mai. Il y séjourne de mai 1726 à novembre 1728. Il publie en décembre 1727 son premier essai en anglais, sur la poésie épique.

1728-1729 : 343 souscripteurs permettent une riche édition de *La Henriade* en Angleterre. Il passe l'hiver 1728-1729 à Dieppe et s'installe en mars-avril à Paris. Il y séjourne jusqu'en 1733. D'habiles spéculations lui assurent l'aisance

et le rendent indépendant des éditeurs : Voltaire n'écrira pas pour vivre.

1730 : *Ode sur la mort de Mlle Lecouvreur*, comédienne dont le corps est jeté à la voirie. Beau succès de *Brutus*, publié avec un *Discours sur la tragédie*.

1731 : Premier récit historique, *Histoire de Charles XII*, interdit de publication officielle.

1732 : Échec d'*Ériphyle* (trag.). Triomphe de *Zaïre*, à partir du 13 août.

1733 : *Le Temple du goût* (critique en prose et vers) déchaîne la polémique. Avril-mai : début de sa longue liaison avec Mme du Châtelet (1733-1749). Édition en anglais, à Londres, des futures *Lettres philosophiques*, sous le titre *Letters Concerning The English Nation* (sans la lettre XXV sur Pascal).

1734 : *Adélaïde du Guesclin* (trag.). Édition clandestine, à Rouen, des vingt-cinq *Lettres philosophiques*, condamnées et brûlées par le parlement de Paris. Voltaire se réfugie chez Mme du Châtelet, à Cirey, en Champagne.

1735 : *La Mort de César*, tragédie sans amour.

1736 : *Alzire ou les Américains* (trag.). *Le Mondain*, poème antichrétien, déclenche un scandale. 8 août : première lettre à Frédéric, futur roi de Prusse. *L'Enfant prodigue*, comédie en vers, son plus grand succès comique.

1738 : *Éléments de la philosophie de Newton*. Premier des *Discours en vers sur l'homme* (1738-1739).

1740 : Première rencontre avec Frédéric II. *Zulime* (trag.).

1741 : *Mahomet* (trag.), à Lille.

1742 : *Mahomet* est interdit à Paris après trois représentations.

1743 : *Mérope* (trag.), un de ses grands succès. Publication de *Mahomet*. Voltaire est en faveur à la Cour, mais refusé à l'Académie française, qui élit Marivaux.

1745 : Mort de son frère aîné, janséniste. *La Princesse de Navarre*, comédie-ballet, musique de Rameau. *La Bataille de Fontenoy*, poème héroïque.

1746 : Élection à l'Académie française. Devient gentilhomme ordinaire de la Chambre.

1747 : Première publication d'un conte philosophique en prose, *Memnon*. *La Prude*, comédie en vers.

1748 : *Sémiramis* (trag.). *Zadig*, un de ses récits les plus connus.

1749 : *Catilina* (trag.). *Nanine*, comédie en vers. Mort de Mme du Châtelet.

1750 : Mme Denis, sa nièce et maîtresse, s'installe chez Voltaire. *Oreste* (trag.). 25 juin : départ pour Berlin, où il devient chambellan du roi de Prusse et son conseiller littéraire.

1751 : *Le Siècle de Louis XIV,* interdit de publication à Paris.

1752 : *Micromégas,* conte philosophique. *Rome sauvée* (trag.). *Amélie ou le Duc de Foix* (trag.). En publiant des pamphlets contre Maupertuis, président de l'Académie de Berlin, Voltaire gâte ses relations avec Frédéric II, qui fait brûler la *Diatribe du docteur Akakia* sur les places publiques de Berlin (24 décembre).

1753 : Voltaire quitte Berlin le 26 mars. Il est détenu avec Mme Denis à Francfort (ville libre), sur ordre de Frédéric II, du 1ᵉʳ juin au 6 juillet. Interdit de séjour à Paris, il séjourne à Colmar jusqu'en octobre 1754. *Scarmentado* (conte).

1755 : Il s'installe aux *Délices,* en Suisse, avec Mme Denis. *L'Orphelin de la Chine* (trag.).

1756 : Le *Poème sur le désastre de Lisbonne* (tremblement de terre survenu le 1ᵉʳ novembre 1755) déclenche un débat européen. *Essai sur les mœurs* (histoire universelle depuis Charlemagne).

1758 : Rédaction de *Candide,* son plus célèbre récit (janvier-octobre). Derniers articles pour l'*Encyclopédie* (45 au total). *La femme qui a raison* (com.). Il achète le château et le domaine de Ferney, près de Genève mais en France. *Mémoires pour servir à la vie de M. de Voltaire* (publiés en 1784).

1759 : Publication à Paris, Londres et Amsterdam, de *Candide ou l'Optimisme* (janvier). *Socrate,* drame en prose, écrit en pleine offensive contre les « philosophes » et l'*Encyclopédie.*

1760 : Il s'installe à Ferney. Rupture définitive avec J.-J. Rousseau. *Le Café ou l'Écossaise,* pièce en prose, s'en prend violemment à Fréron, journaliste hostile aux « philosophes », qui subit en outre les *Anecdotes sur Fréron* (1760-1761).

1761 : Voltaire lance contre Rousseau de virulentes *Lettres sur la Nouvelle Héloïse.* Il entreprend près de son château la construction d'une église qui porte au fronton : *Deo erexit Voltaire* (« Voltaire l'a édifiée pour Dieu ») !

1762 : *Le Droit du seigneur,* comédie en vers. 10 mars : exécution à Toulouse de Jean Calas, un protestant accusé du meurtre de son fils. Grâce à Voltaire, l'affaire Calas commence.

1763 : Louis XV autorise la révision du procès Calas. *Traité sur la tolérance. Saül,* tragédie en prose, etc.

1764 : *Commentaires sur Corneille*, au bénéfice de Mlle Corneille. *Dictionnaire philosophique portatif* (73 articles, 118 dans l'édition de 1769). *Octave* (trag.).

1765 : Réhabilitation des Calas.

1766 : Le jeune chevalier de La Barre, qui avait mutilé un crucifix, est exécuté à Amiens. *Le Philosophe ignorant*, synthèse des convictions voltairiennes ; *De l'horrible danger de la lecture*, etc.

1767 : *Les Scythes* (trag.). *L'Ingénu* (récit), et de nombreux autres textes.

1768 : *L'Homme aux quarante écus* ; *La Princesse de Babylone* (récits). *Précis du siècle de Louis XV* ; *Profession de foi des théistes*, etc.

1769 : *Les Lettres d'Amabed, etc.* (conte épistolaire). *Les Guèbres* (trag.).

1770 : Voltaire commence la rédaction des *Questions sur l'Encyclopédie* (1770-1772, 9 vol., 423 articles prévus). Des gens de lettres souscrivent pour une statue en nu de Voltaire par Pigalle.

1772 : *Les Pélopides* (trag.).

1773 : *Les Lois de Minos* (trag.). *Fragments historiques sur l'Inde*, etc.

1774 : *Sophonisbe* (trag.). *Le Taureau blanc* (récit).

1775 : *Le Cri du sang*, en faveur de la réhabilitation de La Barre, refusée. *Histoire de Jenni ou le Sage et l'Athée* ; *Les Oreilles du comte de Chesterfield* (récits). Édition des *Œuvres complètes*, dite « encadrée », qui sert actuellement de référence.

1776 : *Lettres chinoises, indiennes et tartares* ; *La Bible enfin expliquée* ; *Commentaire historique sur les œuvres de l'auteur de La Henriade* ; *Lettre de M. de Voltaire à l'Académie française* (contre la vogue de Shakespeare en France).

1777 : *Un chrétien contre six juifs* ; *Commentaires sur l'Esprit des lois*.

1778 : Il quitte Ferney le 5 février et arrive le 10 à Paris, qu'il n'a pas revu depuis 1750. Il assiste le 30 mars à une représentation triomphale d'*Irène* (trag.), où on le couronne dans sa loge, puis en buste sur scène. Il meurt le 30 mai, interdit de sépulture en terre catholique. Son neveu, l'abbé Mignot, le fait enterrer dans les règles en Champagne. Catherine II de Russie achète sa bibliothèque, conservée à Saint-Pétersbourg.

1779 : Publication d'*Ériphyle* (trag.).

1785-1789 : *Œuvres de Voltaire*, éd. dite de Kehl, animée par Beaumarchais, en 70 vol. Elle contient quelques milliers de lettres.

1791 : Transfert des cendres au Panthéon, le 11 juillet.

BIBLIOGRAPHIE SÉLECTIVE

ÉDITIONS

Candide ou l'Optimisme, éd. René Pomeau, *Œuvres complètes de Voltaire*, Oxford, The Voltaire Foundation, vol. 48, 1980.

Romans et contes, éd. Frédéric Deloffre et Jacques Van den Heuvel, Gallimard, « Bibliothèque de la Pléiade », 1979 ; rééd. 2001.

Signalons aussi, pour la richesse du paratexte, *Candide*, Magnard, coll. « Texte et contextes », 1985.

SUR VOLTAIRE

GOLDZINK, J., *Voltaire, la légende de saint Arouet*, Gallimard, « Découvertes », 1989.

–, *Voltaire*, Hachette, « Portraits littéraires », 1994.

MERVAUX, C., *Voltaire en toutes lettres*, Bordas, 1991.

POMEAU, R. (dir.), *Voltaire en son temps*, Oxford, The Voltaire Foundation, 1985-1994, 5 vol.

On pourra consulter également la correspondance de Voltaire :

Correspondance, éd. F. Deloffre, Gallimard, « Bibliothèque de la Pléiade », 1977-1993, 13 vol.

Correspondance choisie, éd. J. Hellegouarc'h, Le Livre de Poche, 1997.

ÉTUDES D'ENSEMBLE SUR *CANDIDE* ET LE GENRE DU CONTE

La bibliographie sur *Candide* est considérable, nous ne préten-dons pas ici être exhaustifs. Nous renvoyons, pour les études sur des aspects particuliers, à la bibliographie de l'édition critique par R. Pomeau, Oxford, The Voltaire Foundation, 1980, p. 269-275, et à R. Howells, « Voltaire's *Contes*. A review of studies 1969-1993 », *Studies for the Tercentenary of Voltaire's Birth (1694-1994)*, éd. H.T. Mason, Oxford, The Voltaire Foundation, 1994, p. 229-281.

Nous nous contentons de mentionner les études suivantes :

AUBRIT, J.-P., *Le Conte et la nouvelle*, Armand Colin, 1997.

BARBER, W., *Leibniz in France from Arnauld to Voltaire*, Clarendon Press, 1955.

CAMBOU, P., *Le Traitement voltairien du conte*, Honoré Champion, 2000.

COULET, H., *Le Roman jusqu'à la Révolution*, Armand Colin, 1967.

GOLDZINK, J., *La Plume et l'Idée*, Presses de l'ENS-Lyon, 2007.

MAGNAN, A., *Candide ou l'Optimisme*, PUF, coll. « Études littéraires », 1987.

STAROBINSKI, J., *Le Remède dans le mal*, Gallimard, 1989.

VAN DEN HEUVEL, J., *Voltaire dans ses contes, de Micromégas à L'Ingénu*, Armand Colin, 1967.

TABLE

PRÉSENTATION

Candide ou l'Optimisme

DOSSIER

CHRONOLOGIE

BIBLIOGRAPHIE

N° d'édition : L.01EHPN000768.C002
Dépôt légal : avril 2016
Imprimé en Espagne par Novoprint (Barcelone)